「私は……シャボン様の覚悟を存じております」
シャ・ボン
Sha Bon
キ・シュン
Ki Shun
XIII
勇者の
再建記
Re:CONSTRUCTION
THE ELFRIEDEN KINGDOM
TALES OF REALISTIC BRAVE
どぜう丸
イラスト 冬ゆき

シュゴオオオオオオオオオッ!!

ジュナ
Juna Souma
ソーマ
Souma A. Elfrieden
エクセル
Excel Walter
オオヤミズチが吐き出したのは
風ではなかった。
まるでジェット機のような
音と共に飛来したのは
極太な水の柱だった。

WORLD MAP
OF THE ELFRIEDEN KINGDOM
AND NEIGHBORING COUNTRIES
魔王領
ラスタニア
王国
ノートゥン
竜騎士
王国
東方諸国連合
星竜連峰
グラン・ケイオス帝国
（白線は属国含む領土）
フリードニア
王国
傭兵国家
ゼム
九頭龍
諸島連合
トルギス
共和国

空母「ヒリュウ」
船渠
フリードニア
王国
双子島
九頭龍島
親子島
イカツル島
ヤエズ島
九頭龍
諸島連合

現実主義勇者の王国再建記

Re:CONSTRUCTION THE ELFRIEDEN KINGDOM TALES OF REALISTIC BRAVE

XIII

どぜう丸
イラスト 冬ゆき

Re:CONSTRUCTION
THE ELFRIEDEN KINGDOM
TALES OF REALISTIC BRAVE

CHARACTERS

XIII

アイーシャ・U・エルフリーデン
Aisha U. Elfrieden

ダークエルフの女戦士。王国一の武勇を誇るソーマの第二正妃兼護衛役。

ジュナ・ソーマ
Juna Souma

フリードニア王国で随一の歌声を持つ『第一の歌姫』。ソーマの第一側妃。

ソーマ・A・エルフリーデン
Souma A. Elfrieden

異世界から召喚された青年。いきなり王位を譲られて、フリードニア王国を統治する。

ロロア・アミドニア
Roroa Amidonia

元アミドニア公国公女。稀代の経済センスでソーマを財政面から支える第三正妃。

リーシア・エルフリーデン
Liscia Elfrieden

元エルフリーデン王国王女。ソーマの資質に気付き、第一正妃として支えることを決意。

ナデン・デラール・ソーマ
Naden Delal Souma

星竜連峰出身の黒龍の少女。ソーマと竜騎士の契約を結び、第二側妃となる。

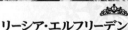

キ・シュン
Ki Shun

九頭龍諸島連合の島主のひとり。シャ・ボンの護衛としてフリードニア王国まで同行する。

シャ・ボン
Sha Bon

九頭龍諸島連合の王・シャナの娘。故国を救うために身を捧げる覚悟でソーマに謁見する。

カストール
Castor

元エルフリーデン王国空軍大将。現在は島型母艦『ヒリュウ』の艦長として国防海軍に所属。

エクセル・ウォルター
Excel Walter

フリードニア王国国防軍総大将。長命な蛟龍族の女傑で魔導師としても一流。

ルビィ・マグナ
Ruby Magna

星竜連峰出身の赤竜の少女。ハルと竜騎士の契約を結び、第二夫人となる。

ハルバート・マグナ
Halbert Magna

フリードニア王国国防軍唯一の竜騎士であり、精鋭部隊『竜挺兵』の隊長。通称ハル。

ユリガ・ハーン
Yuriga Haan

マルムキタンの王・フウガの妹。フウガの提案でフリードニア王国に留学する。

トモエ・イヌイ
Tomoe Inui

妖狼族の少女。動物などの言葉がわかる才能を見出され、リーシアの義妹となる。

マリア・ユーフォリア
Maria Euphoria

グラン・ケイオス帝国女皇。「聖女」とも称される。フリードニア王国と秘密同盟を結ぶ。

イチハ・チマ
Ichiha Chima

チマ公国を統治するチマ家の末子。魔物研究の才があり、フリードニア王国に招かれる。

Contents

Re:CONSTRUCTION THE ELFRIEDEN KINGDOM TALES OF REALISTIC BRAVE

XIII

プロローグ　嵐　-enemy attack-

その日の夜、九頭龍《くずりゅう》諸島にある島の一つを強烈な風雨が襲った。

台風ほどではないにしろ叩《たた》き付けられるような激しい雨と風だ。

島の住民たちは木造の家に籠もり、家が風にきしむ音や木戸に雨が打ち付けられる音を聞きながら、倒壊するのではないかという恐怖の中で眠れぬ夜を過ごしていた。

「父ちゃん、怖いよう……」

この島で夫婦二人、子供二人で暮らしているこの一家も身を寄せ合っていた。

怖がる下の子を抱きしめながら一家の主《あるじ》である男は言った。

「こんぐらいの風じゃあ家が吹っ飛ぶこともねぇっぺよ」

「さあ、怖がらないで眠りなさいな」

奥さんが子供を寝かしつけようとした、そのときだった。

ヒュルルル……ドガッ!!　バキバキッ！

何かが風を切る音、次いで何かがどこかに激突したような音が島を揺るがした。

まるで戦艦の大砲でも撃ち込まれたかのような衝撃だった。

「な、なんだっぺ。いまの音は？」

さしもの男もいまの音と衝撃には度肝を抜かれた。

「自然の音じゃねぇ」

「アンタ、まさか〝アレ〟が出たんじゃ」

「……………」

奥さんの問いかけに血の気が引いた男はなにも答えることができず、子供を抱える手に力を込めた。この家族は一晩掛けて恐怖と戦うこととなった。


そして夜が明けていった。

明け方近くになれば雨も風も収まり、音が静かになったことで緊張の糸が切れ、男は家族と一緒に眠りに落ちていた。そして差し込む光で目を覚ました男が外に出てみると、昨日の風雨が嘘《うそ》のように晴れ渡った空があった。

無事に朝を迎えられたことにホッとしていると、なにやら海岸の方が騒がしいことに気が付いた。男が急いで人が集まっている浜辺へと駆けつけると、すでに起きていた同じ島の者たちがなにかを囲んで話しているようだった。

「なにがあったんだべ？」

男が駆け寄ると、先に来ていた男の一人が振り返った。

「どうもこうもねぇっぺよ。これさ見てみろ」

男が指し示す先にあったのは大きな石の塊だった。大の男を縦に二つ並べてもまだ足りないほど巨大な石の塊が、浜辺にズドンと突き刺さっていたのだ。

男はその石を見ながら首を傾《かし》げた。

「こっただもの昨日まではねかったよな？」

「んだんだ。そこらにも破片が散らばっとるでよ」

見ればたしかにそこら辺の砂の上に、目の前の塊と同じ石質のものが転がっていた。しかもただの石の塊でないことは、表面に彫ったような装飾があることからもハッキリしていた。明らかに人工物であることの証《あかし》だった。

男はその石の塊になにやら見覚えがある気がした。

「これ……もしかして石橋か？」

向きは違うが、どうやらそれは石橋のようだった。わずかに残ったアーチ状の橋脚部分に名残が見られる。相手の男も頷《うなず》いた。

「んだ。みんなも石橋みてぇだって言っている」

「だが、この島に石橋なんざあったか？」

「ねぇっぺよ。この小さな島には立派な橋は必要ねえ。板の橋で十分だ」

「んだば、この石橋はいったいなんだべ？」

「それがわかんねからみんなで話しとるところだ」

仮にこれがただの岩なら昨日の嵐の間に波が運んできたとか、山の岩が崩れて転がってきたとか考えられたが、この島には存在しないはずの石橋が、しかも砂浜に深々と突き刺さっているというのはどういうことなのだろう。

島の者たちが揃《そろ》って首を捻《ひね》っていたそのときだ。

「てぇへんだべ、てぇへんだべ！」

若い男がそう叫びながら駆け寄ってきた。

「おう、どうしたんだべ？　そんな血相を変えて」

男が尋ねると、その若い男は上がった息を整えながら言った。

「〝ヤツ〟が……昨日の夜……〝ヤツ〟が隣の島に出たらしい」

「「「っ!?」」」

人々の間に緊張が走った。ヤツ、だけでなにが現れたのかわかるほど、九頭龍諸島に住む人々にはあの存在への恐怖が植え付けられていた。隣の島と言ったか。その島とは海を挟んで向こうに見える、この島より少し大きな島のことだろうか。

昨日の嵐の中で、ヤツはこの島の近くまで現れていたのだ。もしわずかになにかが違っていたら、襲われたのはあの島ではなくこの島だったかもしれない。そのことに思い至って島民たちは顔を真っ青にするのだった。若い男は言う。

「島の半分は壊滅し、目茶苦茶になっているらしい」

「そんな……」

「どうすればいいんだべ……」

落胆する島民たち。

「な、なあ……」

するど石橋を見続けていた男が声を出した。皆が一斉にそっちを向く。

男は石橋を指差しながら言った。

「この石橋、もしかして隣の島にあったものでねぇか？」

「「「……」」」

そんなまさか……とは誰も言えなかった。たしかにそう言われてみれば隣の島で見たことがある気がしたからだ。しかしだ。目と鼻の先にある島とは言っても、海を隔てた向こうにある島の橋が、なぜこの島の浜辺に突き刺さっているのか。

「そう言えば昨日、風を切る音と、なにかがぶつかる音と揺れがあったな」

男が昨日の夜のことを思い出しながら言った。

皆、その証言が意味するところを考えて……背筋がゾクッとした。

「まさか、ヤツが投げたってのけ？」

「こんなデカいもんを、海を越えて？」

「まさかまさか……まさか……」

しかし、誰も否定しきることができなかった。

第一章 ✦ 逆鱗 -anger-

一方その頃、フリードニア王国では耳が魚のヒレになっている美しい人魚姫風の少女と、白いキツネの獣人族である侍風の青年がソーマの前に額突《ぬかず》いていた。

少女はフリードニア王国に敵対的な国家である九頭龍諸島連合の王シャナの一人娘シャボン、白いキツネ耳の青年はその護衛であるキシュンと名乗った。

ソーマはシャボンの言葉に耳を疑うことになる。

――どうか私を、貴方様《あなたさま》の道具としてお使い下さい。

(はぁ？ 道具？)

一瞬、なにを言われたかわからなかった。

なんとか顔には出さないようにしたけど、内心では混乱していた。

道具として使ってくれなんて、普通の女の子の口からは出てこないだろう。ドMじゃあるまいし、ドMにしたってあんな生気の無い目で言ったりしないだろう。

九頭龍王の娘という厄介な身上の人物が放った厄介な言葉。

これはどう判断するべきなのだろうか。

チラリとハクヤを見ると、真顔でこっちを見ていた。

（「心中はお察ししますがいまは堪《こら》えてください」）

目がそう言っている気がした。俺は一息吐き出すことで心を落ち着かせると、敢《あ》えて威圧的に見えるように、玉座の肘掛けに頬杖《ほおづえ》を突きながらシャボンに尋ねた。

「……それは、どういう意味だろうか？」

「言葉どおりの意味です。私のことを好きに利用してくださって構いません」

シャボンは手を自分の心臓のあたりに当てながらそう言った。

「私という存在は、これからお父様と……九頭龍王と戦おうというソーマ殿にとって利用価値があるはずです。宣戦をする上でも、征服する上でも、戦後に九頭龍諸島を統治する上でも、私という存在は大義名分となりましょう。私はソーマ殿の望むように振る舞います。侵略者となりたくないとお思いなら私を旗頭にしてください。私が九頭龍王と戦うためにソーマ殿に援軍を求めたことにしてくださって結構です」

「…………」

「もしも九頭龍王の王位を望むなら私はソーマ殿のもとへと嫁ぎます。その際にはこの身を……貴方様に捧《ささ》げます。政略結婚となりましょうが、私のことは……妾《めかけ》としてでも扱っていただければ……」

「……なにを戯《たわ》けたことを」

いやもうホント……この娘はなにを言ってるんだ。

自国と一戦交えようとしているこの国にいきなり乗り込んできたと思ったら、道具になるだの、大義名分になるだの、政略結婚だの妾になるだのと言い出した。わけがわからない……いや、以前にも似たようなことを言ってきた女の子はいたか。

ロロアとルナリア正教皇国の聖女メアリだ。

だけどロロアはこんな悲愴感漂うような顔はしていなかったし、お人形さんみたいだったメアリでさえ、自分の信じる教義や課せられた使命のためという意思を持っていた。

いまのシャボンのように、すべてを諦めたような顔はしていなかった。

「さっきから聞いていれば、シャボン殿は我が国が貴国に攻め入ることを肯定しているのか？　私はてっきり戦を回避するよう直談判《じかだんぱん》に来たのかと思っていたのだが？」

俺がそう言うと、シャボンは悲しげな顔で首を横に振った。

「すでに戦を回避することはできないことなどわかりきっています。ソーマ殿たちは来たるべき戦いに向けて相当な準備をしてきたはずですから」

「……どうしてそう思われたのか？」

「グラン・ケイオス帝国の動きです」

シャボンは悲しげな目でハッキリとそう断言した。

「最近になって帝国からの使者は頻繁に私たちの国に訪れています。そして島主《とうしゅ》たちに会うと『まもなく王国が艦隊をこの国に派遣してくるだろう』と訴え、『人類宣言』への加盟を勧めているのです。それも島の大小に拘《かか》わらず、島主がいる島（あまりに小さい島などはべつの島の主が統治しているそうだ）にはすべて使者を派遣しているようです」

「………」

……知ってる。それは我が国が依頼したことだしな。

マリアは約束を果たしてくれたようだ。だけど俺はそんなことを考えているなどおくびにも出さないように、自分の顎に手をやって考える素振りを見せた。

「帝国が……それで？　応じる島はあるのだろうか？」

「いいえ。島主たちは気性が荒い上に独立心が強く、誰かに従属するということを善しとしません。帝国が王国の危険性を訴えるほどに、島主たちは帝国に頼ることなく、自らの手で王国に抵抗せんと団結し、九頭龍《くずりゅう》王のもとへと艦船を走らせています」

計画通りか。ここまでは順調……と、そう思っていたのだけど、

「ですが、私はこの動きが作為的なものであると思っています」

シャボンは目を伏せながら首を横に振った。

「帝国は島主がいるような島ならば、島の大小の区別なく使者を派遣しています。島の大きさはその島主が治める人々の数、延《ひ》いては軍事力に直結します。もし仮に小さな島の島主が『人類宣言』へと加盟したいと考えても、近くにそれに反対するより大きな島があるかぎり不可能なのです。敵対する島だとして攻撃される恐れがありますから。つまり大きな島を説得できないまま小さな島を説得しようとしても、失敗することは目に見えているのです」

「……」

「だというのに帝国はすべての島主に対して同時に使者を派遣しています。無駄とわかりきっていることをなぜするのか……私は帝国の目的は『人類宣言』への加盟ではなく王国への危機感を煽《あお》って、九頭龍諸島の軍船を九頭龍王の下に集結させることにあるのでは、と考えました。ですが、そんなことをしても帝国に得はありません。もし得があるとすれば戦力が手に入る九頭龍王か、あるいは……ソーマ殿。貴方様の王国です」

シャボンは真《ま》っ直《す》ぐに俺のことを見つめながら言った。

「九頭龍諸島は小島や入り江が多く、兵や軍船の隠し場所は豊富にあります。一度の海戦で九頭龍王に勝利したとしても、残兵に潜伏されれば平定に時間が掛かるでしょう」

「なるほど……それで？」

「ソーマ殿たちからしてみれば、一度の海戦でできるかぎり九頭龍諸島の兵と軍船を巻き込み、撃破したいことでしょう。だからこそ帝国に協力してもらって王国への危機感を煽り、できうるかぎり九頭龍王の下に兵と軍船を集めたのではないでしょうか。集めた軍勢ごと撃破する自信が王国にはあるから。違いますでしょうか？」

「……ほう」

俺は素直に感心していた。どうやらこのお姫様は『戦争相手となる国にノコノコやってきた、ただのお花畑』というわけではなさそうだ。

満点には遠いけど、こちらの意図をある程度は把握しているようだ。

でも……だとすると余計にわからないな。

「貴殿の予想が正しかったとしたら、私は九頭龍諸島を策にはめようとしている悪人のはず。なぜ貴殿はそんな男に、自分を道具として利用しろと言うのだろうか？」

「私にはもう、人々を守る方法が……これしか思いつかないのです。これまで……苦しんでいる九頭龍諸島の人々を見てきました」

シャボンはまるで祈るかのように手を胸の前で組んだ。

「不漁であり船を出せないこと、九頭龍王が税を増やしたこと、そして迫る王国との戦争の影……これらのことが九頭龍諸島の人々を暗鬱にさせています。とくに不漁であり船を出せないことが。九頭龍諸島の人々は海と共に生き、死ねば魂は海に還《かえ》ると言われているほど海と密接に繋《つな》がって生きてきました。そんな人々が海から切り離されている。大半の人々は怒りでも悲しみでもない、虚《うつ》ろな目をして日々を過ごしています」

「……………」

「私にはなんの力もありません。娘として父である九頭龍王に、せめて王国との戦争は避けるよう何度も諫言《かんげん》しましたが、聞く耳を持ってはくださいませんでした」

シャボンはなにかを堪えるように組んだ手に力を込めていた。

「私には父が……九頭龍王がどんどん悪い方へ行っているように思えます。ですが、私には父を止める力も、人々を苦しみから救う力もありません」

「……だから、俺のところに来たと？」

「はい」

なるほどね……。こちらが把握している九頭龍諸島の現状と、いまのシャボンの言動とを照らし合わせてみれば、彼女のしたいことはなんとなくだけど想像できた。

多分、彼女にはなんの裏もないのだろう。語ったことがすべてだ。

救いを……自分のではなく国の人々の救いを求めてここへ来た。そのためになら俺に道具のように扱われても構わないと。自分を犠牲にする覚悟で。

(本当に……厄介だな)

そんなことを思っている間も、シャボンは訴え続けていた。

「ソーマ殿の奥方には元アミドニア公国の公女ロロア様も居られるとか」

ん？　なんで急にロロアの名前が出てきたんだ？

「ソーマ殿はロロア様を婚約者とされ、元アミドニア公国の人々の暮らしを安んじたと聞いております。私の身一つで、貴方様の九頭龍諸島連合へのお怒りが収まるのならば……〝私もロロア様のように、この身を貴方様に捧げます〟」

「……は？」

「ですから、どうか……私はどうなっても構いませんので、九頭龍諸島に住む人々のことを安んじていただきたく……」

「………」

この娘は、いまなんて言った？　ロロアのように、だと？

「俺ノ嫁《ロロア》ヲ侮ルノモ大概ニシロ」

「っ!?」

シャボンの肩がビクッと震えた。

自分でも驚くくらい怒気を含んだ声が出たと思う。

怒気……そう、俺はいま無性に腹を立てていた。

本来ならば謁見中にこのような感情を表に出すべきではないのだけど、不意打ちだったので上手《うま》く感情を処理できなかった。ハクヤ、アイーシャ、キシュンも目を見開いて俺のことを見ていた。皆押し黙り、場が重苦しい空気に包まれる。

「す、すみません！　お気を害することを言ったのでしたら謝罪いたします！」

するとそんな沈黙に耐えきれず、シャボンが膝を突いて頭を下げた。

キシュンも主《あるじ》に倣って慌てて膝を突き、頭を下げる。

ああ……くそっ、これはもうまともに話し合いができる空気ではないな。

俺自身の腹立ちもまだ完全には収まってはいないし。

「シャボン殿」

「は、はい」

「国に戻られよ」

俺は玉座から立ち上がるとシャボンに向かって言った。顔を上げたシャボンは、足下が崩れ去ったかのような絶望的な顔をしていた。

「そ、そんな……ソーマ殿！」

「貴殿と話すことはもうない。国に戻られるがよかろう」

なおも言い募ろうとするシャボンの言葉を遮るように言って、話は終わりだとばかりに俺は踵《きびす》を返すと謁見の間から出た。

我に返ったアイーシャが慌てて俺に付き従い、ハクヤも、

「お二人を城下までご案内するように」

……と、衛士《えじ》たちに命じてから俺の後を追ってきた。

廊下で俺たちに追いついたハクヤは早速苦言を呈してきた。

「陛下、他国の要人との謁見の最中に感情的になるなど言語道断です」

「……すまない。ロロアを馬鹿にされた気がして頭に血が上った」

俺は足を止めて二人に謝った。さっきのは我ながら沸点が低かったと思う。

連日の疲れと、シャボンに悪気がなかったことが原因だろう。あれがこちらに悪意を持っている者の発言だとしたら、腸《はらわた》が煮えくりかえっていたとしても表には出さなかっただろう。たとえ心中では『あとで絶対に後悔させてやる』と思っていてもだ。

しかし、シャボンには悪意がなく、単純にそう思い込んでいるだけだった。

それが無性に腹立たしかったのだ。

するとハクヤは溜息《ためいき》を吐《つ》きながら肩をすくめた。

「……もっとも、陛下が怒らずとも結果は大差なかったとは思いますが」

「まあ到底受けられる提案ではなかったしな」

「それにしても言い方というものがあるでしょう」

「だから悪かったって。それで、どう思う？」

俺はハクヤに尋ねた。

「あの二人、大人しく国に帰ると思うか？」

「帰ってくれたほうが面倒が少なくてすむのですが……無理でしょうね」

「だよなぁ……あの表情を見るに相当に追い詰められているようだったし、今回のことで更に追い詰められて変なことをしないといいんだけど……」

精神的に追い詰められて自ら命を絶つとか、あるいは主の不祥事を詫《わ》びるとか言ってあのキシュンとかいう白狐《びゃっこ》耳の獣人族が腹を切るとか……そういうことになったら今後の計画に支障が出かねない。

「ハクヤ、二人に黒猫部隊の監視はついているな？」

「常時二名が張り付いています。下手な気を起こしたとしても彼らが止めてくれるでしょう。陛下が怒ったことに関してのフォローは私のほうでしておきます」

「……すまないな」

「陛下を支えるのが宰相の役目ですから。陛下も連日の準備でお疲れでしょう。今日はもう休まれてはいかがでしょうか？」

「そうだな……そうさせてもらおうか」

俺はそこでようやく笑うことができた。

「今晩はロロアの番だっけ。ロロアを侮られたことで生まれたこのムシャクシャは、ロロアを存分に可愛《かわい》がることで発散しようかな」

「いいなぁ……陛下、明日は私の番なので！　そのときは私にも！」

俺とアイーシャがそんなことを話していると、

「……どうぞご勝手に」

ハクヤは呆《あき》れたように言って、付き合ってられないとばかりに歩き去った。

ちなみに、俺がロロアのことで怒ったということが本人にも伝わり、この夜のロロアは嬉《うれ》しそうに「ありがとな、ダーリン♪」と、とても甘えてきたのだった。

◇◇◇

「私は……なんと愚かなのでしょう……」

パルナム城下にある高級宿の一室で、シャボンはベッドに上半身を横たえながら泣いていた。横向きになった顔を涙がつたって清潔感のあるシーツを濡《ぬ》らしていた。

衛士に急き立てられるように城下へと送り出されたシャボンとキシュンは、肩を落としながら逗留《とうりゆう》先であるこの宿に帰ってきたのだった。

この高級宿は王国側が用意したものだった。

二人は九頭龍《くずりゅう》王に知られぬようにお忍びでこの国を訪れて、ソーマとの面会を求めて王都までやって来た。二人がこの国にいるということを外部に知られてはいろいろと拙《まず》いことになるため、機密保持が徹底しているこの宿を逗留先として宛《あて》がわれたのだ。

「絶対に……交渉を成功させなければいけなかったのに……最悪を避けるために……そのためにこの国に来たというのに……不用意な言葉でソーマ殿を怒らせてしまうなんて……本当に、なんと愚かで無力なの……私は……」

よほど自分の無力が恨めしく、悔しいのだろう。

シャボンは泣きながらパスンパスンとベッドに拳を叩《たた》き付けていた。

キシュンはそんなシャボン姫のことを痛ましそうに見ていた。

「シャボン様……お辛《つら》いのでしたら、九頭龍諸島へと帰りますか？」

「……ン、それはできません」

キシュンに気遣うように言われて、シャボンは泣きはらした顔を上げた。

「もはや一刻の猶予もないのです。最悪を回避するために私たちは来たのですから」

「ならば、もう一度、ソーマ王と会ってお話しするよりないでしょう」

「……会って、くださるでしょうか」

「ソーマ王の怒りがどの程度かによるでしょう。シャボン様はソーマ王がなぜ怒ったのか、その理由がわかっておいでですか？」

キシュンが尋ねると、シャボンは力無く首を横に振った。

「恥ずかしいことに、なぜお怒りになったのかもわかりませんでした。わかっているのは私に失言があったこと、それがロロア様に関することであることだけです」

「ロロア妃というと、アミドニア公国の敗戦後、国ごとソーマ殿に嫁ぐことで自国民を守ったと聞いております。また噂《うわさ》ではありますが、ソーマ王は好色で、ロロア妃欲しさに公国に攻め込んだというものもありました。もっとも、ソーマ王の反応を見るかぎり、この噂はあくまでも噂だったということなのでしょうが」

「……おそらく、私たちはソーマ殿の実情を知らなすぎたのでしょう。九頭龍諸島は閉じられた国です。聞こえてきた噂に振り回されてしまったようです。そしてソーマ殿を怒らせてしまった……本当に……愚かです」

シャボンはそう言うと顔を伏せた。ギュッとベッドのシーツを握りしめている。

そんな弱々しいシャボンの姿を見て、キシュンはなんとかしてあげたい、なんとかしなくてはという思いに駆られた。

「……もう一度ソーマ王に面会を求めましょう。シャボン様はここでお待ちを。私が今一度パルナム城へと伺い、なんとしてでも今一度の謁見を取り付けて参ります」

「!? キシュン！」

覚悟を決めたようなキシュンの声に、シャボンは弾《はじ》かれたように立ち上がると必死に彼の衣服を摑《つか》んだ。

「まさか貴方《あなた》、命を賭けるつもりじゃ。私のために死ぬなんてだめです！」

「死んで詫びてシャボン様の願いが叶《かな》うならそうしましょう。ですが、そんなことをしてもソーマ殿のお怒りは解けないでしょう。むしろシャボン様の立場をより一層悪くするだけです。誠心誠意、お願いをするだけです」

「キシュン……」

「私は……シャボン様の覚悟を存じております」

不安に震えるシャボンの手に、キシュンは自分の手を重ねながら言った。

「そしてそんなシャボン様をお守りすると誓ったのです。必ず、今一度、貴女様《あなたさま》をソーマ王の前へと立たせてみせます」

そう言うとキシュンはシャボンの部屋を出て行った。

シャボンには手を胸の前で組んで祈ることしかできなかった。

◇◇◇

宿を出て、もう一度パルナム城に向かったキシュンだったが、お忍びで訪れたシャボンのお付きという立場では王国にツテなどあるはずもなかった。そうなるともうキシュンに残された方法は、ソーマと彼の配下の方々の情けにすがることしかなかった。

キシュンはパルナム城の正門へと続く道の端にどっかりと腰を下ろすと、地面に手を突き、パルナム城に向かって深々と頭を下げた。

その体勢のまま固まったように動かなくなる。

城に出入りする者たちがチラチラ見てもキシュンは微動だにしなかった。

そんな怪しい人物が門の近くに居れば、当然門を護《まも》る衛士も放ってはおけない。まずは穏便に声を掛けるところから始まるが、最終的に埒《らち》があかない場合には実力行使で排除することになる。衛士たちはキシュンに近づくとまずは言葉で退去するように言った。

「城に御用ならば申請をして今日は帰られよ。上の許可が下りたらあらためて登城すればよろしかろう」

しかしキシュンは聞かなかった。

「ソーマ陛下にお詫びしたきこと是《これ》あり！　どうぞ、どうぞ今一度だけでもお目通りを願いたく！　許していただけるその日まで、拙者はこの場を動かぬ覚悟にございます！」

そんなことを言われたところで衛士の役目は門を護ることだ。

普段ならばこの手の輩《やから》は問答無用で排除するところなのだが、衛士たちにはあらかじめ上から指示があったようで、情報確認のために一人の衛士を城内へと走らせると、しばらくして衛士は一人の人物を伴って戻ってきた。

その人物は頭を下げたキシュンに声を掛けた。

「そのようなことをされたところで心証が良くなるというものではありませんよ」

「……宰相殿」

キシュンが顔を上げた先に立っていたのは黒衣の宰相ハクヤだった。

するとキシュンはバンッと地面に手を突くと、額が地面に付くまで頭を下げた。

「シャボン様の言にご無礼があったこと、平に、ご容赦いただきたく！　シャボン様もご自身の軽率さを恥じておいでです！　責任をとれと仰せならば、この首を差し出しましょう！　ですからどうか……どうか今一度、シャボン様にソーマ殿とお話しする機会をいただきたく！」

「貴殿の首をもらったところでなんの利益にもならぬでしょうに」

必死に訴えるキシュンにハクヤは溜息交じりに告げた。

「そもそも、貴方は陛下がお怒りになった理由をきちんと理解しておいでか？」

「それは……」

「形だけの謝罪など無意味です」

ハクヤは静かにそう告げた。しかしキシュンも引けなかった。

「それでも、シャボン様の覚悟は本物なのです。本当に、自分の身をソーマ殿とこの国に差し出してまでも、九頭龍諸島の人々を護ろうとなされているのです」

土を握りしめながらキシュンは切実に訴えた。

おそらく本当のことではあるのだろう。ハクヤはやれやれと首を横に振った。

「『自己犠牲』の精神……それは美しいものなのかもしれません。しかし、上に立つ者の『自己犠牲』は『責任放棄』と隣り合わせであると私は思います。そこがロロア妃殿下とシャボン殿との決定的な違いであるとも」

「っ!? その違いとは一体……」

膝を突いたままにじり寄り教えを乞うキシュンに、ハクヤは静かな口調で言った。

「……ここでは人目があります。一先《ひとま》ず、私の部屋へ来て下さい」

「はっ、ありがとうございます」

二人はハクヤの私室へと移動することにした。

◇◇◇

「どうぞ」

「あっ、これはどうも……いただきます」

ハクヤがお茶を差し出すと、キシュンは恐縮しきったように受け取った。ハクヤも席に着き一息吐《つ》いたところで「先程の話ですが……」と語り出した。

「国のために身命を賭したという点では同じと言ってもいいでしょう。ですが、シャボン殿は自分ではどうにもできない状況を、陛下に縋《すが》ってなんとかしてもらおうとしているようにしか見えません。端的に言えば自身での問題解決を諦めてしまっている。九頭龍王の娘であるという自分の責任から逃げてしまっていると言えないでしょうか?」

「っ……」

キシュンは「それは違う!」と言いたかったが言葉が出てこなかった。

見方を変えればたしかにそういう面もあるのだろうと、キシュンも思ってしまったからだ。力無く俯《うつむ》き、カップの中で揺れるお茶を見つめた。

そんなキシュンにハクヤは諭すように言った。

「一方で、ロロア妃殿下は凄《すご》かったです。王国はアミドニア公国との戦争に勝ち、圧倒的に有利な状況にありました。しかし、ロロア妃殿下は持てる人脈を駆使して政敵であった兄のユリウス殿を追放し、公国全土に王国への併合希望を出させました」

「それは……凄い統率力ですね。まるで軍を差配しているかのようです」

「ええ。当時『人類宣言』に抵触しない形で、公都ヴァンを自主的な王国への併合希望で得ていた王国は、その要請を断ることはできませんでした。受けねば先のヴァン併合との対応の違いを糾弾されることになりますから」

「……………」

「ロロア妃殿下がソーマ陛下のもとに現れたのは、公国全土の王国への併合が終わった直後です。自分をソーマ陛下の妃《きさき》にしてほしいと言ったのです」

ハクヤはそのときのことを思い出し、苦笑しながらお茶を啜《すす》った。

「……やられましたね。もしこの段階で拒否すれば併合したばかりの公国が荒れるのは目に見えていました。盤面は見事にひっくり返り、王国は利益を奪うはずだった公国を逆に保護しなければならなくなったのです。陛下は『公国に勝ったと思ったら、最後の最後でロロア一人に負けた』と苦笑していました」

ハクヤはカップを置くと、キシュンの目を見つめて言った。

「これがロロア妃殿下とシャボン殿の違いです。シャボン殿はすべてを諦めた。逆にロロア妃殿下は勝つために自分の命を賭けました。だというのにシャボン殿は『私もロロア様のように』と仰《おつしや》った。陛下は家族のことをとくに大切にされる御方《おかた》です。シャボン殿の言葉は、たった一人で王国を相手取り勝利したロロア妃殿下への侮辱であると感じ、あのように怒られたのです」

「……………」

ハクヤの話を聞き終え、キシュンはカップを持つ手に力が入った。

『俺ノ嫁《ロロア》ヲ侮ルノモ大概ニシロ』

ソーマがあのように怒った理由を思い知らされたからだ。

たしかにシャボンとロロアでは覚悟が違っていた。

それを勝手に同一視されたのだから怒るのも無理ないことだった。

すっかり意気消沈してしまったキシュンにハクヤは言った。

「陛下はこう仰っています。『もしもシャボンが九頭龍諸島へ帰らぬのであれば、明日もう一度だけ会う用意がある』と」

「っ!?」

ハッと顔を上げたキシュンの目をハクヤは真《ま》っ直《す》ぐに見つめていた。

「『もし覚悟なきまま再度会談に臨むようなら、今度は有無を言わさず強制的に帰国させる』と。さきほどの話をシャボン殿にもよく伝えてください」

「……はっ！　ありがたき幸せにございます！」

キシュンは何度も頭を下げると、衛士《えじ》に案内されながら帰って行った。

私室の前でキシュンを見送ったハクヤはふうと溜息《ためいき》を吐いた。

（大人しく国に帰ってはくれそうにありませんね。厄介ですが、シャボン殿たちのことも踏まえた上で計画を見直さなくてはならないでしょうか……）

多分に気を遣うことになりそうだ。

ハクヤは辟易《へきえき》とした気分になるのだった。

第二章 ✦ 元凶 -unknown-

翌日。シャボンとの会談は仕切り直しということになり、あのときとほとんど同じメンバーがパルナム城の謁見の間へと集まっていた。

違いと言えば今回はリーシアが玉座の隣にある王妃の席に座っていることだ。

この前の会談では相手の思惑がわからなかったので参加させなかったけど、シャボンやキシュンに害意がないことはハッキリしたので今回は同席してもらったのだ。

子供たちはカルラに見てもらっている。

リーシアが同席したことによって、シャボンは以前よりも萎縮しているようだった。

昨日の面会の際に「貴方様《あなたさま》の道具としてお使いください」や「九頭《くず》龍《りゅう》王の王位がほしいなら嫁ぎます」などといったことを言ったからだろう。

リーシアの機嫌を損ね兼ねない発言であり、奥向きをとり仕切る第一正妃の機嫌を損ねれば、仮に俺のもとに嫁いだとしても辛《つら》く苦しい日々になることは想像に難くない。

そんなシャボンにリーシアはニッコリと微笑《ほほえ》みかけた。

多分『そんなに怖がらなくて大丈夫よ』と緊張をほぐそうとしたのだろうけど、その笑顔を見てシャボンは余計に恐縮してしまったようだ。……やれやれ。

ともかくメンバーが揃《そろ》って会談が始まると、まずはシャボンが頭を下げた。

「キシュンから宰相殿のお言葉を聞き、私の発言がいかに不適切であり、ソーマ殿をご不快にさせたかを知りました。不見識を恥じております。申し訳ございません」

「いや、私も怒りにまかせてシャボン殿にきつく当たってしまった。申し訳ない」

俺にも短慮な部分があったことは確かなので謝罪の言葉を口にした。シャボンと俺が二人して謝罪しあったあとで、昨日途切れた話し合いを再開することにした。

「さて……シャボン殿は私の道具となる覚悟だという話であったが、いまもその気持ちに変わりはないのでしょうか？」

「はい。私はそのためにここまで来たのです」

変心はなし、か。この前の件はやっぱりナシで……などと簡単に翻せるような話でもないし、シャボンたちだって覚悟を持って海を越えてきたのだから当たり前か。

さてと……そうなると彼女をどのように扱ったらいいかが問題だな。

「ソーマ……陛下から話は聞いたけど、貴女《あなた》は本当にそれでいいのでしょうか？」

リーシアが気遣わしげにシャボンに尋ねた。

いきなりの質問にシャボンは一瞬ドキリとしたようだけど、それでもリーシアを階下から怖《お》ず怖ずと見上げながらコクリと頷《うなず》いた。

「……はい。私にはもう、この方法でしか民を救う道がありませんから」

「王族である以上、自分の気持ちよりも国や民を優先するというのは私にも覚えがあります。私が陛下に……夫に興味を持ったのも、元々王族であった私や父よりも統治者としての資質があり、この国のためになると思ったからです。そして支え合って困難を乗り越えるうちに惹《ひ》かれていきました。政略的な婚約が先になってしまったけど、私はソーマとは恋愛結婚だったと思っています。他の妃たちもそう思っているでしょう」

リーシアがアイーシャに視線を送ると、アイーシャも大きく頷いていた。

……なんだか惚気話《のろけばなし》(自分の)をされているようで恥ずかしくなってくる。

するとシャボンは少し困惑した様子だった。

「そう……なのですか?」

「ええ。ですが、貴女のいまの顔を見るかぎり、私たちのような関係を築けるとは思えません」

「っ!?」

リーシアの拒絶の言葉に、俺も含めてその場に居た皆が目を丸くした。

驚く俺たちをよそ目にリーシアは語りかけた。

「王族の政略結婚はごく当たり前のことです。ですがシャボン殿。いまの貴女の顔は悲愴感が滲《にじ》み出てしまっています。貴女が現状をよほど思い詰めているのであろうことはお察ししますが、そのような顔で陛下に嫁いで来られては王国の民も九頭龍諸島の民も不安に思うことでしょう。恋愛感情を度外視した政略結婚であるからこそ、これは〝幸せな結婚〟なのだと知らしめるように、当事者は笑顔にならなければならないはずです」

「……」

「いまの貴女はそんな仮初めの笑みすら浮かべられないほど悲愴感に溢《あふ》れています。そのような顔で結婚したとして、一体誰が幸せになるというのです。……幸せになどなりません。誰もが悲しい気持ちになるだけです。ソーマ陛下も、愛のない二人に生まれてくる子供も、両国の民も……そしてなにより貴女自身も」

「っ……それでもっ」

シャボンは自分の前襟をギュッと握りしめながら叫ぶように言った。

「それでも、私にはもうこれしか道がないのです！　九頭龍諸島に住まう人々を救うために、私が差し出せる対価は私自身しかないのですから！　九頭龍王の娘と言っても、お父様に逆らってまで差し出せるものは……この身一つしか……」

最後は声を絞り出すようにしてシャボンは言った。

彼女だって追い詰められ、思い詰め、考え抜いた上での決断なのだとは思う。

だけどその方法では、リーシアが言ったとおり悲しむ人が多すぎる。

「なあ、シャボン殿？」

「……なんでしょうか？」

「貴女にはまだ語っていないことがあるはずだ。それも一番大事なことが」

俺がそう言うとシャボンはビクッと肩を震わせた。

「昨日の会見のとき、貴女は何度かこんなことを口にしていました。九頭龍諸島の人々を苦しめているのは『不漁であり船を出せないこと』であると。不漁であることが理由で船が出せないという風に聞こえるが……そんなことはありえない」

前に居た世界の漁師ならば、魚が捕れないせいでガソリン代が払えず船を出せないということはある。しかし、この世界の漁師は船を海洋生物に牽《ひ》かせるか手漕《てこ》ぎで海に出している。つまり不漁であることが船を出せないことには直結しないのだ。

魚が捕れようが捕れまいが、出そうと思えば船は出せる。

逆に船を出せないのに不漁というのもおかしい。

不漁とは漁ができないことではなく、漁で獲物が捕れないことを言う。船が出せなければ漁そのものができないはずだから、不漁とは言えないのだ。

それでは彼女の言い間違えかというと……そうではないだろう。

「貴女が真実を語ったのだとすればこうなる。『不漁であること』と『船を出せないこと』が同時に発生しているということだ」

「……………」

「ハクヤ、昨日の会談の記録を見せてくれ」

「はっ」

ハクヤは一礼すると一枚の紙を差し出してきた。

それは昨日の俺とシャボンとの会話を書き起こした物だった。非公式の会談ではあるが記録は残していたのだ。俺はハクヤから紙を受け取ると目を通した。

「貴女はこう言っていた。『不漁であり船を出せないこと、九頭龍王が税を増やしたこと、そして迫る王国との戦争の影……これらのことが九頭龍諸島の人々を暗鬱にさせています』……と。聞きようによれば、九頭龍王の暴政を止めるために王国の力を借りたい風に聞こえる。しかし、『不漁』や『船を出せない』ことの原因が九頭龍王であるとは考えにくい。不漁は自然の現象だし、九頭龍諸島全域で船を出さないよう取り締まることなど不可能だ」

「……………」

「貴女が語るように九頭龍諸島の人々が海と密接に生き、海から切り離されることを嫌うならば、船を出さないように取り締まろうとすれば反発されることだろう。元々各島の自治権が強いのだから島主たちが従うわけがない。さらに王国近海へ向けては船を出しているという現状もある。軍船を護衛に付けているようだがな」

俺はふうと一息吐《つ》くと頬杖《ほおづえ》を突きながらシャボンに結論を言った。

「これらのことを踏まえて考えてみると、〝九頭龍諸島内で一般人が船を出せない〟なんらかの理由があるからだ。……違うだろうか？」

するとシャボンは深々と頭を下げた。

「ご賢察、恐れ入りました。ソーマ殿の仰るとおりです」

シャボンが心底感服したように言った。ご賢察ねぇ。

彼女は持ち上げたけど真実は違う。まるで彼女の言葉から推察した風を装ったけど、実際は九頭龍諸島の置かれている状況をすでに知っていたからだった。

しかし、そのことを伝えると情報源はどこか探られる可能性があり、それをされるとこちらの計画にも影響が出そうなため、いま気付いたような感じにしたのだ。

このことは王国側メンバーとも打ち合わせ済みだった。

そんな内心を面には出さないようにシャボンに言った。

「シャボン殿、そろそろ話してくれませんか？　貴女の本当の願いを」

「……わかりました」

シャボンは顔をあげると真っ直《ま》ぐ《す》に俺の目を見ながら言った。

「たしかに私たちにはソーマ殿にお話ししていないことがありますが、決して秘匿していたわけではありません。私を受け入れてくださったのならば必ずお話しするつもりでした。……ただこのことをお話しする前に、私たちはこの国が九頭龍諸島と戦争する気がどの程度あるのかを知らなければならなかったのです。この話を聞いたことで計画を変更されてしまうと……すべてが台無しになってしまいますから」

「……聞きましょう」

九頭龍諸島が置かれている大体の状況はわかっている。

だから彼女が言っていることが正しいことも理解できていた。シャボンは「ありがとうございます」と一礼すると、静かな声である名前を口にした。

「オオヤミズチ」

その瞬間、シャボンの目にハッキリとした敵意の色が見えた。

「仮称ではありますが、それが九頭龍《くずりゅう》諸島の人々を苦しめている元凶です」

◇◇◇

始まりはソーマ殿が王位を譲渡される以前にまで遡ります。

最初の変化は海に顕《あらわ》れました。ある日を境に、九頭龍諸島の近海で大型の海洋生物たちがその数を減らしていったのです。

軍艦を牽引《けんいん》するのに重宝されている海竜《シードラゴン》類のような比較的大人しい生物から、沖で魚を捕る漁師たちにとっては天敵であるメガロドン（超巨大ザメ）や大ダコのような凶暴な大型肉食生物に至るまで区別なく、段々とその姿を見ることがなくなっていきました。

ある種類の生物が爆発的に増えることによって、その生物の捕食対象である生物が急激に減るということはよくあることです。しかし、この現象において増えた生物というものは確認されておりません。

それこそ、ただ大型海洋生物が減っただけなのです。

また他の原因として考えられる赤潮や海底での火山の噴火などの自然現象も確認されておらず、その理由はまったくもってわかりませんでした。

そして半年もしないうちに九頭龍諸島の沖からは大型の海洋生物が消え去ることになったのです。ただ、この時点では九頭龍諸島の人々は事態を楽観視していました。

皆が食べる魚は捕れていましたから。

長く漁師をしていれば、豊漁のときもあれば不漁のときもあります。

どんなに魚が捕れないときが来ても、じっと待っていれば必ずまた魚は帰ってくる。大型海洋生物の消失も一時のことだろう……と、そう考えていたのです。

むしろ漁師の中には危険な肉食海洋生物がいなくなったことで安心して漁ができると、この事態を歓迎する者さえいました。……大型海洋生物を襲ったその脅威が、やがて自分たちにも襲いかかるようになるとも知らずに。


……次の変化は魚に顕れました。

大きな魚が捕れなくなったのです。敷網を引き上げても捕れるのは小魚ばかりとなり、漁師たちは首を傾《かし》げることになりました。

沖で操業していた漁船の行方がわからなくなるという事件が起こりだしたのはそのころからです。最初は事故か、もしくは所属の違う島の〝シマ〟に入って拿捕《だほ》されたのではないかと思われていました。しかし嵐の翌日に、ある船の残骸が流れ着いたことで楽観視していた空気は吹き飛ぶことになります。

その船は大型の交易船であったのですが、その船が真ん中から真っ二つに〝へし折られて〟いたからです。見ただけで事故や戦闘による損壊ではないとわかるものでした。

その船の傷跡はなにかにぶつかったような衝撃を受けたものでもなく、砲撃を受けたようなものでもなく、なにかがとてつもない力で押し潰したような形でした。

人類相手には付かないであろう船の傷を見て、九頭龍諸島の人々はここで初めて海に潜む何者かの存在を感じたのです。


それからというもの、九頭龍諸島では漁船を出しても小魚程度しか掛からず、またその後も船の消失事件が相次いだため、漁師たちは海へ船を出すことができなくなりました。

私が『不漁であること』と『船を出せないこと』を分けて語ったのはこのためです。

そして十数件目であろう船消失事件の際に、一人の生存者が現れました。

この男性は交易船の品を盗むべく忍び込んでいた盗《ぬす》っ人《と》であり、大きな樽《たる》の中に隠れて乗船していました。

彼が忍び込んでいた交易船が破壊されたときも彼は樽の中にいました。乗員たちの阿鼻《あび》叫喚《きょうかん》の声と船が壊れる音を聞きながら樽の中で震えていた男が、樽が海水に落ちたことに気付いて閉じていた蓋を開けて顔を出すと、そこでは……。


――島のように巨大な何者かが、乗員たちを捕食していたのです。

◇　◇　◇

「これが九頭龍諸島の民が初めて遭遇したオオヤミズチの記録です」

シャボンは悲しげに目を伏せながらそう言った。

「これ以降、オオヤミズチの目撃談は増えていきました。この『オオヤミズチ』という呼称は九頭龍諸島に伝わる古《いにしえ》の怪物の名前からとったものです。なんでも『大いなる闇の神』、あるいは『大きな八つの頭を持つ水蛇《みずち》』という意味があるそうなのですが……」

なるほど……『大闇神《オオヤミツチ》』か『大八水蛇《オオヤミズチ》』といったところか。

俺はアゴに手をやりながらシャボンに尋ねた。

「八つの頭を持つ水蛇と言ったが、本当にそのオオヤミズチとやらは、そのような形状をしているのだろうか?」

「そういった報告もあります。ですが、たいていの場合は霧の中のシルエットしか見ておらず、加えて近くでは全体像が把握できないくらいの巨体だそうで、いまだにその全貌をハッキリと認識できたという報告はありません。『首の長い海竜類《シードラゴン》のようだった』という話もあれば『無数の長い首を持つ多頭の蛇』であったという話もあります。たしかなのは『島かと思うほど巨大であった』ということだけです」

「島ほど巨大な怪物……か」

前に居た世界で言うところの『怪獣』とでもいったところか。

俺たちがすでに保有している情報も似たようなものだった。

九頭龍諸島に巨大な何か得体の知れないものが存在していることは把握していたが、その具体的な形状については憶測の域を出ていない。

一応、噂話《うわさばなし》を元にしたスケッチを魔物の専門家であるイチハに数パターン作成してもらって、そのスケッチを魔識法《ましきほう》にかけてはいるのだけど……。

「大型海洋生物や魚が消えたのもそのオオヤミズチのせいであると？」

そう尋ねるとシャボンはコクリと頷《うなず》いた。

「はい。船を力でへし折るほどの巨体です。オオヤミズチにとっては大型海洋生物は空腹を満たすことのできるご馳走《ちそう》だったのでしょう。多くは捕食されたり、あるいはオオヤミズチの縄張りから逃げ出したのだと思います。だから九頭龍諸島で大型海洋生物の姿が見られなくなったのではないかと」

「なるほど……そして大型海洋生物がいなくなったから魚を喰《く》うようになり、漁師たちさえも襲うようになったということか……」

話を聞くかぎりだとドラゴン形態のナデンやルビィよりも遥《はる》かに大きいようだ。もしかしたら星竜《せいりゅう》連峰にいたティアマト殿に匹敵するくらいでかいのかもしれない。

だとしたら大型海洋生物を食い尽くすというのもわかる。

するとシャボンは辛《つら》そうな顔で言った。

「そのような存在が海にいては、九頭龍諸島の人々は海に船を出すことができませんし、漁も行えません。このことは私たちの国にとって……多分、王国の皆さんが思っている以上に苦しいことなのです」

「魚が捕れないことで食料難になっている、ということですか？」

リーシアがそう尋ねると、シャボンは首を横に振った。

「いいえ。食料は豊富とまではいきませんが、いまのところはなんとか飢えずにすんでいます。陸で栽培している穀物や野菜がありますし、鶏肉《とりにく》や卵などもあります。また小魚や貝などは海辺でも捕れますから」

「？　それではなにがそんなに苦しいのですか？」

「心です」

シャボンは心臓の上あたりに両手を重ねながら言った。

「九頭龍諸島に住まう人々は海の恵みに育まれ、海に遊び、死後魂は海に還《かえ》ると言われるほどに、海と密接に生きてきました。九頭龍諸島では大半の人々が朝起きて、家を出てまず目にするのが海なのです。子供たちは物心ついたころには家の前の海で遊び、泳ぎを覚えます。少し大きくなったら海に小舟を出してべつの島まで遊びに行きます。九頭龍諸島では対岸の島が近くて、二つの島を隔てる海が川に見える場所もあるんです」

シャボンの語る郷里の風景。穏やかな海と島々。昔、祖母《ばあ》ちゃんが口ずさんでいた『瀬戸の花嫁』の歌詞みたいな情景が頭に浮かんだ。

「晴れの日である結婚式のときも、悲しい葬儀のときも、九頭龍諸島では船を出します。花嫁・花婿を乗せた船は豪奢《ごうしゃ》に飾り付けられて、朝から昼に社のある島を右回りに一周します。逆に死者を乗せた船は夜、かがり火が焚《た》かれる中を左回りに一周します。生と死が海と船と共にある。それが九頭龍諸島なのです」

「へえ……」

他国の習俗の話はなかなかに興味深いな。俺には思い当たらないけど、前に居た世界のどこかには似たような習俗がありそうだし。

するとシャボンはそこで悲しげに瞳を伏せた。

「それなのに……オオヤミズチのせいでいまの九頭龍諸島では気軽に船を出したり、漁をすることができなくなってしまいました。船を出すには軍船の護衛を付けるか、あるいは襲われないようにただ祈るしかありません。我々は、海を奪われたのです。九頭龍諸島の人々にとって気軽に船を出せないいまの状況は……」

「……呼吸を止められるようなものか？」

そう尋ねると、シャボンは静かに首を横に振った。

「いいえ、そこまでとは申しません。ですが、喩《たと》えるならば……雨の日が続いてお日様が見られない感じでしょうか。雨空を見上げて『ああ、今日もお日様は見られないのですね……』と肩を落とす感じです。それがもう数年は続いています」

「それは……たしかに気が滅入《めい》りそうだ」

雨が降らないよりはいいのかもしれないし、日差しが強かったら強かったで鬱陶しく思うかもしれないけれど、空から雲が晴れずいつまでも太陽が見られなかったら憂鬱な気分になるだろう。なるほど……九頭龍諸島の人々にとって海に出られないということは、それほどまでに大変なことだったのだな。

「だから九頭龍諸島の漁民たちは、この国の近くまで来て漁をしているのか」

なぜ九頭龍諸島の漁民たちが大型海洋生物が棲《す》まう危険な遠洋を渡ってまで王国近海で漁をするのかわからなかったけど、九頭龍諸島における『船を出すこと』『漁をすること』の持つ意味を教えられたことでようやく合点がいった。

王国側でそのオオヤミズチとやらに遭遇したという報告はまだない。マリアと話した感じでは帝国側でも報告は上がっていないようだ。

つまりオオヤミズチは九頭龍諸島を縄張りとしていて、外には出ていないのだろう。だから九頭龍諸島の漁民たちは安全に操業できる王国の近海へとやって来たのだ。

遠洋に出ればオオヤミズチには襲われなくても大型生物に襲われるかもしれない。

また王国の近くで操業すれば密猟者として国防海軍に拿捕されるかもしれない。

そんなリスクを負いながら、それでも漁をすることを選んだのだろう。

九頭龍諸島の人々にとって漁とはそれだけ意義深いことなのだ。そして……。

「九頭龍王もそれを知っているからこそ、武装船の護衛を付けて援助している、と」

「そう、なのだと思います」

「なるほど……」

九頭龍王が密漁させてまでも船を出すのにはそんな意味があったのか。

「まあ、だからといって現状を善しとはできないわけだが……」

「……」

「それで、貴女《あなた》の『道具として使ってほしい』というさきの発言も、オオヤミズチに対抗するためということでいいのでしょうか？」

そう尋ねるとシャボンは「はい」と首肯した。

「王国が九頭龍諸島の島々を支配下に置こうとすれば、オオヤミズチの問題は避けては通れないでしょう。ソーマ殿も遠くないうちに対処せざるを得なくなると思います。……お父様はこのようなときでも頑《かたく》なに王国との対決姿勢を崩していません。戦が避けられないのならばせめてソーマ殿に協力して戦いを早期に終結させ、民心を安定させ、そして王国の力をもってオオヤミズチを討伐していただきたい。そう考えたのです」

「少し都合が良すぎるのではないか？　私が貴女を使って九頭龍諸島は支配下に置きつつ、オオヤミズチを放置するとは考えなかったのか？」

「ロロア様と元アミドニア公国に住む人々を大事にしているという話は九頭龍諸島にも聞こえていましたので、占領地に苛政を敷く方ではないと思いました」

「……評価されていることを喜ぶべきなのだろうか」

「もっとも、確証がなかったとしても王国軍に動いていただくために、私がとれる道はこれくらいしかなかったということもあるのですが……」

「シャボン殿は随分とソーマと王国艦隊に期待されているようですね」

今度はリーシアがシャボンに尋ねた。

「九頭龍《くずりゅう》諸島の軍だけでは対処できないのですか？　九頭龍諸島連合はこと海戦においてはかなりの強国であると聞いていたのですが」

「総力をあげて挑むことができれば……そうかもしれません。ですが九頭龍諸島は事ここに至ってもまとまることができていません」

シャボンは胸元に手を当てながら訴えた。

「独立心の強い島々は基本的に、自分たちの島の問題は自分たちの問題、他所《よそ》の島の問題は他所の問題として、介入されることもすることも嫌います。オオヤミズチはとてつもない脅威ですが、島の独立を脅かすような侵略者ではありません。だから九頭龍王であっても全島をまとめることができないのです」

だからこそシャボンは九頭龍諸島での対応を諦め、俺に自分と国を差し出す覚悟で王国軍にオオヤミズチを討伐させようとしたわけか。

最低限、九頭龍諸島の民草だけは守れるように。

消極的で、悲愴感を抱えているが、彼女もまた覚悟を持って海を渡ったのだろう。

俺は頭を掻《か》きながらシャボンに語りかけた。

「シャボン殿」

「はい」

「断言してもいいが、貴女の選択の先には大きな後悔が待っているぞ」

「……もとより、覚悟しております」

そう言ってシャボンは深々と頭を下げた。

……まったく、本当に厄介だ。俺はチラリとリーシアとハクヤのほうを見た。二人はコクリと頷くだけだった。俺の判断に任せるということなのだろう。

「……わかった。そこまで言うのであれば協力してもらおう」

「！　あ、ありがとうございます！」

「ただし、貴女を利用するのはあくまでも政治的な意味でのみだ。妻や妾《めかけ》とはしない」

「っ！　それはっ」

シャボンが困惑顔になった。

俺が家族というものに対して強い執着を持っていることはもう理解しているはずだ。だからシャボンは妾としてでも俺の家族という枠組みに入りたかったのだろう。愛のない相手に身を捧《ささ》げることになったとしても。それで自分と九頭龍諸島の人々を護《まも》るという保証となったのだから。しかし、俺はそれを許さなかった。

俺は言い募ろうとするシャボンを手で制した。

「最終的にはオオヤミズチと戦うことは約束しよう。しかし、それまではこちらの指示に全面的に従ってもらう。それでよろしいか？」

「……わかりました」

シャボンは頭を下げた。俺は頷くと今度はキシュンのほうを見た。

「それとキシュンとやら。シャボン殿に同行したということは、貴殿や貴殿の島を利用しても構わないか？」

　そう尋ねるとキシュンは膝を突き、手を前に組んで頭を下げた。

「もとよりこの命、シャボン様に捧げる覚悟。シャボン様が貴方様《あなたさま》に従うのであれば、この身と我が領地、いかようにも使っていただきたい」

　もとより覚悟の上というわけか。こうして俺は敵対国家の姫とその従者という、微妙に扱いにくい駒を手に入れたのだった。

第三章 ✦ 準備 -policy-

シャボンとキシュンを一先《ひとま》ず宿へ帰らせたあと。

俺とリーシアとハクヤは城内の作戦会議室へと向かった。

部屋に入るとそこには国防軍総大将エクセル、副総大将ルドウィン、国防陸軍大将でハルの父親であるグレイヴ、そして島型空母『ヒリュウ』艦長のカストールがいた。いまの王国国防軍の中で地位の高い者が揃《そろ》っている形だ。

立って出迎えようとする四人を手で制しながら、俺たちは席に着いた。

「すまない。待たせてしまったか」

俺がそう言うとエクセルが扇子をいじりながら「いえいえ」と首を横に振った。

「〝想定外の来客〟があっては致し方なきことでしょう。心中お察ししますわ」

「あはは……たしかにシャボン姫の訪問は想定外だったな」

俺は力無く笑うしかなかった。

「万全を期して、万難を排するように計画を練りに練ったつもりだったのにな。どうしてこうも想定外の面倒事ばかりやってくるのか……」

「それが人というものですわ。誰も彼もが思惑通り動いてくれるものでもないでしょう。みんな情だったり、利だったり、思想だったりと、一番重んじるものは違うのですから、期待と違う動きをする者は当然現れます。ねぇ、カストール？」

「……俺にその話を振らないでくれ、ウォルター公」

エクセルに悪戯《いたずら》っぽく微笑《ほほえ》みかけられて、カストールは苦虫を噛《か》み潰した顔をした。

カストールはゲオルグ・カーマインの偽の謀反劇のときには俺とエクセルで説得したにもかかわらず、ゲオルグとの友誼《ゆうぎ》に殉じる覚悟で敵に回ったからな。まあ俺たちが秘密裏に事を進めすぎたせいでもあるので、カストールだけが悪いわけではないのだけど。

するとエクセルは扇子をパチンと閉じた。

「それで陛下、今後の計画はどうなるのでしょうか？」

「……細かい部分で修正は必要だろう。だが計画の大枠はかわらない」

そして俺はエクセルとカストールのほうを見て言った。

「エクセルには予定どおり九頭龍諸島派遣艦隊の総司令官として、俺と共に旗艦である『アルベルトⅡ』（紅竜城邑《こうりゆうじようゆう》戦で使用した戦艦『アルベルト』の同型艦）に乗ってもらう。予想される海戦の指揮も一任するのでよろしく頼む」

「承知いたしましたわ」

「カストール艦長には島型空母『ヒリュウ』の運用を任せる」

「おお、ついにヒリュウが実戦投入されるのか」

興奮気味にそう言うカストールに、俺はコクリと頷《うなず》いた。

「戦力を出し惜しみできるような状況ではないだろうからな。空母二番艦『ソウリュウ』、三番艦『ウンリュウ』は間に合わなかったけど、ヒリュウは出す」

「これは腕が鳴るな。それで、搭載する飛竜《ワイバーン》騎兵隊の装備はどうします？」

「『ススムくん・マークVライト』（マクスウェル式推進器）も積んではいくが、おそらく空対空の戦闘は起こらないだろう。必要が無いかぎりは使わないほうがいい」

「了解しました！」

二人に頷き、今度はグレイヴのほうを見た。

グレイヴは陸軍部門の将であるため、海戦が主体の今作戦には関わっていない。で、あるにもかかわらずこの場に呼んだのは、彼にべつの任務を与えるためだった。

「グレイヴ。子息のハルバートとルビィにはヒリュウに乗ってもらうことになるが、貴公には一軍を率いて北に向かい、東方諸国連合と国境線の警備に当たってもらいたい」

「東方諸国連合……ですか？　九頭龍諸島方面ではなく？」

訝《いぶか》しむグレイヴに、俺は大きく頷いた。

「黒猫部隊とユリウスからの報告にあったのだが、どうも東方諸国連合内がキナ臭くなっているらしい。主にマルムキタンの王フウガ・ハーン絡みでな」

「フウガ・ハーンと言いますと、あの魔王領から一部領地を奪い返したという？」

「ああ。その偉業もあってか、東方諸国連合内でフウガの名声がとんでもなく高まっているようなんだ……」

東方諸国連合は中小国家の集合体である上に、各国の王公の間で縁組みや同盟が乱雑に結ばれていて雁字搦《がんじがら》めになっている。これまではどの国も大きくなりようがなかったのだが……そこにフウガが率いるマルムキタンが現れた。

フウガは魔王領から奪還した土地にかつての居住者である難民を入れた。

難民たちは自分たちの村を、街を、国を再興しようとしたが、魔王領の脅威に自分たちだけで対抗することなど不可能だ。そのような状況下では自治独立を掲げることもできず、奪還の功労者であるフウガ率いるマルムキタンの庇護《ひご》下に入るしかなかった。

つまりフウガは奪還した土地の国と民を同時に手に入れたのだ。

そのため、いまやマルムキタンは東方諸国連合の中で一番大きい国となっていた。

これまで大きくなりようがないと思われていた東方諸国連合の国々の中で、版図を広げたマルムキタンの姿を見て、東方諸国連合内の国民は沸き立った。マルムキタンという国ならばこれまで防戦一方だった魔王領からの脅威に対抗できるのではないか。東方諸国連合も南の王国や西の帝国と肩を並べられるのではないか。

そう考える者が東方諸国連合の中に増えてきているのだそうだ。

「東方諸国連合の人々はフウガという存在に希望を見出《みいだ》したんだ。にっちもさっちもいかない現状をぶち壊して、新たな世界を拓《ひら》いてくれるんじゃないかってな」

「それって……どうなの？」

リーシアにそう尋ねられたけど、俺は肩をすくめるしかなかった。

「良いか悪いかって意味なら……わからない。外側にいる俺たちから見ると誰かに自分の理想を重ねてみているだけのような気がするけど、当人たちにとっては違うのかもしれない。フウガ自身もそれを苦とは思わないだろう。誰もがフウガの栄達を願っているわけだしな。人々に祭り上げられ、時代に突き動かされているような気になり、やがて自分の行動は天命なのだと思うようになる。まさに英雄の誕生だ」

「そう言えば、いつだったかルナリア正教の聖女も言ってたわね。『他人様《ひとさま》に望まれるように生きるのは、とても誇らしく素晴らしい生き方だ』……とかなんとか」

「ああ……言ってたな。だいぶ前なのによく憶《おぼ》えてたな」

「だってその日は、その……あの日だったし……」

リーシアは最後のほうで言葉を濁した。

あっ、そういえば聖女メアリと面会した日といったら、俺とリーシアが初めて結ばれた日だっけ。リーシアと一線を越える決心が付いたのも、あくまでも聖女というシステムとして振る舞おうとするメアリを見て、自分は人でいたい、人として人に愛されたいと思ったからだ。だけどフウガはそんなことを気にしたりはしないだろう。

「それではキナ臭いというのはそのフウガという男なのですか？」

するとグレイヴが真剣な顔をしながら聞いてきた。

それに対して俺は「あー違う違う」と手をヒラヒラと振った。

「キナ臭いのはフウガの周囲を取り巻く環境だ。ハクヤ、説明を頼む」

「御意。黒猫部隊を束ねるカゲトラ殿とラスタニア王国のユリウス殿の報告によれば、東方諸国連合内にフウガ殿を危険視する声が増えてきているようなのです。反フウガ勢力とでも申しましょうか」

「ん？　さきほどは英雄視されているという話だったのでは？」

グレイヴの疑問にハクヤは首肯した。

「はい。たしかにフウガ殿は諸国連合の人々から英雄視されています。しかし、そのことがかえって、諸国連合に属する諸王・諸侯の反発を招いているようなのです。魔王領からの領土奪還は偉業であり、その功績はすべてフウガ殿に集まっています。自分たちが統治する国民が、自分たちよりもフウガを愛し、畏れ、敬うようになったのですから面白くないのでしょうね」

「まさに『出る杭《くい》は打たれる』ってヤツだな。どこの世界も同じか……」

「陛下の世界の諺《ことわざ》ですか？　言い得て妙だと思います」

ハクヤは納得したようにそう言うと説明を続けた。

「おそらく今後、東方諸国連合はフウガ殿を支持する勢力とフウガ殿に敵対する勢力に二分されることでしょう。反フウガ勢力は歴史的に築き上げてきた諸国との関係を利用して、多くの国家を巻き込みながらフウガ殿を押さえ込みに掛かるでしょう」

「フウガにとってはここが正念場か……」

「はい。逆にフウガ殿も覇を唱えようと思うなら、縁戚関係や利権で雁字搦めになったいまの東方諸国連合の有り様は煩わしく思っているはずです。両者は遠くない将来、激突する宿命にあると言えるでしょう」

「どっちが優勢なの？」

リーシアがそう尋ねたけどハクヤは首を横に振った。

「読めません。五分五分といったところでしょう。数ならば多くの王侯貴族を巻き込める反フウガ勢力が有利でしょうが、いまのフウガ殿にはそういった数の不利を覆せるだけの名声と勢いがあります」

「どっちが勝ってもおかしくないのね。ソーマも同じ考え？」

「そうだな……どっちが勝っても負けても面倒なことに変わりはないんだけど、俺が戦いたくないのはフウガだ。理屈や道理を蹴っ飛ばせるだけの勢いがある。だから俺たちにとっての最悪を想定するなら、フウガが勝つという認識で備える必要があるだろう」

「それでは陛下、反フウガ勢力とやらに介入するのですか？」

「いいや。しない」

エクセルに尋ねられたけど、俺はハッキリと否定した。

「フウガに敵対するということは、フウガを英雄視する人々から敵対視されるということだ。英雄視とは信仰みたいなものだ。ルナリア正教皇国とやり合えば、国内の正教徒の反乱を警戒しなければいけないように、フウガと敵対すればフウガを信奉する者たちのことを警戒しなければならなくなる。彼の国が攻め込んでくるならばともかく、敵対行動をまだとっていないフウガになにかしようものなら、英雄の道を妨げ、人類の希望を摘もうとしていたなどと糾弾されるだろう。そうなったら国内の統治もままならない」

「それは……たしかに厄介ですわね。国力差があっても役には立たなそうです」

「だろ？　だからこそ、フウガがこの国にとって脅威となると人々が明確に認識できるまでは、こちらから敵対行動はとらないし、とれない。うちにはフウガの妹ユリガもいるしな。警戒しながらも友好的に振る舞うしかない」

するとリーシアが顔を曇らせた。

「ソーマ。諸国連合が荒れるなら、ラスタニア王国は大丈夫かしら？」

諸国連合にいるロロアの兄ユリウスのことを心配しているのだろう。

「ユリウスはフウガと敵対する危険性を認識している。反フウガ勢力には加わらないだろう。もし危なくなったらティア姫たちを連れて王国に逃げてこいとは言ってある」

「私としては、王国にユリウス殿を戻すのは不安なのですが」

ハクヤがそう苦言を呈した。もっともな意見だけど、この件は我を通させてもらう。

「ティア姫を丁重に保護しているかぎり、ユリウスが野心を抱くことはないよ」

「……わかりました。陛下がそう仰《おつしや》るのであれば」

「すまない。と、だいぶ話がそれたな。そんなわけでグレイヴ、北の国境線の警備に当たってくれ」

「はっ、承知いたしました」

グレイヴは手を前に組んで頭を下げた。大方の指示は出し終わった。

あとは艦隊が出撃するそのときまで、俺がどうするかということだけだ。

「艦隊より先に九頭龍《くずりゅう》諸島連合に行く⁉」

ロロアが素っ頓狂な声を上げた。

政務室に嫁さんたち五人とトモエちゃん、イチハを集めて俺の意思を伝えたところ、真っ先に帰って来た反応がこれだった。

リーシアたちもロロアと同意見なのだろう。心配そうな顔をしている。

「ソーマのことだから酔狂ではないんだろうけど、理由を説明してくれるのよね？」

リーシアにそう尋ねられて俺は「もちろんだ」と頷いた。

「ここに居るメンバーは九頭龍諸島の現状を理解しているよな」

みんなを見回しながらそう尋ねると、一様に首肯した。

ここにいるのはすでに九頭龍諸島を襲った巨大不明生物と、なぜ九頭龍諸島の漁民が王国近海で違法操業するようになったのかを知っているメンバーだ。

計画を秘密裏に進めるために情報を制限していることもあって、このことを知っているのは俺の嫁さんたちと、ハクヤ、トモエちゃん、イチハ、軍の上層部、それと九頭龍諸島の密漁船を取り締まる国防海軍の一部将兵だけとなっている。

おそらく島型空母『ヒリュウ』に乗艦する予定のハルとルビィなどにも知らされてない

はずだ。ルドウィンの副官であるカエデも産休中だし、今回は彼女が知るついでにハルが知るといったこともなかったからだ。今回出撃する艦隊のほとんどの将兵は、相対するのは九頭龍諸島連合艦隊のみだと思っていることだろう。

「ハッキリ言って、厄介さで言ったら諸島連合艦隊よりも巨大不明生物……どうやら『オオヤミズチ』という呼称が付いているようだけど、そのオオヤミズチのほうが上だ。艦隊が出撃するのは凡《およ》そ一週間後といったところだろう。それまでの間にできるだけこの生物に関する情報収集を行いたいと思っている」

「だから、ソーマが九頭龍諸島に行くの？」

「ああ。九頭龍諸島とは大海で隔てられているため情報がなかなか入ってこない。シャボンの行動を見ると、向こうもこちらの情報を得にくいようだけどな。地図を見てくれ」

俺は政務机の上に九頭龍諸島の大まかな地図を広げた。

「このヒリュウを建造した船渠《せんきょ》がある島に一番近い二つの島が、シャボンの護衛として付いてきたキシュンの治める島だそうだ。国防海軍本部のあるラグーン・シティからもっとも近い島でもある。今回の交渉でこの島を使えることになった」

キシュンの治める島は大小二つの島からなり、二つ合わせて『双子島』、それぞれを『大島』『小島』（島外の人は『双子大島』『双子小島』）と言うらしい。二つの島は泳いで渡れるくらいに近いようで、キシュンの館は大島のほうにあるらしい。

「シャボンたちの乗ってきた船に便乗して秘密裏に大島へと向かう。王国の船やナデンに乗っていったら誰かに見られるおそれがあるからな。俺の滞在を知られたくない。そしてキシュンの館を拠点にしてオオヤミズチの情報収集をするつもりだ。そのためにもトモエちゃんとイチハには俺と一緒に来てもらいたい」

「私たちも、なのですか？」

「ご、ご命令とあれば従います……」

二人とも困惑しているようだった。

いきなり関係が悪化している国に付いてこいと言われたのだから無理もない。

俺としても子供である二人をわざわざ危険なところに連れて行きたくはないのだけど、オオヤミズチの調査には二人の力がどうしても必要だった。

トモエちゃんの能力ならばオオヤミズチの思考がわかるかもしれない。

イチハなら魔識法《ましきほう》でオオヤミズチの体部位を識別して、有効な攻撃方法がわかるかもしれない。イチハにはすでにオオヤミズチの予想される形状を何パターンか識別してもらっているが、向こうで情報を得られればさらに精度が増すだろう。

いまはその結果をもとにエクセルなどが作戦プランを立てていた。

「ですが、関係が悪化している国に乗り込むわけですよね？　それにオオヤミズチなる存在もいるという話ですし、危険ではありませんか？」

アイーシャが心配そうな顔をしたけど、ここは我を通させてもらう。

「危ないと思ったらナデンに乗って帰ってくるさ。逃げ帰るときなら見られたってべつに構わないしな。ナデンならヒリュウがなくても海を越えられるだろ？」

「うん。そこは任せてちょうだい」

ナデンが胸を張ってドンと叩《たた》いた。俺も頷《うなず》く。

「だからこそ、有事の際にナデンが運びやすいように少人数で行くつもりだ。俺、ナデン、トモエちゃん、イチハに加えて、護衛としてアイーシャと海に詳しいジュナさんに来てもらいたい」

「はっ、了解です」

「……私も、ですか」

アイーシャは即座に了承したが、ジュナさんは返答までに若干の間があった。

「？　なにか気になることでも？」

「あ、いえ大丈夫です。護衛の件、了解しました」

「ええなぁ、みんなは。うちはこういうときお留守番ばっかりやし」

ロロアが拗《す》ねたように口を尖《とが》らせたけど、彼女にはべつにやってもらうことがある。

「ロロアには王都に残って、ラスタニア王国にいるユリウスと連絡をとってほしい」

「兄《あに》さんと？」

「どうも東方諸国連合内がキナ臭いようだ。フウガ派と反フウガ派との間に衝突が起きそうな雰囲気らしい。一応グレイヴに国防陸軍の一部を率いさせて、国境付近に配備して警戒させているけど、場合によってはこれを動かす必要が出てくるかもしれない」

「……兄《あに》さんや義姉《あね》ちゃんも危なくなるかもしれんっちゅうん?」

「危なくなったらラスタニア王家の方々を連れて逃げてくるように言ってある。万が一そういう事態になったら、ロロアが対応したほうが確実だろうし」

とくにユリウスはうちの国にとって扱いが難しいからな。

ユリウスが国内に入ることに警戒する者も出てくるだろう。そういった声を抑えるためにも、第三正妃であるロロアの取りなしがあったほうがいい。

ロロアも理解したようで「わかったわ」と頷いた。

「可愛《かわい》い義姉《あね》ちゃんのためやし、兄《あに》さんと緊密に連絡をとるわ」

「頼む。なにかあったら知らせてくれ。場合によってはとんぼ返りする」

「合点承知や」

「それ私の、ってみんな私の決め台詞《ぜりふ》使いすぎじゃない!?」

ナデンは憤慨していたけど使い勝手がいいんだよな。

「でも、ソーマが王都を離れると私も仕事がなくなるのよねぇ」

リーシアが口元に指を当てながらそう言った。

最近のリーシアは、カルラなどの侍従《メイド》たちやたまに応援に来てくれるエリシャ義母上《ははうえ》などがシアンとカズハの面倒を代わりに見てくれている間は、俺の仕事の補佐をしてくれている。俺が王城から居なくなると補佐の仕事がなくなるわけで、手持ち無沙汰な時間ができることになる。

俺としては羽を伸ばす時間にしてもいいと思うのだけど、律儀なリーシアは空き時間が多すぎると持て余してしまうらしい。かといってリーシアを連れては行けない。

まだシアンとカズハは一歳なので目を離すことができない。

さすがに何日も子供たちの傍《そば》から俺とリーシアの両方が離れるのは無理だし、危険な九頭龍諸島に子供たちを連れて行くことなどできるはずもない。

「子供たちを連れて義父上《ちちうえ》の領地にでも行ってる？」

「それもいいけど……ヒリュウの船渠がある島に行くのはダメ？　子供たち連れて」

「えっ、あの島にか？」

「あの子たちに海の大きさや潮騒《しおさい》を体感させてあげるのもいいかと思って」

「いや、海水浴の季節じゃないと思うけど」

まだ一月だし、って赤ん坊だしもともと海水浴はできないか。そもそも大型の生物が居るこの世界において海水浴というのは一般的ではない。精々海辺に住んでいて海になれている人たちが、勝手気ままに泳いでいるくらいだろう。

（たしかにパルナムは内陸部だし、赤ん坊のうちから海の大きさを体感させるのも良いかもしれない。でもなぁ……）

「双子島に一番近い島ってことは、オオヤミズチが活動する場所に王国では最も近い場所ってことだぞ？　いくら大海で隔てられているとはいえ、王国沿岸に来る可能性も全くのゼロじゃないし、そんなところにリーシアや子供たちを行かせるのは心配だよ」

そう言ったのだけど、リーシアは呆《あき》れたように溜息《ためいき》を吐《つ》いた。

「なに言ってるのよ。その島にはいま九頭龍諸島へと向かう艦隊が集結中なんでしょ？　万が一にでもオオヤミズチが来たところで国防海軍が迎撃してくれるわ」

「それは……まあそうだけど……」

「危なくなったら飛竜《ワイバーン》のゴンドラで逃げればいいし。それにソーマ、九頭龍諸島へ行くときは艦隊との連絡用に玉音放送の宝珠を持っていくつもりでしょ？　集めた情報を送らないといけないし」

「……よくおわかりで」

「奥さんだもの。それに私たちが島にいれば、定時連絡のとき子供たちの顔が見られるわよ？」

「うぐ……あーもう、降参降参」

俺は両手の平を見せるように上げながら言った。

「島に行くのはいい。だけど、くれぐれも気を付けてくれよ」

「わかってるわ。ソーマも絶対に無事に帰って来てね。子供たちと待ってるから」

「もちろんだとも」

さて、これで方針は決まった。

それじゃあ九頭龍諸島へと乗り込むとしようか。

第四章 先行 -leading force-

一隻の船が外洋を渡っていく。俺たちを乗せたキシュンの船だ。

「んー、潮風が気持ちいい……と夏なら言えたんでしょうけど」

「寒いですね。まだ一月ですし」

甲板に出た俺とジュナさんは手すりの近くで、寄り添うように立ちながら海を眺めていた。いやぁ~寒い寒い。よく晴れているというのに潮風は強くて冷たかった。

寒さに弱いナデンはずっと船室に引き籠もって毛布に包《くる》まっていた。トルギス共和国に比べればまだマシな寒さだけどそれでも辛《つら》いらしく、心配して様子を見に来たトモエちゃんを毛布の中へと引き込み、湯たんぽ代わりにしていた。

仕方が無いのでアイーシャに救出させようと思ったら、こっちは船酔いでダウンしていた。ずっと神護の森で暮らしてきたアイーシャは、こうやって船で波に揺られるという経験がなかったらしい。いまはイチハくんに介抱してもらっている。

しかし……寒い。本物の湯たんぽを持ってくるべきだったかもしれない。ナデンほどではないにしても、この冷たい潮風の中で不必要に甲板へと出る者は稀《まれ》だろう。

俺とジュナさんにしてもずっと船室にいるのは退屈なので、ちょっと外を見に行こうかと出てきただけだった。しばらくしたら船内に戻るつもりだ。

俺は寒さに固まる身体《からだ》をほぐすように大きく伸びをした。

「う〜ん……こうして船に乗るのも久しぶりな気がします」

「ヒリュウには何度か行っていたのではないのですか？」

「あれは島か基地って感じで船に乗ってるって感じがしませんから。ジュナさんはこういった船旅はなれている感じですか？　たしか港町出身でしたよね？」

「そうですが……アナタ様、いまは二人きりですよ？」

ジュナさんにそう囁《ささや》かれてドキリとした。

そういえばプライベートのときは丁寧語はやめるという話だったっけ。

「悪い。ジュナ」

「ふふふ。それでいいのです、アナタ様」

ジュナさんは満足そうに笑うとピッタリと寄り添ってきた。ちょっと照れくさい。

「……しかしまぁ、キシュンの船が西洋風だったのは意外だったな」

「せいよう、ですか？」

「あー、俺のいた世界の話だよ」

装束的に和な雰囲気のキシュンの船ということだったので、安宅船《あたけぶね》かそれを改造した鉄甲船を想像していたけれど、意外にも見た目はキャラック船に似ていた。

海洋生物に牽《ひ》かせることが前提の構造らしく、ガレオン船ほど先頭（ラム？）部分は尖っていない。また火器対策のためか船体表面の要所要所に鉄板が貼ってあった。これもある意味、鉄甲船と呼べるのだろうか。

まあ安宅船は外洋進出には不向きだって聞いたことがあるし、こういう形状になるのは必然だったのかもしれない。報告によれば小早舟っぽいものはあるようだし、適材適所で使っているのだろう。

この船にはキャラック船に似ているだけあって帆もあるのだけど、いまは海竜類《シードラゴン》が牽いているため帆は折りたたまれている。帆船が帆をあげることなく、首長竜のような生物にさながら牛車のように牽かれているという光景はなかなかにシュールだ。

「そもそも海竜類《シードラゴン》に牽かせるのにどうして帆が付いてるんだろう?」

「牽引《けんいん》する海洋生物にトラブルがあったときのためですよ」

疑問を口にするとジュナさんが解説してくれた。

「事故や戦闘などで海洋生物が船を牽引できなくなった場合、帆も櫂《かい》もなしではそのまま動けなくなってしまいます。そういった事態を避けるために帆は取り付けられているのです。また海洋生物の飼育に維持費もかかりますので、風や潮流を利用しての航海も行われています」

「なるほどなぁ……でも、その理屈で言うと戦艦アルベルトみたいな鉄の軍艦はどうするんだ? 海戦ともなれば海洋生物が傷つく場合もあるだろう? 『ススムくん・マークV』のような推進力のない軍艦はその場で立ち往生になるのでは?」

「? アルベルトのような軍艦にも帆を張る装備は付いていますよ?」

「あれ？　そうだっけ？」

カストールとの戦いで使った戦艦アルベルトは、運搬用だったり陸上砲撃用に改造されていたので全容がよくわかっていなかった。ジュナさんは「あくまで緊急用なので滅多に使いませんが」と苦笑していた。

「あまり速力が出るものでもありませんし、風任せの漂流用ですから。軍艦は基本単独での航海はしませんから、海戦終了後には無事な艦船によって曳航《えいこう》されることになるでしょう。それが味方の艦船か、敵の艦船かはその海戦の結果次第でしょうが」

前者ならば救助、後者ならば拿捕《だほ》というわけか。そんなことを思っていると、

「こちらに居られたのですね。ソーマ殿」

不意に声を掛けられて振り返るとシャボンとキシュンが歩いてきた。

「その格好……すごくお似合いですね。どこからどう見ても『ヤエダ島』の人です」

「本場の人にそう言われると悪い気はしないな」

俺はいまお忍び行動のために、久々に北風小僧みたいな三度笠《さんどがさ》に旅合羽の装束を着ていた。俺の髪の色や顔立ちは九頭龍《くずりゅう》諸島の人に似ているとのことだったので、度々使用したこのお忍びファッションだけど、さらに言うと黒髪の人間族は九頭龍諸島内で二番目か三番目に大きく、人間族の多い『ヤエダ島』に多いそうだ。

ハクヤも黒髪だけど、彼のルーツもこのヤエダ島だったりするのだろうか。

そんなことを思っているとシャボンが怖《お》ず怖《お》ずと尋ねてきた。

「その……なにかご不自由な点はないでしょうか？」

「いや、快適に過ごさせてもらっているよ。たまには船旅も良いものだな」

心配そうに言うシャボンに俺は笑いかけた。

シャボンはホッとしたように胸をなで下ろした。

「それは良かったです」

「まあ一つだけ気になっているのは牽いている海洋生物かな。シャボン殿たちが来たときに使った海洋生物（『ツノドルドン』というイルカに似た生物）は逃げたらしいから、王国産の海竜類《シードラゴン》を使っているけど、九頭龍諸島の人々に怪しまれないかな？」

「それは大丈夫でしょう。九頭龍諸島でも大型船には海竜類《シードラゴン》は使いますから」

キシュンがそう説明してくれた。それならば大丈夫か。

「それで、キシュンの島まであとどれくらいかかるんだ？」

「双子島よりも奥にある『九頭龍島（九頭龍諸島では最大面積の島で九頭龍王が統治する島）』の山々は見えていますから、もう間もなく見えてくると思います。……あー、ちょうど見えてきました」

キシュンが指差す方を見ると、なにか海に出っ張りのようなものが見えた。

それが船が進むにつれてニョキニョキと生えてきて、やがて二つの島の形になった。

あれが双子島か。

「こうしてみると九頭龍王の居る島とかなり近い距離にあるように感じるな」

「はっ。九頭龍島の山々が大きいのでそう見えますが、見た目よりは距離があります。船でも一時間以上はかかるでしょう」

「島と島の距離は本当にわかりづらいですよね。ある泳ぎの達者な種族の若者が『あの島までなら泳いで渡れる』と豪語し、島から島へと泳いで渡ろうとしたのですが、意外な距離の遠さに力尽きて溺れてしまう……といった昔話もあります」

キシュンの話にシャボンがそう補足した。へぇ～、面白い話だ。

ウルップ爺《じい》さんが語った津波の伝説のように、語り継がれる民話や昔話には禁忌や教訓が含まれていることが多い。

その昔話の場合は多分実話なのだろう。実際にそうやって溺れた者が居たから、同じ過ちを繰り返させないように語り継がれてきたのではないだろうか。

そんなことを考えているとキシュンが「あっ」と声を出した。

「どうしたんだ？」

「島が見えたということは、お気を付け下さい」

「はい？……って、うわっ」

船がグラリと上下に揺れた。なんだなんだと思っていると、

――ゴンッ！

と、船底になにかが当たるような音がした。

「なんだ!? 岩にでも当たったのか!?」

「大丈夫です。ここらへんは潮流が激しい場所なので、波を切って進んでいると波の高低差で船底が海面に当たり、ぶつかるような音がするのです。実際に底を擦っているわけではありません」

「そうなんですか?」

思わずジュナさんに確認すると、ジュナさんもコクリと頷《うなず》いた。

「はい。潮の流れが速い場所で、流れを無視して一定以上の速度で進むときに起こる現象です」

「な、なるほど。それを聞いて安心し――」

――ゴンッ! ――ゴンッ!

「――たいんですけど、この音を聞いてると不安になってきますね」

「……そうですね」

板子《いたご》一枚下《いちまいした》は地獄。海の内包する力と恐ろしさを身をもって味わった気分だ。

「さあ、この潮流に乗ったということは島に着くのも間近です」

キシュンが気分を変えるように言った。いまは無性に地面が恋しいので、そうであることを願うばかりだった。

◇◇◇

「おお、キシュン様だ！」

「皆の衆、キシュン様がお帰りになられたぞ！」

「シャボン姫様も一緒だ！」

船が港に着くと、島民たちが熱烈歓迎ムードで出迎えた。

船の到着を見た人が人を呼び、あっという間に港は人で溢《あふ》れることとなった。どうやらキシュンやシャボン姫はこの島の人々に愛されているようだ。

俺はそっとキシュンに近づき、小声で尋ねた。

（「島民たちはキシュンとシャボン姫が俺たちの指揮下に入っていることを知らないんだったな？」）

（「はい。この島はご自由に使っていただいて構いませんが、それはあくまでも私の意思です。島民たちはなにも知らず、ただ島主に従っただけです」）

つまり、今後王国についたことで咎《とが》められる事態になったとしても、責任の所在はすべてキシュンにあるというわけだ。いざというときは自分の首だけで事態を収め、島民たちにまで累が及ばないようにという配慮だった。その覚悟は酌んでいる。

すると船に板梯子《いたばしご》が掛けられ、俺たちはしばらくぶりに地面へと降り立った。

「ああ……地面に立ったというのにまだ揺れてる感じがします」

「……早く家の中に入りたいわ」

船酔いアイーシャと寒がりナデンは目に見えてテンションが低いようだった。

最強戦力二人がこんな状態で護衛は大丈夫なのかと心配になるけど、まあいざとなったら二人のことだ。しっかり役目を果たしてくれることだろう。

一方でトモエちゃんとイチハくんのちびっ子組は元気なようだった。

「見て見てイチハくん。家がびっちりと並んでる」

「本当ですね。路地もかなり細いです」

「こういった家の建て方は、島ではよく見られる光景なんです」

疑問顔の二人にジュナお姉さん（教育番組モード）がやさしく解説していた。

「島では家を建てられる場所も限られていますので、どうしてもこういったギュウギュウ詰めの建て方になるのです。細い路地も迷路のように入り組んでいるので、探検するのも楽しいですね」

「「へえ～」」

と、子供たちと一緒に感心してしまった。

トルギス共和国に行ったときも思ったけど、その土地独自の文化や生活様式って、その土地での暮らしと緊密に結びついていておもしろいなぁ。

すると獣耳のついた頭にねじりはちまきを着けて、はっぴを羽織り、股引《ももひき》を穿《は》いた筋骨隆々のおっちゃんがキシュンのもとに歩み寄ってきた。尻尾の感じからして狸《たぬき》の獣人族だろうか。狸のおっちゃんはキシュンに尋ねた。

「それで島主殿、首尾はどのような感じで？」

「ああ。無事王国から魚を仕入れることができたよ」

キシュンはそう答えた。キシュンは王国の海辺に領地を持つ騎士・貴族と交渉して、魚を手にいれるために王国へと向かったということになっている。そのため、キシュンの船には王国で捕れた魚が積み込まれていた。……その生臭さもアイーシャの船酔いを悪化させる原因となっていたのだけどね。

すると狸のおっちゃんはムキムキな腹筋をポンと叩《たた》いた。

「そいつは重畳ですなぁ」

「ああ。早速荷下ろしを頼みたいのだが。それと海竜《シードラゴン》類は入り江に回してくれ。オオヤミズチに嗅ぎつけられたくはないからな」

「お任せくだせぇ。おい、野郎ども！　荷下ろしだ！」

「「「へい！」」」

すると同じようなはっぴを着た男たちが船へと乗り込んでいった。

驚いたのはその男たちがはっぴ以外は褌《ふんどし》と足袋しか身につけていないことだった。この真冬の寒い中、半裸で働いているのだ。

「寒くないのか……」

「寒いに決まってるさ。だからはっぴは羽織ってるだろ？」

俺の呟《つぶや》きに狸のおっちゃんは豪快に笑いながら答えた。

いや、はっぴを前も閉めずに羽織ってるだけなのが防寒対策になるわけないと思うんだけど……というか、おっちゃんの口調から察するに寒くないとはっぴさえ着ないということなのだろうか。筋肉もりもりマッチョマンの褌集団か。

（夏場に見たらとてつもなく暑苦しいだろうなぁ……）

そんなことを思いながら荷下ろし作業を眺めていたら、マッチョマンのうちの一人が狸のおっちゃんに呼び掛けた。

「おーい、親方！　一つ変な荷物がありやすぜ？」

「おう、どしたー？」

男たちは一つの木箱を持って降りてきた。

俺たちの前に大人が入るには厳しそうな大きさの木箱がドカリと置かれた。

「荷札もねぇし、持った感触もおかしな感じなんでさぁ」

「ふむ……島主殿に心当たりは？」

「いや、このような荷物に憶《おぼ》えはないが……」

そう言いながらキシュンは俺たちのほうを見た。王国側メンバーの荷物かと尋ねているのだろう。俺たちはそろって首を横に振った。こんな木箱を積んだ憶えはない。

「まあともかく開けてみりゃわかるでしょう」

狸のおっちゃんがその木箱の蓋を取り外すと……。

「「はあ!?　」」

俺たちはそろって驚きの声をあげることとなった。

木箱の中にいたのは鶴のような羽の生えたツインテールの少女だった。

「「なんでユリガ（ちゃん）が!?　」」

「…………う～……おえ……」

俺とトモエちゃんが声を揃《そろ》えて言ったけど、ユリガは真っ青な顔をして嘔吐《えず》くだけだった。


「……それで、なんで居るんだ？」

ユリガの回復を待ってから、俺はあらためて尋ねた。

するとユリガは頰を膨らませながら言った。

「トモエとイチハがしばらくアカデミーを休むって聞いたから、どこに行くんだろうって気になったのよ。二人に聞いても教えてくれないし。だからゴンドラの荷物の中に紛れ込んで付いていこうとしたのよ。……まさか船に積み込まれるとは思わなかったわ。狭くて魚臭い貨物室の中で長時間揺られて……うぷっ……」

ユリガはまた気持ち悪くなったのか嘔吐き、トモエちゃんに背中をさすられていた。

「食べ物とか飲み物とかはどうしたんだ?」

「……貨物室にあった水と果物を少し拝借したわ。あとで弁償はするつもりよ」

「まったく、そんなにキツかったなら出てくれれば良かっただろ?」

「無理よ! 気付いたらいきなり船だったのよ!? 私、完全に密航者じゃない! 密航者が見つかったら大型海洋生物のエサにされるって聞いたことあるし。多分、貴方《あなた》たちもこの船に乗ってるとは思ったけど、確実じゃないし、安全が確認できるまでは出るわけには行かなかったのよ。……結果として船酔いで半分意識失ってたけど」

そのときのことを思い出したのか、ユリガが震えていた。

まあ狭くて魚臭い部屋の中で、見つかるかも知れない恐怖と戦いながら、船酔いとも闘っていたのだから具合が悪くなるのも当然だろう。

すると狸のおっちゃんがそんなユリガのことを見下ろしていた。

「おうおう、たしかに船に勝手に上がり込むようなフテエ野郎はメガロドンのエサになっても仕方ねぇなぁ」

脅すようなことを言われて、ユリガの顔がさらに青くなったのは船酔いのせいだけではないだろう。あーでも、その子はそれでも一応他国の姫なのであまり脅すようなことはしてほしくないな。ユリガになにかあったらフウガとの関係がこじれそうだし。

するとそんなおっちゃんの頭をキシュンが鞘《さや》が付いたままの刀でポカリと叩いた。

「いい大人が子供を脅すような真似《まね》はよしなさい」

「痛ーっ……いや大将。ガキには一回ガツンと言い聞かせなきゃダメですって」

「私の船なのだから貴方が怒るのは筋違いでしょう。私の客人の身内なのですから、ことさら咎めるようなことはしません」

「きゃ、客人ですかい？」

狸のおっちゃんが俺の方を見た。俺は三度笠《さんどがさ》をとって挨拶をした。

「フリードニア王国の港街で商いをしているものです。魚の買い付けに協力したご縁で、そのお礼にとキシュン殿のこの島に招待していただきました」

「フリードニア王国？　ヤエダ島の人間じゃなかったのか？」

「血は流れてます。曽祖父の代に王国へと移り住んだそうです」

もちろん嘘《うそ》だ。でも正体を知られるわけにはいかないのでこの設定で通さなければ。俺はユリガの頭を引っつかむと強引に下げさせて、自分も頭を下げた。

「すみません。自分の監督不行き届きです。〝妹〟には俺からもよく言っておくので」

「ちょっ、妹って……」

「ユリガ！　謝るときにはちゃんと謝る！」

「ご、ごめんなさい」

二人して謝罪すると、狸のおっちゃんはバツが悪そうに頬を掻《か》いた。

「あ、いや、反省してるならそれでいいぞ。儂《わし》も大人げなかったしな」

「そう言ってもらえると助かります」

「しかし兄妹にしちゃ似てねぇな？　お前さんには翼が生えてないし」

「天人族とのハーフなんです。妹は母親似で」

「……複雑な家庭なんだな。兄貴ならちゃんと妹の面倒は見ろよ」

「はい。わかりました」

……ふう、なんとか丸く収まったようだ。狸のおっちゃんが作業へと戻っていくのを確認してから、俺はユリガの前に立って屈《かが》むと目線の高さを合わせた。

（「ユリガ」）

名前を呼ぶと、ユリガはビクッと肩を竦《すく》ませた。弁解しようとしたようだけど上手《うま》く言葉が出てこず、最後は萎《しお》れた葉っぱのようにショボンとなった。

（「その……ごめんなさい」）

謝るユリガに俺は溜息《ためいき》を吐《つ》いた。得意ではないけど、ちゃんと諭さないとな。

（「……今回の件、一歩間違えれば大問題になりかねないところだったんだ。国家間の問題もそうだけど、ユリガ自身だって危なかったんだ。海の男には荒くれ者が多いって話だしな。俺たちの居ない場所で見つかっていたら、入った木箱が積み込まれたのがべつの船だったら……いまごろどうなっていたかわからないんだぞ」）

（「………」）

ユリガは打ちのめされたかのように俯《うつむ》いていた。

狸のおっちゃんにすごまれて怖かったというのもあるだろう。強がってはいてもまだ十四歳だしな。向こうの世界では中学二年生の多感な時期だ。

俺はすっかり消沈したユリガの頭にポンと手を置いた。

(「まあ、ちゃんと反省しているようだし、これ以上は言わないけど、もう二度とこんなことはするなよ。それと、今回のこと、フウガにはちゃんと自分で報告すること」)

(「はい……」)

素直に頷《うなず》くユリガの頭を軽くポンポンと叩くと、俺はキシュンに言った。

「手間を取らせた。屋敷に案内してくれ」

「了解いたしました」

そして俺たちはキシュンのあとについて歩き出した。

◇◇◇

「うわっ、本当に路地が狭いね。イチハくん」

ソーマたちのあとについて双子島の路地を歩いていたトモエとイチハは、この島にある民家と民家の間隔の狭さにビックリしていた。あまりにも密集しすぎていたので、路地は昼間でも少し暗い感じがするほどだった。

「大人が二人並んで歩けないくらいの幅です。こんな光景、チマ公国でもフリードニア王国でも見たことありません」

　この光景にはイチハも息を呑《の》んでいる様子だった。

「火事になったら大変そうだよね。壁とかも木でできているみたいだし」

「むしろ火事が起こってもすぐに建て直せるように木でできているのではないでしょうか。かなり簡素な造りをしているようですし……でも、そうなると今度は泥棒に入られないかどうか心配ですね。扉まで木ですし」

「小さな島だから大丈夫なんじゃない？　島の人みんな顔見知りみたいだし」

「なるほど。これだけ密集していたら隣の家の異変もわかりやすそうです」

　島の家の造りを見ながら、トモエとイチハはこの島の人々の生活について語り合っていた。これは二人の師である宰相ハクヤから教わったことだった。

『他国の景色を見れば、その国の生活様式などが見えてくるものです。事物も文化もすべて人々の「必要」から生まれるもの。たとえば家の建て方一つとってもその国の生活様式が如実に表れるものです。外の世界で見聞を広めたいと思うのでしたら、そういった部分を注意深く観察してみるといいでしょう』

　そのハクヤの教えどおり、二人は見える景色からこの国の人々の暮らしを想像して話し合っていたのだ。実際の景色と想像の暮らしがピッタリと合うと、トモエとイチハはなんだか謎を解いたような気分になって嬉《うれ》しくなるのだった。

「こういうのって絵合わせみたいで楽しいね、イチハくん」

「そうですね。お役目があって来てるのに楽しんじゃっていいのかは疑問ですが」

「ねぇ、ユリガちゃんはどう思う？」

トモエはさっきから黙って歩いているユリガに話を振った。

「……………」

「ユリガちゃん？」

しかしユリガは心ここにあらずと言った感じで、ボーッとしている様子だった。

（義兄様《あにさま》や狸《たぬき》のおじさんに怒られたことを引き摺《ず》っているのかな？）

心配になったトモエはユリガの顔を覗《のぞ》き込んだ。

「大丈夫、ユリガちゃん？」

「あっ!?　えっ、なにが？」

ユリガがハッと顔を上げた。どうやら話を聞いていなかったようだ。

トモエは心配そうにユリガの顔色をうかがった。

「ずっと黙ってるから心配になって。もしかしてさっきのこと気にしてる？」

「べつにそこまで気にしてはいないわよ……考えてはいたけど」

「考えてた？」

「その……アンタの義兄《にい》さんって、叱るときはいつもあんな感じなの？」

ユリガは歯切れが悪い感じでトモエに尋ねた。

「言葉で諭して、迷惑を掛けた相手に対して一緒に頭を下げるとか、そういう感じ」

「う～ん……言葉で叱られたことならあるよ。一緒に頭を下げるようなことはしたことないけど、多分、私がユリガちゃんと同じ事をしたとしても、義兄様《あにさま》は同じように一緒に頭を下げて謝ったと思う」

「そう……」

ユリガはまたなにやら考え込んでいるようで、トモエは首を傾《かし》げた。

「フウガさんには叱られたことがないの？」

「そんなわけないじゃない。というか、アンタたちはお兄様が私に拳骨《げんこつ》を落とすところを見てたでしょ？」

「そういえば……」

トモエには東方諸国連合でそんな光景を見た憶《おぼ》えがあった。

するとユリガは溜息を吐きながら言った。

「お兄様だったら私に拳骨を落としたでしょうね。そして多分、一労働者に対しては一緒に頭を下げるようなことはしないわ。私は拳骨という罰を受けた、だから相手側もこれで勘弁してやってくれ……という感じになりそう」

「ああ……」

たしかに、とトモエは思った。フウガならきっとそうするだろう。罰は与えたから許せと。相手もそれで納得させられるのだ。ユリガは頭の痛みと引き換えにして相手に許してもらえるのだ。ユリガは小さく溜息を吐いた。

「お兄様に叱られて拳骨を落とされたら頭が痛いわ。だけどソーマ殿に叱られて、一緒に頭を下げられたら……肉体的な苦痛はまったくないのだけど……」

言いにくそうに言うユリガの様子を見て、トモエはピンときた。

「心が痛い？」

「……そんな感じ。私にはこっちのほうがキツいわ」

自分のしたことで、自分とは無関係の人が一緒に謝罪する。

これは結構応える。悪びれる様子がなかった者でさえも、罪悪感を覚えたり申し訳ない気分になるものだ。ユリガは根が真面目なところがあるから余計に応えただろう。

「これが、ソーマ殿の言ってた価値観の違いってヤツなのかしらね」

そう言いながらユリガは自分の頭頂部をさすった。

そこはソーマに頭を下げさせられたときに触られた部分だった。

「むう……」

トモエは少し不機嫌そうに、ユリガのほっぺをムニッと摘まんだ。

「はひょ……ちょっと！　いきなりなにをするのよ」

ユリガがトモエの手を払いのけると、トモエはフンスと鼻を鳴らした。

「義兄様《あにさま》は私の義兄様《あにさま》だからね。ユリガちゃんにはあげないよ」

「アンタらは義理の兄妹でしょうが！　それに、べつにお兄様にほしいなんて思ってないからね！　私のお兄様はやっぱり強くて格好いいフウガお兄様だけなんだから！」

「義兄様《あにさま》だって格好いいもん」

睨《にら》み合う二人。イチハはオロオロしながらもそんな二人の間に割って入った。

「ちょっと二人ともこんなところでケンカはダメだよ。それにソーマ殿たちから離れて迷子にでもなったら、また叱られちゃうよ？」

「「　あっ　」」

ソーマに叱られると聞いて、トモエもユリガも我に返った。

「やばっ、ちょっと離されちゃってるじゃない」

「ユリガちゃんがモタモタしてるから」

「私のせいにするんじゃないわよチミッ子が！　話し込んだのは一緒でしょ！」

「だから二人とも、ケンカしてる場合じゃないってば！」

「ああっと、そうだった。ともかく走るわよ！」

ユリガはトモエとイチハの顔を見て言った。

「「　了解っ　」」

トモエとイチハは敬礼して答え、そして三人は走り出した。

頑張って走ったこともあって、三人がはぐれかけていたことに大人たちが気付く前に追いつくことができた。ソーマは疲れている子供たちの顔を見て訝《いぶか》しげな顔をした。

「ん？　どうしたんだ、三人とも？　息が切れてるみたいだけど」

「な、なんでもありません義兄様《あにさま》」

「？？？」

首を傾げながらも前を向くソーマ。三人はホッと胸をなで下ろした。

「ふぅ……なんとか間に合って良かったです」

「さ、坂道になっててキツかったわね。冬なのに汗掻《か》いちゃったわ」

「もう、ユリガちゃんのせいでしょ」

「トモエのせいでもあるわよ」

「ヒュー……ヒュー……」

イチハは息が上がっていて二人を仲裁する元気もないようだ。

トモエは苦笑いをしながらチラリとユリガを見た。

（双子島に着いて早々なんだか慌ただしい感じになっちゃったけど……）

「……なによ？　ジーッと見て」

「べつに、です」

（ユリガちゃんの調子も戻ったみたいだし、まあいいかな……です）

トモエはそんなことを思いクスクスと笑うのだった。

第五章　遭遇 -enemy-

狭い路地を抜けて高台に続く道を上っていくと、石垣の上に建設された白壁が見えた。ここがキシュンの館なのだろう。こうして見ると日本の城っぽくも見える。天守閣のない戦国初期〜中期ぐらいの城のような感じだ。

そんな館を見てトモエちゃんが目をパチクリとさせていた。

「王国にある城壁と比べるとずいぶんと低いみたいだね」

「王国のように市街地を護《まも》るような壁ではありませんから。高台に建設されているので砲弾も届きにくいですし、この程度の高さで良いのでしょう」

イチハが解説すると、ユリガが首を傾げた。

「でも、飛竜《ワイバーン》騎兵みたいな空軍が攻めてきたらどうするのよ？　見たところ対空連弩《れんど》砲《ほう》もないみたいだけど……」

「それも大丈夫です。九頭龍《くずりゅう》諸島には飛竜《ワイバーン》は生息してませんから」

イチハはそう言って海のほうを指差した。

「飛竜《ワイバーン》は陸地の見えない海を嫌います。これは飛行可能時間が長くないため、着地できる場所のない海ではやがて力尽きて墜落してしまうからです。高い山のおかげで九頭龍島などは近くにあるように見えますが、実際にはかなりの距離が離れています。島から島へと飛竜《ワイバーン》で渡ることは難しいので、九頭龍諸島の島々からしてもわざわざ大陸から飛竜《ワイバーン》を輸入し繁殖させてまで空軍として運用する意味もないのです」

「なるほどねぇ……」

「さすがイチハくん、とてもわかりやすかったです」

イチハの解説を聞いてユリガは感心したように唸《うな》り、トモエちゃんは「すごいです」と手を叩《たた》いて喜んでいた。二人に感心されてイチハは照れくさそうに笑っていた。

さすがちびっ子たちは伸び盛りなだけあって学習意欲が旺盛だ。こういった異国の景色からも着実に知識を吸収していっているようだ。良い傾向だと思う。

そんなことを思いながら歩いていると、長い石の階段の先にある門を通された。

キシュンに先導されて館の中へと入った俺たちが歩いていると、すれ違うこの館の使用人と思われる者たちが俺たちに向かって頭を下げていた。キシュンの配下には俺たちのことを客人だとちゃんと説明しているようだ。

「どうぞ、こちらへ」

キシュンは俺たちを畳張りの大部屋へと案内した。

障子に襖《ふすま》もあって本当に和風な空間だった。庭が近いこともあって旅館の宴会場というよりは、なにか武術の道場といった雰囲気の部屋だった。

「この部屋が広くて使いやすいでしょう。こちらで集めた資料も既に部屋に用意してございます。この館にあるものは物から人までご自由にお使いください」

「わ、私にもなんなりとお命じください」

キシュンが頭を下げると、シャボン姫も隣に立って頭を下げた。至れり尽くせりって感じだな。それだけキシュンもシャボン姫も本気ということだろう。

部屋を見回せば机の上に大量の紙の束があったけど、あれが資料なのだろう。

俺は頷《うなず》くと早速皆に指示を出すことにした。

「よし。それでは早速作業に取りかかろう。俺とイチハでオオヤミズチに関する情報を精査する。ジュナさんには俺の補佐をお願いします。二人ともよろしく頼む」

「承知いたしました」

「りょ、了解です！」

ジュナさんとイチハが一礼した。他のメンバーにも指示を出す。

「シャボン姫とキシュンには集めた資料の仕分けを手伝ってもらう。使用人を使ってもいいという話だったたが、不特定多数の者に重要な情報に触れさせたくない。二人に手伝って
ほしいのだがどうだろうか？」

「承知いたしました。なんなりと」

「はっ。承知いたしました」

「よし。アイーシャは……回復している？」

尋ねると、アイーシャは少し不調気味ではあるがドンと胸を叩いた。

「はい。まだ揺れてる感じがしますが、問題ありません」

「無理はしなくていいけど……大丈夫そうならこの部屋の周囲を警戒してくれ」

「はっ。了解です」

「トモエちゃんとユリガは自由にしてくれていい。折角だからこの島をいろいろと見学させてもらうといいだろう。ナデン、二人の護衛を頼む」

「合点承知」

「あの、義兄様《あにさま》。私もなにかお手伝いしたいのですが？」

トモエちゃんがそう言ったので、俺は手招きして近くに来させた。

そして彼女の頭にピョコンと乗った狼《おおかみ》耳に囁《ささや》いた。

（「トモエちゃんの能力はいずれ必要になるだろう。でも、いまはまだ出番はないと思う。それまでの間、ユリガが無茶しないように見張っていてほしい」）

（「ユリガちゃんをですか？」）

（「ああ。今回の密航といい行動力の塊みたいなヤツだからな。話し相手もいないで退屈したら、なにをしでかすかわかったものじゃない」）

（「……なるほど。納得です」）

トモエちゃんが任されましたとばかりにピシッと敬礼した。

トモエちゃんはトモエちゃんでたまにヤンチャをするときがあるのだけどね。まあナデンが護衛に付いていれば危ないこともないだろう。

トモエちゃんが「なにを話しているのだろう」と訝しげな顔をするユリガのそばに戻る

のを見送ってから、俺はパンパンと手を叩いて言った。

「それじゃあ皆、よろしく頼む」


「ここにある資料は私と姫様が放った密偵によってもたらされた、オオヤミズチの目撃情報と九頭龍王や諸島連合艦隊に関する資料です」

机の上に山積みにされた資料を前に、俺はキシュンからそう説明された。

さすがに現地だけあってもたらされる情報が多い。

我が国からも黒猫部隊を派遣してはいるけど、海を隔てられているのと距離が遠いためそう多くは送り込めず、もたらされる情報は少なく、また遅れ気味だった。

「これはありがたいな。早速だけど、シャボン姫とキシュンにはこの資料を仕分けしてもらおう。オオヤミズチに関する情報とそれ以外との情報に分けて、〝オオヤミズチに関する資料だけ〟を俺たちのところに持って来てくれ」

俺がそう言うとシャボンは大きく目を見開いていた。

「それは……九頭龍王や艦隊の情報はどうでもいいということなのでしょうか」

シャボンはショックを受けたような顔をしていた。

……あー、言い方が悪かったか。

たしかに九頭龍王や九頭龍諸島の艦隊を甘く見ているように聞こえたかもしれない。

九頭龍王とは袂《たもと》を分かったとは言え、彼女たちは九頭龍諸島の人々のことを思って俺たちのところに来たのだから、当然この国に情がある。

この国と人々を侮るような発言は気分が悪かっただろう。

「すまない。そういう意味じゃないんだ。俺は海軍や海戦についてはよく識《し》らないから、オオヤミズチの情報収集に注力しようと思っただけさ。九頭龍王と艦隊関連の資料はアイーシャに渡してくれ。伝書クイで王国にいる専門家《エクセル》のもとに送っておけば、向こうが有効な対策を考えてくれるはずだ」

「そ、そうでしたか……すみません」

シャボンは申し訳なさそうに頭を下げた。

納得してもらったところで、俺たちは早速情報の精査を始めることにした。

シャボンとキシュンに仕分けしてもらったオオヤミズチに関する情報を、俺とジュナさんでさらに目撃談や被害情報などに分類してイチハへと渡していく。

そしてイチハはその情報を分析して相手の形状を絞り込んでいくのだ。

「こ、これは！　なんという……」

すると仕分けしていたシャボン姫がそんな声を上げた。

どうしたのかと見ているとシャボン姫はこちらにやって来て、沈痛な面持ちで一枚の書類を差し出してきた。その資料を受け取って目を通す。

「……小島が一つ全滅か。……酷《ひど》いな」

手にした資料を見ていたら思わずそう声が出た。

見ていた資料は数日前の被害報告書だった。一つの小島から数十人の島民と家畜が一夜にして消えたらしい。破壊の痕跡や〝食べ残し〟と思われる残骸から、オオヤミズチによる被害だと断定されたようだ。この日付ならシャボンたちは王国にいた。

つまり二人が王国に行っている間も被害は拡大していたわけだ。

不意にラスタニア王国で見た城壁の向こう側の地獄絵図が脳裏をよぎった。

この世界ではあのようなことがどこでも起こりうるのだ。そのことは常に頭の中に入れておかなくてはならないだろう。まずは、オオヤミズチへの対処からだ。

「目撃証言からオオヤミズチは単体の生物という認識でいいんだよな？　一夜で人を食い尽くしたとなると、相当デカいんじゃないか？」

イチハにそう尋ねると、彼もコクリと頷いた。

「はい。証言にバラツキは見られますが大きさは小島ほどはあるようです。おそらく体高は三十メートルを超えているかと思われます」

「三十メートルというと龍状態のナデンを真《ま》っ直《す》ぐに伸ばしたくらいか」

「……不謹慎ですが、その光景を想像するとちょっと面白いですね」

ジュナさんがそう言って苦笑した。物差し代わりにしているわけだしな。

「なぁイチハ、体高三十メートルとなると全長はもっとデカいんじゃないか？」

「そうですね。亀のように這《は》って移動するのを見たという報告があります。そう考えると全長は少なくとも二〜三倍はあるのではないでしょうか」

「そのサイズだとまさに怪獣だな……」

いやまあナデンやルビィみたいなドラゴンや、ライノサウルスや海竜類《シードラゴン》といった怪獣っぽい生き物は見てきたけど、それらに比べたとしてもこのオオヤミズチという生物は破格の巨大さだ。一対一でスケール負けしないのは聖母竜《マザードラゴン》のティアマト殿くらいだろうけど、あの御方《おかた》は竜《ドラゴン》が絡まない人類圏の問題には不干渉だから助けてはもらえないだろう。

人類圏の問題はここで生きる自分たちでなんとかしなければならない。

「形状については？　多頭の蛇という話もあったけど？」

そう尋ねると、イチハは資料を見比べながら首を捻《ひね》った。

「どうもハッキリしません。霧のため遠目には具体的な形状はわからなかったという証言が多いようですね。なにか長くて蛇のように蠢《うごめ》くものを見たという証言は多いですが」

「遠目か……近くで見たという報告はないかな？」

資料を漁《あさ》りながらそう言うと、イチハは「う〜ん」と唸った。

「近くで見た人物となると、それはもう襲われた被害者しかいませんからね。重傷を負ったか、心に傷を負ったか、あるいは……」

「すでに胃の中で消化済み、か」

「通常の生き物の消化器官があるかどうかも不明ですけどね」

これは望み薄かなぁ、とそんなことを考えていると、

「あ、陛下。これなんてどうでしょうか」

ジュナさんが一枚の紙を差し出してきた。

「オオヤミズチの襲撃から、たった一人生き残ったとされる人物の証言を書き留めたもののようです。この人物は生き残ったものの大ケガをしていたので、治療のために余所《よそ》の島へと移されていたようです。かなり精神的に不安定になっている様子ですし、この証言が正確かどうかはわかりませんが」

「どれです？」

紙を受け取りイチハと一緒に確認する。


〈ある島の漁師の証言〉


『蛇だ。蛇の頭だ。霧の中からそれが伸びてきたんだ。

俺たちは船屋に隠れてたんだが、デカくて長い蛇の首が屋根を引っぺがし、ライシ（補足：証言者の漁師仲間）の野郎を咥《くわ》えて持ち上げた。

俺たちはおっかなくて、おっかなくて……見てることしかできなかった。

しばらくして、上からドサッと落ちてくるものがあって、恐る恐る見たら、胴から真っ二つにされたライシの〝上半身〟と〝下半身〟だった。

俺たちは混乱して、方々へ逃げ出した。

どこをどう走ったかもわかんねぇ……俺はなにかにけっつまずいて、ゴロゴロと転がって……どうやら気を失っていたみたいで、気付いたら夜が明けてた。俺は痛む頭を抱え、身体《からだ》を引き摺《ず》りながら仲間を探したが……見つからなかった。

恐る恐る船屋に戻ったら、ライシの身体もなかった。血はあるのに……。

みんな、どこに行った！……どこに……どこに……』


「生々しいな……」

聞き取ったものをそのまま書き残しただけあって、体験者の感情が伝わってくるかのようだった。イチハも青い顔をしながら読んでいる。すると、

「……一点だけ、気になることがあります」

しばらくしてイチハが絞り出すような声で言った。

「ん？　どの部分？」

「上半身と下半身に真っ二つにされた、という部分です。証言者はこの直前に『この人物は直前に蛇に咥えられて持ち上げられた』と語っています」

「ああ。そうだな」

「屋根を引っぺがせるほど巨大な蛇が、身体が切断されるほどの力で嚙《か》みついたら、人の身体はどうなると思います？」

「それは、やっぱり歯で両断されるんじゃ？」

「陛下。蛇の食事の仕方はどのようなものかご存じですか？」

「どうって……っ!?　丸呑《まるの》みか！」

昔、生き物を扱う番組とかで、蛇の食事シーンを見たことがあるけど獲物は丸呑みのイメージがある。だとすると獲物が両断されるのはおかしい。イチハは頷《うなず》いた。

「僕はこの蛇だという証言は疑っています。仮に歯の生え揃《そろ》った蛇だったとしても、頭から噛みついたのなら、両断されたときに上半身は口の中に残ります。落ちてくるのは下半身だけです。また胴体部分に噛みついたのならこの大きさです。胴体部分を失った手足や首はバラバラになって落ちてくるでしょう」

「こんな風に綺麗《きれい》に真っ二つにはならない……か」

そう確認するとイチハは頷いた。

「まるで鋭利な刃物で切り裂いたようです。噛みついてできるものじゃありません」

「それじゃあ蛇というのは見間違えなのかな？」

「そこまでは言いませんが……あるいは蛇に見えるなにかだったのかも」

「なるほど……」

俺は紙を置くと、ふぅと溜息《ためいき》を吐《つ》いた。

「しかし、近くで見てもやはり全体像が見えてこないな。よほど発生している霧が濃いと見える。青天の下には出てこないのかな？」

まるで昔の特撮映画のようだ。ＣＧ技術の進歩していなかった頃は、夜のシーンを多用して映像面での粗が出ないようにしていたと聞いたことがある。そんなイメージだ。

「霧……濃霧……常に発生している？」

するとイチハが思案顔になった。

「こうも霧の中で見たという証言が多いとなると……もしかしたら、この霧は自然現象ではないのかもしれません。オオヤミズチはなんらかの方法で自ら霧を発生させているのではないでしょうか」

「霧を？　もしかして自分の姿を隠すために？」

「いえ、それはないでしょう。調べたかぎりではオオヤミズチとの本格的な交戦記録はないようです。そうですよね、シャボン姫様」

イチハが尋ねるとシャボンはコクリと頷いた。

「はい。オオヤミズチは海の中を移動しており、船ではなかなか捉えられません。まともに戦うことさえできていないのです。勝てるかどうかもわかっておりませんが……」

シャボンは悔しそうに口の端を噛んでいた。イチハは話を続けた。

「大規模な交戦記録がないということは、オオヤミズチにとって人類は脅威ではないということです。おそらく地上を這っているエサ程度の認識でしょう。恐れていない相手から身を隠す必要などないですよね？」

「そうだな。となると、霧はなんのために出しているんだ？」

「もしかすると海棲生物であるために、地上での活動には制約があるのではないでしょうか？　例えば……ジャイアントオクトパス（この世界の巨大ダコ）を地上に放置していると、いずれはカラッカラに乾いて固まりますよね？　オオヤミズチもそれと同じで地上だと体表が乾きやすくなって活動が鈍るのではないでしょうか。それを補うために霧を出して体表の湿り気を維持している……とか」

なるほど。ナマコとかも乾物にするとカラッカラになって何分の一かくらいに小さくなるしな。水で戻すと一気にデカくなってビックリするんだよなぁ……。

「霧を出す生物か……クジラの潮吹きって感じでもなさそうだけど……あっ、そう言えば俺がもと居た世界には『蜃気楼《しんきろう》は【蜃《しん》】っていう化け物みたいな二枚貝が起こしている』って伝説があったような……」

「霧を吐く二枚貝ですか……ちょっと描いてみます」

そう言うとイチハは持って来ていた画板と木炭を取り出して絵を描き始めた。

断片的な目撃情報をつなぎ合わせて、想定されるオオヤミズチの実像を描き出そうとしているのだ。イチハは魔物研究では先頭を走る者の一人だ。きっと王国にいたときに描かせていたものよりも、さらに精度の高いものが描き上がることだろう。

俺とジュナさんはそんな彼を支えるべく資料集めに奔走するのだった。

◇　◇　◇

　ソーマたちがオオヤミズチに関する情報を精査していたころ。

　シャボンとキシュンは乱雑に積み上げられた資料の整理を行っていた。もたらされた情報を仕分けながら、シャボン姫が小さく溜息を吐いた。

「……シャボン様？」

　それを見たキシュンが心配そうに尋ねると、シャボンはフルフルと頭を振った。

「すみません。少し考え事をしていました」

「なにか気がかりな事でも？」

「あっ……はい。ソーマ殿はオオヤミズチに関する情報は重要視していますが、お父様や諸島連合艦隊の情報は完全に配下の方任せにしています。海軍のことがわからないからと言っていましたが、少しも気にならないというのは……」

「九頭龍《くずりゅう》王を甘く見すぎだ……と」

　キシュンの問いかけにシャボンは静かに頷いた。

「オオヤミズチのことを脅威と捉え、対策を練ってくださっているのはありがたいことです。しかし、お父様も荒くれ者の多い島々を束ねている猛者。片手間で挑んで勝てる相手だとは、私には思えないのです」

「ソーマ殿には九頭龍王に勝つ絶対の自信があると言うことでしょうか？　なにか九頭龍諸島では思いも付かないような兵器を所持しているとか」

「そうなのかもしれません。しかし、だからといって油断していれば足を掬《すく》われる事になりそうで不安なのです。お父様のことをよく識《し》っているからこそ、その強さも敵として戦う恐ろしさもよく識っていますから」

そう言うとシャボンは作業中のソーマを見て溜息を吐いた。

「とはいえ、いま私にできることはソーマ殿たちを信じることだけなのですよね。すでにお父様とは道を違《たが》えたのですから……私が選んだ道なのですから……」

「シャボン様……」

キシュンが心配そうに声を掛けると、シャボンは自分の頬をパシンと叩《たた》いた。

「私たちも頑張らなくては。少しでもソーマ殿の配下の方が対策を立てやすいように」

「はっ。……あっ、そういえば」

「？　どうしたのですか、キシュン」

「一つ、九頭龍諸島の情報を仕分ける中で気になったことが」

「気になったこと？」

「はい。九頭龍島の軍備に関する報告書なのですが」

そう言いながらキシュンは一枚の報告書をシャボン姫に差し出した。

シャボンが目を通すとそこに書いてあったのは『九頭龍王が王国の艦隊との戦いのため、軍備を整えるための支出について』という内容だった。シャボンは首を傾《かし》げた。

「お父様の対決姿勢は変わらずということですね。これがどうかしましたか？」

「軍備への支出の額が予想よりも小さいのです。たしか九頭龍王は『王国の侵攻に備える』という名目で税を重くしていたはず。もっと大きな額が動かせるはずなのです」

「そうなのですか？……たしかに変ですね」

キシュンの指摘が本当ならば『王国の侵攻に備える』という名目で徴税された資金のほとんどが、軍備のために使われていないということになる。

「シャボン様。九頭龍王は浪費をされるような方でしたか？」

「いいえ！　お父様は武断派で軍備には惜しまずお金を使っていましたが、それ以外で無駄な支出などはしない人です。贅沢《ぜいたく》をするくらいなら、一艘《そう》でも多くの軍船を用意したいと考える人です」

「だとしたら、民から徴税した資金は一体どこに……」

「……わかりません」

シャボンは不安に揺れる目で九頭龍島のある方角を見た。

「私たちのあずかり知らないところで、この国になにが起こっているのでしょうか……」

「………」

シャボンの問いに、キシュンはなにも答えることができなかった。

◇◇◇

一方そのころ。自由にしていていいと言われたナデン、トモエ、ユリガの三人はキシュンの館の中を見て回っていた。床の間に掛けられている掛け軸やら、置かれている異国の調度品やらを発見しては興味深そうに眺めていた。

「ねぇ見てよ。このトラの置物、首がひょこひょこ動いてるわ」

「本当だ……なんだか面白いね」

ユリガがそう言うと、トモエも覗《のぞ》き込みながら言った。

そんな二人を見ながらナデンはモコモコのコートに包《くる》まってブルブルと震えていた。コートは『銀の鹿の店』で買った市販品だった。普段、ナデンは鱗《うろこ》を変化させた服で済ませているが、それだと温かくならないため上に着込んでいるのだ。

「うぅ……寒い。この屋敷って風通しが良すぎなのよ。ああ、火鉢のあったソーマたちのいる部屋に戻りたい」

「だ、大丈夫なのですか？　ナデンさん」

トモエが心配そうに尋ねると、ナデンはトモエをガバッと抱きしめた。

「うひゃっ!?」

「……温かい。やっぱり子供は体温が高くていいわ～」

「貴女《あなた》も子供みたいな見た目じゃない」

トモエで温まるナデンを見て、ユリガが呆《あき》れたように言った。

「ちょっとユリガちゃん！　ナデンさんはお妃様《きさき》なんだからね！」

「べつにいいわよ。妃の中で私がお妃様っぽくないってことはわかってるし。パルナムの人たちも相変わらず私のことは町娘のように接してくるし」

トモエの頭を撫《な》でながら、ナデンは苦笑気味に言った。

妃になってからもナデンは暇があったら街に出て、商店通りの女将《おかみ》さんたちに可愛《かわい》がられながら、買い出しや子守などの雑用を頼まれていた。

『私これでも妃なんだけど！』

……と文句を言いながらも、ナデンはちゃんと頼み事をこなすものだから更に頼りにされるようになっていた。おそらく王都パルナムのみで妃の人気投票を行ったとしたら、貴族・騎士階級はリーシアに行くだろうが、それより圧倒的に多い民衆票はナデンとジュナで二分することになるだろう。女性票だけなら確実にナデンに分があるはずだ。

お手伝いの報酬はその店で扱っている食材の現物支給で、新鮮なのを持ち帰っては、家族に手料理を振る舞いたいソーマを喜ばせていた。

「だから不敬だなんだって言うつもりはないわ。……その代わり」

「えっ？　きゃっ!?」

ナデンはユリガの背後に回り込むと後ろからガバッと抱きしめた。

「ちょっとアンタの翼で私を温めてちょうだい」

「うひゃっ!?　ちょっ、翼をサワサワしないで！　敏感な部分なんだから」

「いいわー。羽毛凄《すご》くいいわー」（サワサワ）

「ひゃうっ……やめっ……はうっ！」

寒さのせいか過剰になっているナデンのスキンシップ。

「な、なんだかドキドキする光景です。イチハくんがいなくて良かったかも」

タジタジになっているユリガを見て、トモエは頬を赤らめながら言った。

そうやってじゃれつくことで押しくら饅頭《まんじゅう》のような効果があったのか、少し身体《からだ》も温まったらしくナデンはユリガを放した。

ようやく解放されたユリガはトモエを恨みがましい目で睨《にら》んだ。

「ちょっと、見てないで助けなさいよ！」

「あれは無理だよ〜。ほら、私には羽毛はないし」

「アンタにはフサフサの狼《おおかみ》尻尾があるでしょうが。ナデンさん、ほら、この子の尻尾をモフモフしたら温かそうじゃない？」

「（ジーッ）……本当ね」

ナデンに獲物を見るような目で見られて、トモエは咄嗟《とっさ》に自分の尻尾を押さえた。

「そ、それよりもほら、次の場所に行きましょう。蔵にはいろいろ珍しい物があるって使用人の方が言っていましたし」

自分の尻尾が標的にならないよう誤魔化しながら、トモエは二人を促した。

三人が向かった庭の隅にあったのは白い壁に瓦屋根の、ソーマだったら「時代劇だと悪代官が小判を貯《た》め込んで、義賊に盗まれそう」とか言いそうな蔵だった。

キシュンたちからは事前に見ても良いとの許可は貰《もら》っていたためか、蔵の扉は大きく開け放たれていた。三人が中に入ると、少しかび臭い空気の中、いろいろな物が乱雑に納められているのが見られた。

「これは……農耕具？　かなり古い感じね」

「ユリガちゃん、こっちには漁業用の投網があったよ」

「ジャイアントボアの剝製《はくせい》……星竜《せいりゅう》連峰のものより小さいけど、裏山で捕れたのかしら？　あとこのアゴの骨って多分鮫《さめ》よね？」

どうやらこの蔵は使わなくなったものを収納しているようだ。

農耕・漁業・狩猟の使わなくなった道具であったり、狩った獲物を装飾品にしたもの（剝製・骨）などが納められているようだ。

「……あれ？」

するとそんな貯蔵品の中に一つ、トモエの目を惹《ひ》く物があった。

「わっ、なんだろうこれ。可愛いです」

「どうしたのよ、ってなにこれ？」

「犬……いや狼？」

ユリガとナデンもやってきてトモエが見ていた物を見つめた。

それは木の台に固定された座った狼を模したと思われる、長さ三十センチほどの物体だった。口の部分には円形に穴が空いていて、筒状になっていることがわかった。

なんだろうと思ってユリガが持とうとすると、

「っ！……重いわね」

どうやら鉄でできているようで、ユリガの細腕にはズッシリと重く感じられた。トモエだったら持ち上げるのにも一苦労だっただろう。

トモエはそんな鉄の狼を見つめながら「う～ん」と首を傾げた。

「形状から想像すると大砲みたいですけど……」

「でも大砲ってもっと大きい物なんじゃないの？」

「小型の大砲ってことなんでしょうか？　小さいのか大きいのかわからないですけど」

トモエとユリガが頭を捻《ひね》っていると、

「そんなの、知ってる人に聞いてみれば早いんじゃない？」

「「あっ」」

ナデンが二人が見つめていた鉄の狼をひょいっと片手で持ち上げた。さすが龍だけあって人の姿でもパワーがあり、トモエとユリガはあんぐりと口を開けていた。

そして三人は鉄の狼を持ってソーマたちの居る部屋へと戻った。

ちょうどソーマたちは、イチハがまとめた情報をもとにした絵を描いている間に一息吐《つ》いていたようで、シャボンの淹《い》れたお茶を飲んでいるところだった。

「義兄様《あにさま》、ちょっといいですか？」

「ん？　どうした、トモエちゃん」

「蔵の中でこんなものを見つけたのです」

三人はソーマたちに持って来た鉄の狼を見せた。

「これは……大砲ですか？」

ジュナが不思議そうに覗き込んだ。

「海軍では大砲を使いますが、これは随分と小さいですね。口径は六十ミリ……火薬もさほどは入りませんから、この砲弾で鉄の軍船の甲板は抜けないでしょう。ただ九頭龍《くずりゅう》諸島の軍船は速度を上げるために木造船に鉄板を貼り付けたものを使っていますから、木の部分を狙えばこれでも有効なのだと思います」

海軍出身のジュナの説明に、トモエたちは「へ～」と感心していた。

そんな空気の中で、ソーマは一人考えていた。

（見た目は狛犬《こまいぬ》っぽいけど、もしかしてこれって『虎蹲砲《こそんほう》』ってヤツなのかな？）

前に居た世界でやった文明育成系のシミュレーションゲームで、たしか中国系のユニットがこういった兵器を使っていたことを思い出したのだ。トラの前足を立てたような形（腕立て伏せのような形？）の台に置かれていたからこう呼ばれたらしい。

「それは『狛砲《はくほう》』ですね」

この鉄の狼筒の所有者であるキシュンが言った。

「『狛砲』はジュナ殿が仰《おっしゃ》ったとおり、海戦で使用する火薬兵器です。積載重量がさほど多くない小早舟などにも積むことができ、船足の速さで翻弄して軍船の弱い部分を狙って攻撃するのです」

「なるほど……さすが海洋国家には面白い兵器があるな」

ソーマは腕組みしながら唸《うな》った。

(扱いとしては大砲と鉄砲の中間くらいの兵器か。鉄砲は弾丸の質量の問題で付与術式と相性が悪いから採用することはできなかったけど、こういったハンドカノンのような兵器なら条件次第で利用価値はあるだろうか……。重いから取り回しは難しいだろうけど、王国に帰ったら軍部に運用法を研究させてみようかな)

ソーマがそんなことを考えていた、そのときだった。

「ソーマさ……じゃなかった、陛下！　描き上がりました！」

イチハがやってきて机の上に絵を広げた。

どれどれ……と皆がその絵を覗き込み、息を呑《の》んだ。

「これがオオヤミズチ、なのですか」

トモエは思わずそう呟《つぶや》いていた。まだあくまでも想像図の段階だったが、皆がこれがオオヤミズチの姿なのだと納得するような力がその絵にはあった。

◇◇◇

すっかりと日が落ち、山の稜線《りようせん》だけがまだ赤く見えているような宵の口。

「さあさあ旦那方、たんと食べてくだせぇ」

篝火《かがりび》の焚《た》かれた庭に置かれた山形の芋煮会かと思うような大鍋。

そんな大鍋の前に立った狸《たぬき》のおっちゃんが、お玉を片手にそう言いながらお椀《わん》を差し出してきた。なんでも島民たちが、王国から運んできた魚を保存用に加工した際に出たアラと地の野菜でアラ汁を作ったそうで、折角だからお客人にもと持って来てくれたそうだ。

俺たちは縁側に腰を下ろしながらアラ汁をいただいていた。

「あ～……染みるなぁ」

「ふふ、そうですね。なんだかホッとする味です」

俺はジュナさんと二人でほっこりとした気分になりながら舌鼓を打っていた。

九頭龍諸島の食文化は俺がもといた世界のものに近いようで、このアラ汁は味噌《みそ》味だった。魚の出汁《だし》と味噌で煮込まれた根菜類が実に美味《うま》い。

鍋の近くではアイーシャとナデンがご満悦そうに食べていた。

「陛下の作られる料理に風味が似ている気がします。あっ、おかわりください！」

「旦那様の味って感じね。こっちもおかわり！」

おふくろの味じゃないんだ。まあ俺も母さんの記憶はないから、祖母《ばあ》ちゃんの味って感じなんだけどね。そんな二人の大食い組に負けじと、トモエちゃん・イチハ・ユリガのちびっ子三人組もモグモグとアラ汁を食べていた。

「慣れ親しんだお味噌味で美味《おい》しいですね。お魚のうま味とよく合っています」

「そう言えばアンタも北のほう出身なんだっけ？　似たような調味料ならマルムキタンに

もあったわ」

「チマ公国にもありましたよ。東方諸国連合の北のほうと九頭龍諸島連合に似た食文化があるというのも興味深いですね。どちらかから文化を持つ種族が流れた、ということでしょうか……」

考え込むイチハの頬を、トモエちゃんは笑いながらツンツンとつついた。

「ほら、イチハくん。考え事なんてしてたらアイーシャさんたちに全部食べられちゃうよ？」

「あっ、いただきます……熱っ」

慌てて食べようとしたせいで熱かったようだ。イチハは舌を出して手でパタパタと扇《あお》いで冷ましていた。そんな彼をトモエちゃんが心配そうな顔で見ていた。

「だ、大丈夫？　イチハくん。ごめんね、急《せ》かしちゃったみたいで」

「い、いえ、僕が不注意だっただけですから……」

「なにやってるのよもう。ほら水」

「す、すみません……」

呆《あき》れ顔のユリガから水を柄杓《ひしゃく》でもらい、イチハはゴクゴクと飲んでいた。

どうやら大丈夫そうなので大人の出番はなかった。そんな微笑ましいちびっ子たちを眺めていたら、なにやら遠くのほうから大勢の人の声が聞こえて来た。

なんだろうと思って耳を澄ましてみると、どうやらそれは歌のようだった。

母なる海に船を出しゃ♪

波に抱かれ魚群《なむら》へ走る♪

海鳥の下見りゃ　蠢《うごめ》く宝の影ぞある♪

遅けりゃ海獣《デカブツ》にとられっぞ♪

網引け網引け♪　エーンヤーコラ♪

港に報《しら》せや豊漁唄♪


「この歌は……」

「舟唄です。きっと島民たちが歌っているのでしょう」

俺の呟きに、やって来たキシュンが答えた。

「港のほうでも今日は久しぶりに酒盛りをしているでしょうから」

そう言うキシュンは手に徳利《とつくり》を持っていて、彼の後ろには杯を手にしたシャボンが付いてきていた。キシュンは俺の隣に、シャボンはジュナさんの隣に腰を下ろし、俺たちを挟むように座ると杯を渡してきた。

「九頭龍諸島の米で作った龍酒です」

そう言ってキシュンは俺が手にした杯に龍酒を注いだ。匂いは完全に日本酒だな。

「奥方様もどうぞ」

シャボンがジュナさんに龍酒を勧めようとしたところ、

「すみません。私にはお茶をいただけますでしょうか」

と、やんわりと断っていた。ジュナさんって結構いける口なんだけど、俺と二人して酔うことがないようにと配慮してくれたのだろうか。

俺はキシュンと乾杯して龍酒を飲んだ。……うん、やはり日本酒っぽい。

みりんなどの料理酒ならばともかく、日本酒を飲める歳《とし》になる前に日本を離れることになったので確かなことは言えないけど、同じ物のような気がする。

「どうでしょう？　我が国のお酒は口に合ったでしょうか？」

キシュンに尋ねられて俺は頷《うなず》いた。

「ああ、美味しいと思う。味が濃いめのアラ汁によく合ってる」

「それはよかったです」

そうして仲間たちの喧噪《けんそう》と港のほうから聞こえてくる舟唄を聴きながら、俺たちはお酒を楽しんだ。この光景を見ているかぎりでは、この国にオオヤミズチという怪物がいるということや、これからこの国で激しい戦いが起こるとは思わないだろう。

いまがもっと平穏なときだったならば……シャボンやキシュンとも、もっと楽しく酒を酌み交わせたかもしれない。国に残してきたリーシアやロロアも交えて。

「本当に……美味しい酒だな」

俺は龍酒と共にそんな苦い思いを呑み込んで腹の中に沈めた。

——カンッ、カンッ、カンッ！


その日の夜半過ぎ。半鐘がけたたましく鳴らされた。

「でたぞー！　でたぞー！」

「男どもは島主様のもとへ！　女子供は家から出るなぁ！」

人々の喧噪が聞こえて来て、大部屋で仮眠を取っていた俺たちは飛び起きた。

「ソーマ殿。物見《ものみ》櫓《やぐら》へ。そこからなら一望できます」

「わかった」

キシュンに促され、俺たちは急いでキシュンの館にある物見櫓へと上った。目を凝らして海を見れば双子島の近くを悠々と進む巨大な物体が見えた。

「陛下、これを」

「ああ」

アイーシャに差し出された遠眼鏡でその姿を確認する。

月の明るい夜だったのが幸いしてか、月の光と海面の反射によって、遠眼鏡を使えばその全容をハッキリと見ることができた。俺は遠眼鏡を外すとシャボン姫に尋ねた。

「あれが、オオヤミズチなのか？」

「おそらく。あのような巨大な生物は他に考えられませんから」

そう言ったシャボンはコクリと頷いた。俺は遠眼鏡をイチハに渡した。

「さすがだな。イチハの想像図どおりの形状をしている」

九頭龍諸島での断片的な目撃証言をもとにイチハの描いた想像図。

それは頭部から頸部《けいぶ》にかけては竜《ドラゴン》か海竜《シードラゴン》類、背中に二枚貝を背負い、腕部は蛸《たこ》のような太い触手でありその先には甲殻類のような鋏《はさみ》が付いているというものだった。

ポイントは『多頭の蛇』という目撃証言を、触手と鋏の部分でそう見間違えたのではないかと推測したところだ。被害者の身体《からだ》が両断されたという証言から、蛇の頭による噛《か》みつきの結果ではなく、蛇の頭と見間違えた鋏によって切断された結果だと判断した。

さらに『身体の潤いを保つために霧を発生させているのでは？』という推測から、身体の一部に軟体生物の部位があるのではないかと推測したそうだ。

そして『小島』のようだったという目撃証言と、俺が語った『蜃気楼《しんきろう》は化け物のような二枚貝が起こしているという伝説』から二枚貝を背負っている姿を描いていた。

もちろん中には偶然一致していたというだけの部分もあるだろうけど、断片的な情報だけでここまで正確に姿を描ききっているのはイチハの奇才のなせる技だろう。

まさに『真実はすべて純粋な子供の目に映るもの』……だな。

「イチハが居てくれて良かったよ」

「も、もったいないお言葉です」

遠眼鏡を覗《のぞ》きながらイチハは恐縮したように言った。

俺はそんな彼の頭にポンと手を置いた。

「誇るといいさ。おかげで十分な対策が立てられる」

「!? はい！」

イチハは元気よく返事をした。こういった成功体験の積み重ねが、引っ込み思案な彼の自信に繋《つな》がるといいな。そうなれば将来国を牽引《けんいん》する人材に育つだろう。

他のメンバーも交代で遠眼鏡を覗き、それぞれ息を呑んでいた。

「いまは霧を出していないのですね」

「おそらく、いまはこちらを襲撃するつもりがないのだと思われます。霧を出すのは餌を採るため上陸する前段階だと思っていいのではないでしょうか」

アイーシャの疑問にイチハはそう答えた。俺も一番大事なことを尋ねた。

「双子島に上陸してくることはないってことか？」

「ええ。無警戒であるということを考えれば〝ただ通り過ぎているだけ〟なのでしょう。もっとも通り過ぎる進路上に小島や船があったら大惨事だったでしょうが」

「大きいですからね。全体的に厚みがある分王国にあるどの艦より大きく感じます」

「私が龍になったとしても霞《かす》みそうだわ」

ジュナさんとナデンが感嘆の溜息《ためいき》を漏らしていた。たしかに遠巻きに見てもかなりのでかさがあることがわかる。まさに怪獣映画から抜け出してきたかのような存在だ。

俺たちはこれから、あんなのと戦わなければならないのか。すると、

〰〰〰〰〰〰！


建物を吹き抜ける風の音を何倍にも増幅したような音が響いた。

これは……もしかしてオオヤミズチの鳴き声なのだろうか。俺は少し後ろへ下がると他の人に聞かれないよう、小声でトモエちゃんに尋ねた。

（「トモエちゃん、オオヤミズチがなにを考えているかわかる？」）

（「いまの声で、断片的にですが……」）

トモエちゃんは小さな声でそっと呟《つぶや》いた。

（「『敵』、そして『食べ物』……そんな物を求めるような声でした」）

（「『敵』と『食べ物』？」）

尋ね返すとトモエちゃんはコクリと頷いた。

（「どうやらオオヤミズチさんにとってその二つは同じものみたいです。『大きな敵』は『大きな食べ物』で、自分をさらに『大きな物』にしてくれるものだと。……ラスタニア王国を襲ったリザードマンさんが持っていた飢餓感とはちょっと違います。まるでそれがオオヤミズチさんにとっての生きる意味というか、営みの一部になっているような……そんな風に聞こえました」）

敵を喰《く》い、自分を大きくするのが営み……つまり日常になっているということなのだろうか。ただ飢餓感を埋めたいだけだったリザードマンたちとは確かに違う。どちらかというと強い者を倒して自分の存在感を示したい、戦闘狂のような印象だった。

いま聞いた話をイチハにも伝えたところ、イチハは思案顔になった。

(「もしかして……ダンジョンのような閉鎖された空間で、喰い合うようにして成長した魔物だったのではないでしょうか。そういった場合、ある程度成長した魔物は自力でダンジョンの外へと出て行くものなのですが、なんらかの理由で……たとえばそのダンジョンが海中に没したりしていて、喰い合うことを続けざるを得なかったとしたら……」)

(「魔物たちが喰い合って、最後に残ったのがあのオオヤミズチってことか。それならば敵と食べ物を同一視しているのも頷ける……かもな」)

あくまでイチハの憶測ではあるものの、まるで蠱毒《こどく》だな。壺《つぼ》の中にゲテモノ生物を詰め込んで喰わせ合い、最後に残った一匹を呪術の道具として用いるというアレだ。

オオヤミズチがそうやって生まれた魔物なのだとしたら、それはヤツがとんでもない暴食・悪食で、またそのダンジョンでは最強であったということだろう。

イチハは難しい表情で言った。

(「脱出できないダンジョンの中で生まれた生物だとすると、本来ならば脱出できないままダンジョンの中で朽ち果てていたことでしょう。しかしダンジョンが破損したのか、あるいはオオヤミズチが偶々《たまたま》ダンジョンを脱出できるだけの能力を獲得したのか……ともかく、これは非常に稀《まれ》なケースによって地上に現れた魔物だと考えられます」）

（「……なるほどな」）

トルギス共和国で未発見ダンジョンがもたらす災厄について目の当たりにしたけど、こういった魔物はいつどこで現れるかわかったものではない。

～～～～～～～～～～！

腹の奥に染み入るようなオオヤミズチの啼《な》く声を聞きながら、俺たちはこの世界に潜む危険性について改めて認識したのだった。

第六章 ✦ 出撃 -fleet-

オオヤミズチを見た夜から一日半が経過したころ。

俺はキシュンの館に持ち込んだ玉音放送の宝珠の前に立っていた。

そして宝珠と俺との間に置かれた簡易受信機には、ラグーンシティ近くの島の秘密工廠《こうしょう》にいるリーシアの姿が映し出されていた。

今日は定期連絡を行うことになっていたからだ。

「リーシア、シアンとカズハはどうしてる？　顔が見たいんだけど」

リーシアに尋ねると、リーシアは「残念だったわね」と肩をすくめた。

『いまはお昼寝中よ。カルラが見てくれているわ』

「それは残念だな。せっかく久しぶりに顔が見られると思ったのに」

『まだ王国を出て一週間も経《た》っていないでしょう？』

「父親としてはそれでも淋《さび》しいんだよ。顔を忘れられたらどうしようってさ」

『過保護すぎなのよ……なんだか早くみんなとも子供を作ってほしくなったわ。もっともっと子供の数を増やして、ソーマの関心を分散させた方がいい気がしてきた』

リーシアが呆《あき》れたように言った。返答に困る内容だな。

「それで、シアンとカズハに海を見せたんだろ？　どんな反応だった？」

『まだよくわかってない感じね。はしゃいだりも怯《おび》えたりもしなかったわ』

「まあまだ一歳だしなぁ」

『もっとちゃんと歩けるようになっていて、いまが冬じゃなかったら潮だまりみたいな場所で遊ばせてあげられたんだけど……やっぱり危ないと思うし、抱っこしながら遠くから眺めさせるだけだったわ』

「そうだな。大きくなったら家族で潮干狩りとか行きたいな」

『ふふ、それもいいわね。でも、そのためには海が安全じゃなきゃダメよね？』

そう言うとリーシアはそれまでとは違い真面目な顔になった。

『オオヤミズチの姿を見たのよね？　どうだった？』

「……でかいな。とてつもなく」

一瞬、リーシアをあまり心配させないように誤魔化すべきかとも思ったけど、報告はもう向こうに行っているだろうから無駄だろう。素直に答えることにした。

「『島が動いているようだ』という目撃証言どおりだったよ。あんなバカでかいのが王国の近くに現れたらと思うとゾッとする」

『報告は読んだけど、ナデンやルビィよりも遥《はる》かに大きいのよね？……勝てるの？』

「勝つしかない。海の安定を確保するためにはな。幸い、イチハが分析してくれたおかげで対策は立てやすい。すでに関係各所には分析結果を送っているから、有効な手段を考え出してくれることだろう。いまもイチハは目撃証言からオオヤミズチの回遊経路を洗い出してくれているし」

『総力戦って感じね。でも、比重がオオヤミズチに寄りすぎじゃない？　九頭龍《くずりゅう》諸島の艦隊のほうは大丈夫なの？』

「そっちはエクセルたちの仕事だ。専門家に任せることにするよ」

『ソーマらしいとは思うけど……なにもできないって歯がゆいわね』

リーシアは自分もなにかしたくてウズウズしているようだ。

子供たちがもう少し大きかったら、すぐにでも軍艦に飛び乗ったことだろう。そんな肝っ玉母さんに俺は苦笑しながら言った。

「子供たちのことを頼むな。リーシア」

「……わかった。ソーマも気を付けてね」

そう言って俺たちは通信を終えた。

◇◇◇

——それから数日後。

「エクセルから作戦概要が届いた」

俺は大広間に仲間たちを集めて今後の動きを説明することにした。

エクセルから届けられた海図を机の上に広げると、

「こ、この海図は!?」

「潮流まで記されています。一部とはいえ、なぜ王国がこのような海図を……」

その海図を見たシャボンとキシュンが目を見開いて驚いていた。

海図に描かれていたのは九頭龍諸島連合の一部だったけど、王国から九頭龍島までの航路がわかるかなり詳しい代物だった。俺は驚く二人に苦笑しながら言った。

「九頭龍諸島内の情報源は他にもあるってことさ」

「「……」」

二人は言葉を失っていた。このような海図を王国が手にしているということは、自分たち以外にも王国に内通している者がいるということなのだから当然だろう。

俺はそんな二人には構わずに説明を続けた。

「ラグーンシティ近海に集結中の王国艦隊は南下して、この『親子島』の東側をかすめるようにして九頭龍島の西側の港を目指す航路をとるそうだ」

ラグーンシティから南に向かって海を渡った所にある『親子島』は、ここ『双子島』と同じように『親島』『子島』という二つの島が連なっている。子島は双子島と同じくらいだけど、親島はそれらよりも大きいため親子に見立てられて命名されたのだろう。

そして俺は子島と九頭龍島の間にある海を指差した。

「そしてエクセルの見立てでは、王国艦隊が九頭龍諸島の艦隊と対峙《たいじ》することになるのはこの海域ということになっている」

「っ！　この場所で戦うのですか!?」

我に返ったキシュンが俺が指差した海域を見て驚きの声を上げた。

「たしかにこの航路は九頭龍島の西の港を目指すなら最短距離ですが、子島と九頭龍島の間のこの海域には人も住まないような小島が多く点在しております。大型艦が多いと思われる王国の艦船は展開がしにくく、逆に小回りが利く九頭龍諸島の艦船が有利に立ち回れる地形です。……九頭龍王が手ぐすねを引いて待ち構えている可能性もあります」

あまり強く言える立場ではないため歯切れが悪いが、どうやらキシュンは再考してほしいと思っているようだ。そんなキシュンの様子をシャボンも不安そうに見ている。

俺はそんな二人に肩をすくめて見せた。

「だが最短距離なのはたしかなのだろう？　たとえ九頭龍諸島の艦隊が待ち受けていたとしても対処できると判断したからこそ、エクセルはこの航路に決めたのだろう。俺は国王として国防軍総大将の決断を信じるだけだ」

「貴殿は……九頭龍王と九頭龍諸島の艦隊を甘く見すぎてはおりませんか？」

「そういうキシュンこそ、うちの艦隊を甘く見ているのではないか？」

苦虫を噛《か》み潰したような顔で言うキシュンに、俺は真《ま》っ直《す》ぐに問い返した。

なおも言い募ろうとしたキシュンだったが、シャボンが彼の袖を摑《つか》んでフルフルと首を横に振ると押し黙った。シャボンはそんなキシュンに静かな声で言った。

「信じましょう、キシュン。私たちはソーマ殿たちに賭けたのですから」

「シャボン様……承知しました」

キシュンが引き、話がまとまったところで俺はみんなに言った。

「情報収集は終わりだ。これより王国艦隊と合流する」

◇◇◇

——同じ頃。


九頭龍島にある九頭龍王シャナの館の広間には、フリードニア王国の侵攻に備えるためとして九頭龍諸島の主要な島主たちが集められていた。板敷きの床中央に広げられた九頭龍諸島の地図を囲むようにして、床に直《じか》に座った島主たちは一様に渋い顔をしていた。

「オオヤミズチが猛威を振るう中で、王国まで攻めてこようとはな……」

「弱みに付け込みおって。フリードニア王、卑劣な奴《やつ》よな」

「我が国の漁民たちが王国近海で操業していること、よほど腹に据えかねたのであろう」

「漁民たちも必死なのだ。海に生きる者として、漁に出られぬのは死んでいるようなものの」

「それを汲《く》んでくれ、というのも無理な話ではあるがな……」

思い思いの言葉が交わされる中、

「各々、いま話すべきことはそのようなことではなかろう」

上座に座り黙って話を聞いていた人物が口を開いた。

この人物こそが九頭龍諸島連合を統べる九頭龍王シャナだった。

シャボンと同じ人魚族の特徴を持ちながら、彼女とは違って力強さの滲《にじ》み出るような体《たい》軀《く》をしており、髷《まげ》を結った厳《いか》つい表情はまさに武士といった風体であった。

「「「…………」」」

荒くれ者の多い九頭龍諸島を統べる王の重々しい声を聞き、島主たちは押し黙った。

シャナ王はそんな男たちを見回しながら言った。

「我が方の密偵の報告では王国の艦隊はすでに出航の準備を終えているとのこと。おそらく一週間以内にはこの国に攻め寄せてくるだろう」

「ヤツらの狙いはなんでしょう。どこかの島の占有でしょうか？」

歳《とし》若い島主の問いかけに、シャナ王は首を横に振った。

「いいや。オオヤミズチのいるこの地を領有したいとは思うまい。王国からも離れていて文化も違うこの国を、大陸から統治するのも難しかろう。おそらく王国の狙いは我らの艦隊に打撃を与えることだ。王国近海で操業する漁民たちを支援しておるからな。軍船の護衛なしに漁民たちが王国近海へと繰り出すことは不可能と言っていい」

「くそっ、漁民たちをオオヤミズチが暴れるこの海に閉じ込めようというのか」

筋骨隆々な色黒の島主が拳を床に叩《たた》き付けた。他の島主たちも頷《うなず》いていた。

「いっそオオヤミズチが王国近海へと行ってくれればいいのだがな」

「まったくだ。なぜこの海に留《とど》まっているのか」

「いっそ王国にオオヤミズチ討伐の協力を依頼してはどうでしょう？　オオヤミズチさえいなくなれば魚もやがては戻り、漁業で揉《も》めることもなくなると思うのですが？」

歳若い島主はそう言ったが、年季の入った島主は静かに首を横に振った。

「無理じゃ。そもそもオオヤミズチへの対処については、我ら自体がまとまっておらん。この場にこれほどの数の島主が集っているのも、『外敵』の存在があってこそじゃ」

九頭龍諸島の島々は独立心が強く、これまでなんども海の覇権をかけて争ってきたという歴史がある。そのため外国勢力の侵略でもないかぎり、島々がまとまって戦うということもなかったのだ。オオヤミズチは脅威ではあるものの侵略者ではないため、それぞれが備えるだけで全島で対処しようという空気は生まれなかった。

この空気がシャボンがオオヤミズチの討伐を王国に懇願した理由でもあった。

「王国相手には団結できる我らも、一生物相手には団結できん。そのような中で共に戦ってくれと言えるか」

「それに我らはすでに王国の恨みを買っていようしな……」

「だからといって王国の侵攻を許せるものか！」

「左様。攻めてくるというなら打ち破るまでよ。海洋国家としての実力、思い知らせてくれん」

武闘派の島主たちが「応っ！」と気勢を上げるなか、一際立派な体軀をしている黒髪に黒く立派な髭《ひげ》を蓄えた隻眼の島主が重々しく口を開いた。

「ふむ、その意気込みは買うがのう」

彼の名前はシマ・カツナガ。九頭龍諸島でも二番目か三番目に大きな『ヤエズ島』の島主にして、『九頭龍一の武辺者』と謳《うた》われる『物部《もののふ》』だった。

「しかし、こちらは迎え撃つ立場。相手がどこに攻め込んでくるかわからぬでは後手に回るぞ。それに貴殿らは少し王国を甘く見ているのではないか？」

「これは『九頭龍一の武辺者』のお言葉とは思えませぬ。海戦で我らが敗れると？」

「王国海軍にはあの老練な女傑エクセル・ウォルターがおる。いまの王国では軍のトップに君臨しているという話だ。あの女が勝算の少ない戦を仕掛けてくるとは思えん。海で戦うことでの我らの有利を重々承知しているはずなのに仕掛けてくるということは……王国にはなにか勝算があってのことなのではないだろうか？」

カツナガの言葉に島主たちは息を呑《の》んだが、若い島主が不安を振り払うように元気な声を出した。

「新王ソーマは陸での戦いは経験しているが、海での戦いの経験はなかったはずだ。増長し血気に逸《はや》ったソーマをエクセルが止められなかったという話なのでは？」

「……あるいはそうかもしれぬ。しかし、そうでないかもしれぬ。戦というものは常に最悪の事態を想定して行うものだ」

「……」

カツナガの重々しい言葉に、若い島主はなにも反論できなかった。すると、

「王国が選ぶ航路ならば知れている」

シャナ王がそう言い出した。そして地図を手にした扇で指し示しながら、

「王国の艦隊はまず間違いなく、『親子島』の『子島』と『九頭龍島』の間を抜けて、九頭龍島の西側の港を目指す航路をとることだろう」

そう断言した。あまりに断定的な言い方だったので、カツナガは眉根を寄せた。

「なぜそう断言できるので？」

「九頭龍諸島の潮流は鉄の船が容易に流されるほど速く複雑だ。見えない岩礁も多い。この地に暮らす我らだから長年の経験をもとに往来できるのであって、余所者《よそもの》である王国の艦隊は対応できまい。だから奴らは〝知っている航路〟を採らざるをえまい」

「知っている？　王国は安全な航路を知っていると？」

カツナガの問いかけにシャナ王は大きく頷いた。

「うむ。先程述べた航路がそれだ。なにせ我が輩が意図的に流したものだからな」

「なんと!?」

これにはカツナガを始め、他の島主たちもざわめいた。

シャナ王が九頭龍諸島にとっては秘中の秘と言える航路の情報を、一本だけとはいえ王

国に漏らしたというのだから当然だ。ざわめく場をシャナ王は手で制した。

「教えたのは九頭龍《くずりゅう》島への航路一本のみだ。他の島への航路は教えていない。王国はこの航路は九頭龍諸島の内通者が漏らしたものであると信じていることだろう」

「……なるほど。つまり我らは有利な地点で待ち伏せができると」

カツナガの指摘にシャナ王は「応よ」と膝を叩いた。

「王国艦隊との決戦場所は九頭龍島と子島の間にある岩礁地域となるだろう。ここは小島も多いため大型船は展開しづらく、機動力のある我らが艦隊のほうが有利に立ち回れる。王国艦隊をこの海域へと引きずり込み、決戦にて撃滅するのが狙いよ」

「「「　おおー！　」」」

周到なシャナ王の作戦を聞き、島主たちは感嘆の溜息《ためいき》を漏らした。

「相手の航路がわかっているなら、岩礁地帯に機雷を設置するのは如何《いかが》でしょうか」

若い島主がそう提案したが、シャナ王は首を横に振った。

「我らの機雷は我らが使うような木造船ならば破壊できるが、鉄の船や海竜《シードラゴン》類に対して効果があるほどの威力はない。それに向こうも偵察くらいはするだろう。もし我らが準備万端待ち受けていると知られれば、航路を変えられるおそれがある」

「なるほど……たしかにそうですね」

「一度引き込めばこちらのもの。上流から火焔《かえん》船（大量の火薬を積載し、敵に突進・爆破する無人船）を流して、海竜《シードラゴン》類を殺せば王国艦隊は身動き一つできまい」

「ふむ……いけるやもしれぬ」

カツナガも唸《うな》った。九頭龍一の物部が納得したことで、場にこれなら勝てるという空気が流れた。そしてシャナ王は立ち上がると島主たちに向かって言った。

「地の利は我らにある！　我らを侮る王国に目に物を見せてくれようぞ！」

「「応っ!!」」

島主たちも立ち上がり手を前に組んで気を吐いた。

島主たちが出撃のためにバラバラと去って行き、部屋にはシャナ王とカツナガだけが残っていた。二人きりになった部屋の中でカツナガは「ふう」と一息吐《つ》いた。

「あの場では指摘せなんだが、其方《そなた》にしては事を急ぎすぎなのではないか？」

「……我が輩は九頭龍諸島の勝利を確信しておるよ」

「まあ、其方とは長い付き合いだ。其方は敵として戦うには厄介な相手だが、味方として戦ってもらえるならば心強いこと、よく存じておる」

カツナガは肩に手をやると腕をグルグルと回した。

「其方が勝算のない戦はせんこともな。なにか他にも策があるのではないか？」

「さて、どうであろうな」

「かっかっか、まあ言わんよな。儂《わし》は武のみで駆け引きのことはようわからんのでな。九頭龍諸島の王たる其方を信じ、武を振るうだけよ」

「……ヤエズ島の物部の力、頼りにしておる」

「応よ」

そう言ってカツナガも退出していった。

一人残ったシャナ王のもとに家来の一人が入ってきて告げた。

「シャナ様。〝『イカツル島』の件〟万事整ったとのことにございます」

「うむ。大儀であった」

「あの、このこと、他の島主たちに教えなくてよいのでしょうか？」

するとシャナ王はニヤリと笑いながら言った。

「敵を欺《だま》すにはまず味方からと言うであろう。最終的な勝利は我らのものよ」

「ははーっ。……それとシャボン様のことは如何するのでしょうか？」

家来の問いかけにシャナ王は笑みを消すと、背中を向けながら言った。

「捨て置け。あれももう成人しているのだ。己の決断の責は己が負うもの」

「……ははっ」

ソーマとシャナが対峙《たいじ》するときは、刻一刻と近づいていた。

◇　◇　◇

本日天気晴朗で波は穏やか。

そんな青い海を三十隻近くの軍艦が進んでいく。

フリードニア王国の国防海軍の艦隊だった。海竜類《シードラゴン》に牽《ひ》かれる鉄の艦の一団が、日の光と海面からの照り返しを受けて鈍く輝いている。

そんな艦隊のなかに一際大きな戦艦があった。

『アルベルトII』

紅竜城邑《こうりゆうじようゆう》での戦いで使い潰した戦艦『アルベルト』の同型艦だ。

今回の出撃に際しては俺とエクセルが乗り込む旗艦となっている。

九頭龍諸島からナデンに運んでもらって王国へと戻ってきた俺たちは、一度ラグーンシティに寄ってちびっ子三人組を下ろしてから、軍服に着替えてこの艦隊に合流した。

ナデンのゴンドラで直接アルベルトIIの甲板に降り立った俺たちを、エクセルとカストールを始めとする海兵たちが敬礼で出迎えた。

エクセルは扇子を畳むとニッコリと微笑《ほほえ》みながら言った。

「ようこそ陛下。貴方《あなた》の艦隊へ」

「ああ。軍艦がこれだけ集まると壮観だな」

俺は周囲を見回しながらそう答えた。このアルベルトIIと共に進む艦隊の雄姿はなかなか男心をくすぐる光景だった。その中にはあの島型空母『ヒリュウ』の姿もある。

俺はそんなヒリュウの艦長であるカストールに言った。

「カストールにはヒリュウを任せていただろう。ここにいても大丈夫なのか?」

するとカストールは背筋を伸ばしながら答えた。

「いまは副長に任せています。主上へ一目挨拶をさせていただきたく」

「そうか。今回の戦いの主役はヒリュウとなるだろう。お前の働きに期待している」

「はっ。陛下のご期待に添えるよう身命を賭して働きましょう」

そう言うとカストールは海軍式の敬礼をしてヒリュウへと帰っていった。

堅苦しい挨拶だけど形式的なことも大事なのだろう。俺はエクセルに尋ねた。

「海兵たちには今回の出撃の目的を説明したのか？」

「各艦長には指示書を渡してあります。陛下の出撃命令と同時に開封するよう、各艦長たちには厳命してあります。海兵たちには艦長の口から語られるでしょう」

エクセルはそう言うと優雅に一礼した。

「ですが、あとで出撃の際には陛下ご自身のお言葉をいただきたく。目的の最終確認と士気高揚のためにも、是非に」

「……わかった」

演説か……なんど経験しても慣れないんだよなぁ。そんなことを思っていると、視界の端で、一緒に連れてきたシャボンとキシュンが目を瞠《みは》っているのが見えた。

「なんですかキシュン。あの島みたいな巨大な艦は……」

「……わかりません。が、ソーマ殿は自分の艦隊に絶対の自信を持っておられるようでした。もしあの島を模した艦が戯れや酔狂の産物でないのだとしたら、どのような力を秘めているのか……」

「海竜類《シードラゴン》が牽いてないのに進んでいるのも驚きです。どうやって……」

どうやらヒリュウを見て驚いているようだ。

航空母艦という発想がなければ、ヒリュウの形状の意味を理解することはできないだろう。これならばきっと九頭龍王の艦隊の度肝も抜けるはずだ。

すると二人は今度はべつの艦を指差した。

「あちらの艦も大きいですね。武装は付いていないようですが」

「輸送艦でしょうか。兵士なら数万人規模で運べそうな大きさです」

（………）

二人が指差していたのはまるでタンカーのような巨大な艦だった。

キシュンの言ったように、あの艦は新造された輸送艦だった。

名前を『キング・ソーマ』という。

……そう、俺の名前を冠している艦だった。以前に「軍艦に自分の名前を付けてほしくない。どうせ付けられるなら輸送艦のほうがいい」という話をしたところ、技術者たちはその言いつけどおりに、新型輸送艦に俺の名前を付けてしまったそうだ。

以降、あれと同じ型の輸送艦は『ソーマ級輸送艦』という呼称になるらしい。

……マジか……まあ決まってしまったものは仕方ない。

ちなみにあのキング・ソーマも『ススムくん・マークV』が使用されており、海竜類《シードラゴン》の牽引《けんいん》なしで航行することができる。輸送艦は平時にも十分利用価値があるので予算や装置を優先的に回した結果だった。

そんなとき、甲板に玉音放送の宝珠が運び出されてきた。エクセルは両手を高々と掲げ、海水を巻き上げてこのアルベルトⅡの上に巨大な水の玉を作り始めた。

「海の上では淡水とは勝手が違うのですが……いきます」

対アミドニア公国戦においてアルトムラで見せた、玉音放送を映すための巨大な水球だった。水球を作り上げたエクセルは冷や汗を浮かべながら俺に言った。

「それでは陛下。消耗が激しいので手短にお願いしますわ」

「わかった」

俺は宝珠の前に立つとマントを翻して拳を突き上げた。

『国防海軍の将兵たちに告げる。我らはこれより九頭龍諸島へと向かう』

頭上の水球から俺の声が艦隊全体に届くように拡散されていた。

『我らの目的はただ一つ、「海の安定化」にある。

海辺に暮らす人々が漁をし、また他国との交易を安全に行うために、海の安全が不可欠であるからだ。これは国家の発展及び国民たちの暮らしを護《まも》るためにも、絶対に成し遂げられなければならないことである。

そのために我らが対処しなくてはならない目標が二つある。

一つは「九頭龍諸島艦隊」だ。我が国近海での密漁を支援する九頭龍諸島艦隊を降《くだ》し、我が国に所属する船舶の安全を確保することが求められている。

そしてもう一つの目標は九頭龍諸島で暴れているという「オオヤミズチ」だ。いまはまだ九頭龍諸島の問題となっているが、これが王国近海に現れないという保証はない』

俺は手を前に突き出しながら言った。

『このオオヤミズチに関する情報は諸君らも共有しているだろう。ライノサウルスやドラゴンなどよりも遥《はる》かに巨大な生物だ。私はあえてこの生命体を「魔物」とはべつの呼び名……「怪獣」と呼称したい。このような怪獣が王国を襲ったとしたらどれほどの被害が出るかわかったものではない。実際に、九頭龍諸島の小島の中には島民が全滅するという事件も起こっているようだ』

俺の言葉が届くと海兵たちがざわめいた。

オオヤミズチのことを情報としては知っていたとしても、実際の被害の報告を聞いてあらためて緊張を強いられたのだろう。俺は話を続けた。

『このオオヤミズチは九頭龍諸島艦隊以上に危険な存在だ。ある意味では九頭龍諸島艦隊よりも優先して駆逐しなければならない存在だ。いいか！　今回の遠征は九頭龍諸島への侵略が目的ではない！　脅威であるオオヤミズチを撃滅し、九頭龍諸島の密漁船を王国近海から退去させ、海の安定化を図ることが目的なのだ！　この行為を誰が悪と罵れようか！

我が国のために諸君らの力を私に貸してもらいたい！』

拳を突き上げると、各艦から海兵たちの鬨《とき》の声《こえ》があがった。

俺がエクセルに「もういい」と合図を送ると、エクセルは頷《うなず》き水球を霧散させた。映し出されていた俺の姿は掻《か》き消え、生まれた霧雨が光を受けて虹を作っていた。

「陛下、いい演説だったと思います」

ジュナさんが近づいてきてそう言った。俺は静かに首を横に振った。

「……何度やっても慣れませんね。こういうのは」

「ふふふ、そんなことありませんよ」

そう言って笑い合っているとシャボンがキシュンを連れてやってきた。

「あの……ソーマ殿……」

「なんだろうか、シャボン殿?」

尋ねるとシャボンは意を決したように俺を見た。

「さきほどの演説にあった『九頭龍《くずりゅう》諸島への侵略が目的ではない』という言葉、本当なのでしょうか?」

彼女はオオヤミズチを討つために、九頭龍王と袂《たもと》を分かって俺たちに付いたのだ。

俺のオオヤミズチを撃滅するという言葉は彼女の望みに適《かな》うが、九頭龍諸島への侵略を否定する言葉はどう受け取っていいのかわからなかったのだろう。

オオヤミズチと九頭龍王が率いる艦隊だけが目標で、九頭龍諸島の民には手を出さないというのは彼女にとって願ったり叶ったりではある。

だからこそ、そんな美味《おい》しい話がありうるのかと不安になっているのだろう。

俺はそんな彼女に真面目な顔になって告げた。

「語った言葉に嘘《うそ》はありません。それは信じていただきたい」

「……わかりました」

シャボンはそう言うと静々と引き下がった。さあ、こちらの準備は整った。

（あとはもう……タイミングとの勝負だ）

俺は艦が向かう先の海を睨《にら》んだ。

◇　◇　◇

後年の歴史家たちにもっとも印象に残る海戦をあげよと言えば、必ず口に上るのがソーマ王とシャナ王によって行われた『親子島沖海戦』だろう。他にも様々な呼ばれ方をしているこの海戦は、なにからなにまで異例ずくめの海戦だった。

第七章 海戦 -aircraft carrier-

——大陸暦一五四九年・二月某日

この日、ソーマ・A・エルフリーデン率いるフリードニア王国艦隊と、九頭龍王シャナが率いる九頭龍諸島連合艦隊は、親子島の沖の小島が点在する海域で対峙《たいじ》した。

この海戦はまず最初の段階からして異例だった。艦隊同士の一大決戦ともなれば、機先を制すべく有利な地点へと動こうとするのが常だ。しかしソーマが率いる艦隊は、決戦が予定されているこの海域へ向かう手前で速度を大きく落とした。

これは海戦の常識に則《のっと》ればありえないことだった。鈍足で航行すればそれだけ敵の哨戒《しょうかい》艦に発見されるリスクが高まり、相手が備えるだけの時間を与えてしまうからだ。

だというのにこのソーマの指示を、海戦のスペシャリストであるはずのエクセルもなぜか承諾していて、この任務に参加していた海兵を不安にさせたとの記録が残っている。

このとき、戦艦アルベルトⅡの艦長室ではソーマ、アイーシャ、ジュナ、ナデン、エクセルの五名がのんびりとお茶を飲んでいた。

この場違いなほどにのんびりとした空気に耐えられずに、シャボンとキシュンの主従は居ても立ってもいられなくなり外に出て行った。

「ふふっ、シャボン殿たちも海兵たちも大分焦《じ》れているようですわね。敵の海域を目前にしての低速指示ですからね。不安にもなるというものです」

優雅にお茶を飲みながらエクセルは言った。ソーマはカップを置いて頷いた。

「仕方ないだろう。ここからは本番一発勝負で、タイミングが大事になってくる。予定よりも早く着くわけにもいかない。まだなんの報告もないのだろう？」

「はい。まだなにも」

エクセルがそう言うと、聞いていたアイーシャが溜息《ためいき》を吐《つ》いた。

「計画を知っている私でも、それでもやはり焦れったく感じてしまいますね。なんというか、力の持っていき場に困るというか……」

「ただ相手に勝てれば良い、とかそんな話じゃないものね」

ナデンもそう言って同意していた。そんな二人をジュナが苦笑しながら宥《なだ》めた。

「これればかりは仕方ありません。ただ勝つよりも難しいことではありますが、その分だけ大きな成果が期待できるのです。なんとしても成し遂げなければなりません」

「ジュナさんの言うとおりだ。綱渡りが続くことになるだろうけど、最良の結果を導くためには耐えるしかない」

ソーマがそう言うと皆も大きく頷くのだった。

そして王国艦隊が子島と九頭龍島の間にある無数の小島がある海域へと差し掛かったとき、ついに前方に九頭龍諸島連合艦隊の艦影を捉えることになった。

このときもまたソーマは信じられない行動に出た。

王国艦隊は諸島連合艦隊を目視できる距離で〝全艦停止〟したのだ。

そして少し前に出た戦艦アルベルトⅡの前方に巨大な水球が作られると、そこにソーマの姿が映し出された。


『九頭龍諸島連合艦隊に告ぐ』


なんと今こそ決戦のときというこの段階において、玉音放送を用いて諸島連合艦隊に向かって呼びかけを行ったのだ。映像の巨大なソーマは諸島連合艦隊に呼びかけた。

『私はエルフリーデン及びアミドニア連合王国の王ソーマ・A・エルフリーデンだ。いまこの場において九頭龍王、並びに諸島連合艦隊への最終通告を行う。そちらにも同じ通信手段を用意するよう連絡しておいたはずだ。出てこられよ九頭龍王シャナ殿！』

普通に考えればこんなことに付き合うなどあり得ないだろう。

しかし諸島連合艦隊の方でも一際大きな艦が進み出てきたかと思ったら、その真上に水球が出現し、人魚族の偉丈夫の姿が映し出された。その姿をアルベルトⅡの甲板から見ていた九頭龍王の娘シャボンは大きく目を見開いた。

「そんな!?」

映し出されたのは九頭龍王シャナその人だった。

ちなみに王国側の水球はエクセル一人の魔力で形成しているのに対し、諸島連合側の水球は水系統魔導士が十数人がかりでなんとか形成したものだったという。

そんな水球に映し出されたシャナの姿を見て、シャボンはわけがわからないといった顔で口元を押さえた。

「このタイミングで敵艦隊に呼びかけるソーマ殿もあり得ないと思っていたのに、お父様まで呼びかけに応じるなんて……一体、なにがどうなっているの……」

「……理解しかねます。ソーマ王も、九頭龍王も」

寄り添うように立つキシュンもそう呟《つぶや》いた。

おそらく王国艦隊と諸島連合艦隊のほとんどの海兵たちもそう思っていたことだろう。

そんな空気などお構いなしに、映像の二人の王は言葉を交わした。

『シャナ王よ。王国としては再三にわたって、我が国近海での密漁をやめるようにと警告してきた。それなのに、其方《そなた》らは一切聞く耳を持とうとせず、密漁する漁民たちに対して護衛の武装船まで派遣する始末。ことここに至っては我らも我慢はできない。民と海の安寧のため、貴殿と貴殿の艦隊を討つために来た。それが嫌ならば早々に降伏せよ！』

まずソーマから放たれたのは降伏勧告だった。

これには両艦隊の将兵たちも度肝を抜かれたことだろう。しかし、シャナは一切迷う素振りも見せずに真っ向から言い返した。

『我が国の民が、危険な外洋を渡ってまで漁をするのはやむにやまれぬ事情があってのこと。そのことを理解せず、貴殿らはただ闇雲に我が国の漁民たちを拿捕《だほ》しようとする。我らは我が国の漁民たちを護《まも》るために艦船を出したまでのこと。このような侵略行為を受ける謂《い》われなどない！』

シャナがそう言うと、ソーマもまた言い返した。

『侵略などする気はない！　貴国が密漁をやめぬというのならば戦い、制海権を手にするまで。その覚悟で我らは来たのだ！』

『艦隊を率いて来ておいてそのような言葉は信じられぬ！』

『もはや貴殿の信など求めようとは思わん！』

言い合う二人を双方の将兵たちは固唾を呑《の》んで見守っていた。ソーマは言う。

『貴国の現状はこちらでも把握している。オオヤミズチという巨大生物の被害も』

『知ってて攻め込んでくるとは、フリードニア王国は火事場泥棒の国か！』

『そのようなことをするつもりはない！　オオヤミズチに苦しむならば尚《なお》のこと降《くだ》れ！王国艦隊が代わりにオオヤミズチを成敗してくれよう！』

『甘言を弄すな！　それこそ「海路を貸して島を盗《と》られる（地球での類義語は【軒を貸して母屋を取られる】）」というもの。艦隊を通して島を占拠されないなど信じられるものか！　貴殿らの力など借りずとも、オオヤミズチは我らの力のみで駆逐できるわ！』

その後も二人は何度も言葉をぶつけ合った。

そんな二人を見ていたシャボンは両手で頭を抱えていた。

「海上戦で舌戦？　私にはもう、なにがなんだかわかりません。お父様もソーマ殿も一体なにを考えているのでしょう」

「そうですね。これではまるで……ん？」

「？　どうかしましたか、キシュン」

シャボンが尋ねると、キシュンはアゴに手を当てて考えながら答えた。

「まるで、時間稼ぎをしているようだと思いまして……」

「時間稼ぎ？　どちらが、なんのために？」

「どちらが、と聞かれたらどちらもですが、理由まではわかりません……」

シャボンとキシュンがそんなことを話している間も、ソーマと九頭龍王の舌戦は続いていた。しかしどうやら終わりのときが来たようだ。ソーマは頭を振った。

『話にならないな。こうなれば海戦にて決着を付けるしかないようだ』

『島のような珍妙な艦も見えるが、そのような見かけ倒しの艦隊で、海に生きる我らの艦隊に勝てるなどとは思わぬことだ』

『……見かけ倒しかどうか、その身をもって味わうがいい』

二人の姿が掻き消え、両艦隊は戦闘態勢に入った。

まず動いたのはシャナのほうだった。

「火焔《かえん》船の半数を王国艦隊に向けて流せ」

九頭龍王がそう命じると、配下の将たちが疑問を呈した。

「もうですか!? まだ王国艦隊とは距離がありますが……」

「左様。もう少し距離を詰めてからのほうがよろしいのでは?」

躊躇《ためら》う将たちに九頭龍《くずりゅう》王は首を横に振った。

「さきほどは見かけ倒しと言ったが、王国艦隊の中にあるあの島型の艦が気になる。あの兵器の力を知るためにも、無人の火焔船をぶつけたいのだ」

「なるほど。了解しました」

そして諸島連合艦隊から多数の爆薬を積んだ船が流された。火焔船は潮流と帆に受けた風に運ばれて王国の艦隊のほうへと流れてくる。それを島型空母ヒリュウの艦橋で見ていたカストールは、気を引き締めるように艦長帽を被《かぶ》り直した。

(指示書のとおりなら……おそらく……)

カストールは総大将エクセルの意を汲《く》み、すぐさま命じた。

「おそらく火焔船だろう。飛竜《ワイバーン》騎兵隊に出撃命令！ 一隻残さず爆砕しろ！」

「了解っ！ 飛竜《ワイバーン》騎兵隊、全騎発艦せよ！ 繰り返す、全騎発艦せよ！」

副長が伝声管で命じると、出撃を今や遅しと待っていた飛竜《ワイバーン》騎兵隊にも届いた。

「よし！ 皆行くぞ！」

その中にいたただ一人の竜騎士であるハルバートは、ドラゴン形態のルビィに乗ると飛竜《ワイバーン》騎兵隊に命じた。島型空母ヒリュウから次々と飛び立っていく飛竜《ワイバーン》騎兵の姿を見て、諸島連合艦隊の将兵たちは一気に騒がしくなった。

「海戦で飛竜《ワイバーン》だと!?」

「ばかな！　飛竜《ワイバーン》は海を嫌うはずだ！」

「しかし、実際に王国艦隊は飛竜《ワイバーン》騎兵を使っているではないか！」

諸島連合艦隊が喧噪《けんそう》に包まれていたころ、ハルバート率いる飛竜《ワイバーン》騎兵隊は流されてきた火焔船へと殺到すると、爆発に巻き込まれない高度から火薬樽《だる》を落とした。

ドガガガガガガガッ!!

火薬樽と火焔船が誘爆し、海上で大爆発を起こした。

火焔船が横に広がって流れてきていたこともあり、炎は王国艦隊と諸島連合艦隊との間を引き裂くように広がった。海に突如現れた炎の壁を、

（………）

ソーマは厳しい表情で真《ま》っ直《す》ぐに見つめていた。

「ひゃ～、凄《すご》い爆発でしたね」

火焔船を爆撃した若い飛竜《ワイバーン》騎兵がハルバートに向かって興奮気味に言った。

「でも、九頭龍諸島の連中も肝を冷やしたんじゃないですか？　あの艦隊も俺たちだけで叩《たた》けるんじゃないですか？」

「……敵を甘く見るもんじゃないぞ」

一方のハルバートは冷静な面持ちでこの若い飛竜《ワイバーン》騎兵を窘《たしな》めた。

「この海域は相手の庭だ。島も多く、船が隠れられる場所も多い。不用意に俺たちが突っ

込んでいけば、ヒリュウが奇襲される恐れもある。油断は禁物だ」

「は、はい！　すみませんでした！」

謝る若い飛竜騎兵《ワイバーン》にハルバートは笑いかけた。

「わかればいい。よし、一度ヒリュウの近くに戻るぞ！」

「「はっ」」

そしてハルバートと飛竜騎兵隊《ワイバーン》は空母ヒリュウのもとへと戻っていった。その道すがら、ルビィがハルバートにだけ聞こえる声でクスクスと笑い出した。

『ふふ、さっき言ったのってカエデの言葉の受け売りじゃないの』

「……なんだよ。ルビィ」

「そ、それは言いっこなしだって」

そうなのだ。さっきハルバートが語った言葉は、出陣前に産休中のカエデがハルバートに向かって言ったことそのままだったのだ。

ハルバートはバツが悪くなって頬をポリポリと掻《か》いた。

「その……みんなには言わないでくれよ」

『ふふふ。ま、夫を立てるのが良妻だものね』

ルビィに楽しそうに言われ、ハルバートは「(妻たちには)敵《かな》わないなぁ」と改めて思うのだった。

◇　◇　◇

ハルバートたちがヒリュウへと戻っていったころ、九頭龍諸島艦隊は混乱のるつぼにあった。

「バカな！　なぜ王国は海上で飛竜《ワイバーン》を使えるのだ！」

「ありえない！　海上で爆撃など聞いたことがないぞ！」

「ありえないもなにも、実際に火焔船は焼き払われたではないか！」

「拙《まず》いぞ！　あれが飛んできたら我らに対抗する手段はない！」

初めて目の当たりにした空母という兵器とその威力に、九頭龍諸島の将兵たちは上下の区別なく混乱していた。上に立つ者は下にどんな指示を出せばいいかがわからず、下の者は上からなんの指示も来ないことに焦《じ》れて右往左往していた。

「これは撤退するべきではないのか？」

「いや、むしろ突撃して乱戦に持ち込むべきだ。混戦になれば爆撃も行えまい」

「伏せている軍艦も全部出すべきだ」

「しかし、まだなんの指示も出ていないぞ」

「くそっ、上はいったいなにをしているのだ！」

議論は交わされるが方針は固まらず現場が混乱していたころ、九頭龍王シャナの乗る軍艦には各艦隊司令官からの問い合わせが殺到していた。

しかしそのすべてをシャナは「炎の壁が消えるまで突撃あたわず」とだけ返事をして、事実上黙殺していた。そのときシャナがなにをしていたかと言えば、小島の一つを凝視しているだけだった。

「九頭龍王様……」

「耐えよ」

不安に思った配下の一人が声を掛けようとしたところ、シャナは険しい表情でピシャリと言った。

「耐えよ。潮目が変わるそのときまで」

「……はっ」

配下を下がらせ、シャナは苛立《いらだ》たしそうに一点を見つめ続けていた。

◇◇◇

一方そのころ、王国艦隊にいるソーマもまた苛立っていた。

椅子に座りながら、肘掛けに乗せた指をピクピクと動かしている。

「……エクセル」

「まだですわ」

ソーマが尋ねきるよりも前に隣に立ったエクセルが言った。

オーバーラップ文庫&ノベルス NEWS

「今が我慢のしどころですわ、陛下」

「わかってはいるが……このままだと少々拙いぞ」

「……そうですね」

エクセルも憂い顔で遠くに広がる炎の壁を見ていた。

「あの炎が消えたら、いよいよ覚悟を決めなくてはなりません」

「……やるしかない、ってことだな」

するとソーマの隣に立っていたジュナがソーマの手に自分の手を重ねた。

「陛下、信じましょう。陛下の見出《みいだ》した才を」

そう言って微笑《ほほえ》んでくれたことでソーマは心が少しだけ軽くなった気がした。それを見たエクセルが微笑ましそうに扇子で口元を隠しながら笑っていた。

男は単純だとでも思ったのだろう。そのとおりだけど。

しばらくして海上で輝いていた炎の壁が消えた。

そして王国・諸島連合の両艦隊が次の行動へと移ろうとした、

――そのときだった。


『報告！　近くの小島から狼煙《のろし》とみられる煙が上がっています！』

周囲を警戒させていた若い海兵の声が、伝声管を通じて艦橋に響き渡った。ソーマは直ぐに立ち上がり、伝声管でその海兵に確認した。

「解読できるか!?」

『はっ、国際共用の「救難信号」です』

「よし。エクセル！」

「心得ておりますわ」

エクセルが立ち上がったころ、諸島連合艦隊の方でもこの煙を見ていたシャナが立ち上がっていた。そして二人はほぼ同時に、まったく同じ言葉を口にしたのだった。

「『各艦に通達！　『全艦停船せよ』、繰り返す、『全艦停船せよ』』」

二人の総司令の命を受けて、いままさに激突しようとしていた王国・諸島連合の両艦隊は多少の混乱はあったようだが動きを止めた。そしてしばらくして、再び両艦隊の旗艦の上空に巨大な水球が作られ、ソーマとシャナの姿が映し出された。

『狼煙が見えたか、フリードニア王』

九頭龍王シャナがそう問いかけると、

『見えた。救難信号だな』

フリードニア王ソーマもそう応じた。

『九頭龍王はあの狼煙の理由を知っているか？』

『うむ。九頭龍諸島内の島がオオヤミズチの襲撃を受けた際は、島々を繋《つな》ぐ狼煙で危機を知らせるよう整備したものだ。つまり……』

『いま現在、オオヤミズチに襲われている島がある、ということか』

これから戦おうとしていた相手なのに、いきなりオオヤミズチについての情報交換を始める二人の王に、両艦隊の将兵たちのほとんどは目を丸くしていた。すると映像のソーマは真っ直ぐにシャナの姿を見つめながら島のあるほうを指差した。

『さて九頭龍王、あそこで救難信号が上がっているがどうする？』

両国の将兵が見つめる中、ソーマは言った。

『旗、手旗、狼煙、特殊な砲弾……「救難信号が発せられたのを見た艦船は、たとえ相手がどのような国の船で、自分たちがどのような立場の船であろうと、救助にあたらねばならない」……だったか。たとえそれが敵国の船だったとしても』

『無論。それが海に生きる我らの、「海の掟《おきて》」だ』

シャナは逞《たくま》しい腕を組みながら答えた。

海で不測の事態が起きたときには、必ず助け合わなければならないという船乗りたちに伝わる鉄の掟。

有事の際に相手を必ず助けるという保証は、有事の際に自分が必ず助けてもらえるという保証でもある。これを無視すれば世界中の船乗りや港街からそっぽを向かれることになるだろう。シャナは言う。

『しかしこの掟は交戦中の相手の救難信号は無視できるとしている』

『ふむ。たしかに九頭龍《くずりゅう》王から発されたものと見ることができるな』

ソーマは肩をすくめながら言った。

『ところで、我らは〝いま交戦中か？〟』

ソーマがそう問いかけると、

『……いいや、交戦中とは言えないだろう。こちらは〝事故で船が流れただけ〟だ』

シャナもまた肩をすくめながら答えた。ソーマも頷《うなず》く。

『そうだな。こちらも〝流されてきて進路を塞いだ船を焼き払っただけ〟だ』

『ならば交戦中とは言えないだろう』

『だとすれば、この救難要請は無視できないな。それが海の掟だ』

『……感謝する。フリードニア王』

このときになって両艦隊の将兵たちは事態を理解しはじめていた。

自分たちが戦う相手は眼前の艦隊ではないということを。

そしてとくに九頭龍諸島の将兵たちは強く感じていた。

自分たちはこの二人の王に踊らされていたということを。

しかしそれは憤りや不満を生むものではなかった。

二人の王の目的が団結してのオオヤミズチの討伐であり、それは自分たちにとっても望んでいたことだったからだ。そしてソーマとシャナは言った。

『海の掟に従い、我らはこれより九頭龍諸島連合艦隊と協力し、』
『海の掟に従い、我らはこれよりフリードニア王国艦隊と協力し、』

『『　オオヤミズチの討伐に向かう!!　』』

二人が声を合わせてそう言うと、両艦隊から大きな歓声が上がった。

◇◇◇

後年、この一連の海戦は様々な名前で呼ばれるが、もっとも用いられている名称は『茶番海戦』だった。尚《なお》、エルフリーデン地方の歴史家は、この海戦をソーマの行った戦争の一つとしてはカウントしていない。

第八章　会敵 -monster-

王国艦隊と諸島連合艦隊が炎の壁を挟んで睨《にら》み合っていたころ。

遠く離れたグラン・ケイオス帝国の帝都ヴァロアにあるヴァロア城の政務室では、女皇マリアが窓辺に立って外を眺めていた。そんなマリアに妹将軍ジャンヌが声を掛けた。

「姉上。そろそろ王国艦隊と諸島連合艦隊が対峙《たいじ》しているころでしょうか」

「ふふふ、そうね。きっとみんなが驚いている頃合いでしょうか」

そう言って微笑むマリアに、ジャンヌはこめかみを押さえながら溜息《ためいき》を吐《つ》いた。

「驚いたのは私も同じです。ソーマ王たちと会見したあの日、ソーマ王は『九頭龍諸島連合に艦隊を派遣することになる』と言い、姉上は『王国に全面的に協力しましょう』と言いました。なぜ姉上が侵略行為に加担するのか、わけがわかりませんでしたよ」

「あら、ソーマ殿も私も、一言も『侵略する』や『征服する』とは言っていなかったと思うけど？」

マリアが悪戯《いたずら》っぽくクスクス笑うと、ジャンヌはむうっと少しむくれた。

「たしかにそうですけど……密漁問題は根本を叩《たた》かなければイタチごっこになる、とか言ってましたよね？　あの話しぶりだと、根本は九頭龍王と諸島連合艦隊だと思うじゃないですか」

「九頭龍諸島が巨大な生物……現地ではオオヤミズチと呼ばれているようですが、そのオオヤミズチの被害に遭っているという情報はこちらでも摑《つか》んでいました。九頭龍諸島の漁民が魚が捕れず、近海では船も出せず、遠洋を渡って密漁する問題の根はオオヤミズチであるということもできるでしょう」

「最初からソーマ王の狙いはオオヤミズチだけだった、と?」

「ええ。そしてそれは九頭龍王シャナ殿も同じだった」

マリアは窓にシルクの手袋をした手を当てた。

「私たちに和平の斡旋《あっせん》を行わせたのもそう。独立心の強い九頭龍諸島の島主たちの艦隊が一堂に会するためには、外敵の存在が必要不可欠だった。実際にオオヤミズチに対しては団結できなかった島主たちの艦隊も、王国艦隊が侵攻する気配を見せれば集結し連合を組んで当たろうとしました。私たちが和平の斡旋をすることで王国侵攻の危機感を煽《あお》ったこともこの団結に繫がったのでしょう」

「姉上はそれがわかっていたからソーマ殿に協力したのですね」

ジャンヌが感心と呆《あき》れが半々の溜息を吐くと、マリアは楽しそうに笑った。

「全部を見透《みとお》していたわけじゃないわ。盟友の誠実さを信じた結果です」

「そうやって信頼すべき相手を見抜き、素直に信頼できるのも姉上の器だと思います」

「あら、今日はよく褒めてくれるのね」

マリアが茶化すように言うと、ジャンヌの顔が赤くなった。

「べ、べつに、いつもだって尊敬はしています。ただ姉上は気を抜くとすぐだらしなくなるから、私も小言を言わねばならず……」

「ふふふ、ごめんなさいね」

するとマリアはふっと笑みを消した。

「ですが、大変なのはここからです。なにせオオヤミズチはソーマ殿とシャナ殿がそれぞれ、二国の力を合わせなければならないと判断したほどの相手なのですから」

「っ……そうですね。オオヤミズチは我が国にとっても脅威となる存在です。我々も協力できたら良かったのですが」

「無理でしょう。私たちまでが軍を動かせば、王国と帝国とで挟まれることになる九頭龍諸島の島主たちの危機感を過剰なまでに煽ってしまいます。いざ共闘しようと言うときに上手《うま》く連携がとれなくなってしまうようでは意味がありませんから」

「ソーマ殿たちに任せるしかない、ということですね」

悔しそうに言うジャンヌにマリアは微笑みかけた。

「信じて祈りましょう。盟友の勝利を」

◇　◇　◇

王国艦隊と諸島連合艦隊が合流し、シャナの先導にしたがって移動を開始したころ。

艦橋にいた俺たちのもとをシャボンとキシュンが訪ねてきた。

「ソーマ殿……」

思い詰めたようなシャボンの表情を見て、俺はエクセルに言った。

「しばらく席を外す。その間は任せた」

「了解しましたわ、陛下」

エクセルにあとのことを任せて、俺はアイーシャ、ジュナさん、ナデン、シャボン、キシュンを連れて艦長室へと向かった。応接用のソファーには俺とジュナさん、シャボンとキシュンが向かい合わせに座り、アイーシャとナデンには扉の内と外に立ってもらって、外部に聞かれないよう人払いをお願いした。席に着くとすぐに、

「ソーマ殿とお父様は繋がっていたのですね？」

シャボンが開口一番そう聞いてきた。

断定的な言い方をしたということは、もうある程度のことは察しているのだろう。俺が頷くとシャボンはショックを受けたような顔をした。

「いつから、なのですか？」

「シャボンたちが来るだいぶ前だ。ちょうど九頭龍諸島の武装船一隻を拿捕《だほ》したあとぐらいだったから、俺の戴冠式より前だな」

「そんなに前から……」

カストールが拿捕した武装船の乗組員たちから、俺たちはオオヤミズチの存在や九頭龍

諸島が置かれている状況などを聞き出すことができた。

その時点ではまだ九頭龍王シャナの思惑などはわからなかったけど、その少しあとにシャナから非公式の使者が派遣されてきたのだ。

「武装船の乗組員の返還要求でもしにきたのかと思っていたら、シャナ殿はその使者を通じて自国漁民の密漁に対する謝罪と損失の補塡《ほてん》を伝えてきた。そして今回の計画を持ちかけてきたんだ」

「密漁に対する損失の補塡？　お父様が？」

「ああ。おそらく上がった税というのがこれに当たるのだろう。王国はその金でこちら側で被害に遭った漁民たちに補償していたわけだ。早い話がシャナ殿はお金を払って王国に〝密漁させて〟もらってた、というわけだな」

まあお金を払っている以上、密漁と言っていいものかどうか怪しいけどな。

ちゃんとお金がもらえるようになってからは王国側の哨戒艦《しょうかい》も、適当な時間漁をさせてから追い払う方針へと変化した。知っていたのは海軍上層部だけだったけど。

シャボンは信じられないと言った様子で目を見開いていた。

「お父様はなぜそのような回りくどいことを？」

「シャナ殿にとっても苦肉の策だったのだろう。海で漁をすることに特別の思い入れがある九頭龍諸島の漁民たちにとって、相手国に漁をさせてもらうというのは屈辱なのだろう？　オオヤミズチのせいで沈んでいる空気をさらに悪化させることになる。また王国にオオヤミズチ討伐への協力を依頼するなら、王国の漁民に反発されない必要がある。そのギリギリのラインがこのやり方だったのだろう」

俺はそこまで言うとふうと肩をすくめた。

「あとはシャボン殿ももう理解しているだろう？　外敵なしには団結できない九頭龍諸島の艦隊を一カ所に集めるため、王国は仮想敵となって島主たちの危機感を煽った。そうやってあの海域にすべての艦船を集めた上で救難要請の狼煙《のろし》を見せ、船乗りたちにとって無視できない『海の掟《おきて》』を持ち出して団結させたわけだ」

「そこまで計画的に……なぜお父様はそのことを話してくださらなかったのでしょうか」

「おそらくシャボン殿を巻き込まないためだろう。いま諸島連合艦隊の将兵たちは目の前の敵が急に味方になったことで興奮状態にあるが、冷静になったらシャナ殿に謀られたと思う者もでてくるだろう。そういった者たちを宥《なだ》めるためにも、おそらくシャナ殿はこの戦いが終われば責任をとって王位を辞するつもりなのではないだろうか」

「っ……お父様」

悲しげに瞳を伏せるシャボン。するとキシュンが身を乗り出した。

「ならばなぜ、そのことをシャボン様に教えてくださらなかったのか！」

「言えるわけがないだろう。二人が来る前から計画は動き出していたのだ。たとえシャボン殿を悲しませることになっても、シャナ殿の意思を汲《く》むしかなかった」

「ですが、それでも……これでは惨《むご》すぎませんか」

「……俺はちゃんと言ったぞ。『必ず後悔する』と」

俺は真《ま》っ直《す》ぐにキシュンの目を見ながら言った。

「なぜなら、その後悔は俺たちも経験したことだからだ」

「ソーマ殿も？」

「ああ。詳しいことは言えないが、いまのシャボン殿の気持ちはわかる。偉大なる先達の、身を切ってまでの献身……それはあくまでも俺たちのことを思ってのことではあったとしても、悲しまずにはいられない。他になにかできることはなかったのかと自問することになる。もっとも、先達はそういった葛藤さえ糧として進めと言うのだろうが……優しいんだか厳しいんだかわからないよな」

あの日のリーシアの涙を思い出しながら言うと、キシュンは押し黙った。俺の言葉に嘘《うそ》がないことを感じ取ったのだろう。するとシャボンが口を開いた。

「ソーマ殿は私が教える前にオオヤミズチのことを知っておられ、対策を練っておられた。私がしたことは、すべて無駄だったということなのでしょうか？」

悲痛な顔で言うシャボンに、俺は首を横に振った。

「そうでもない。シャボン殿が独自に動いたことによって、俺と配下が九頭龍《くずりゅう》諸島に先んじて入ることができた。そしてオオヤミズチに関する情報収集を行うことができ、その精度をかなり上げ、対策を練ることができた。これは動きが制限されるシャナ殿にはできなかったことだ。また俺にオオヤミズチ討伐を直談判《じかだんぱん》したという事実は、戦後にこの共闘を正当化する上で重要になってくるだろう。シャナ殿の援護になったのは確かだ」

「私が……お父様の役に立っていた？」

目をパチクリとさせるシャボンに俺は大きく頷《うなず》いた。

「みんながみんな、最善を目指して行動した結果だ。あとは……」

「オオヤミズチを倒し、最善の結果を呼び込むだけ、ですね」

少し力の戻った目でシャボンは言った。

ここらへんの割り切り方はさすが一国の姫だと思った。

シャナの覚悟、シャボンの悲しみ、そしてヤツの所為《せい》で犠牲になった人々……それらを無駄にしないためにも、なんとしてもオオヤミズチを討伐しなければならない。

俺たちはなお一層気を引き締めるのだった。

◇◇◇

時間は少し遡る。王国艦隊と諸島連合艦隊とが互いに目視できる距離に近づいたころ、九頭龍島にほど近い孤島『イカツル島』では褌《ふんどし》にはっぴ姿の男たちが作業していた。

漁師のような格好をしているが、彼らは九頭龍島の兵士たちだった。

イカツル島は上から見れば三日月の形をしていて、内側の湾曲した部分は入り江になっている。その入り江に停泊させた船から男たちは積み荷を降ろして荷車に載せ、島の中央に運び込んでいた。

「あーくそ、ひでぇ臭いだな」

荷車を押していた人間族の男がそうぼやいた。

彼の言うとおり、平時では自然しかないような無人島であるこのイカツル島だが、いまは〝異臭〟が漂っていた。すると隣で押していた狼《おおかみ》顔の獣人族の男が顔をしかめた。

「お前さんはまだマシだろう。俺らは鼻が利く分余計に辛《つら》いんだぞ」

「いや、この臭いは俺らにも辛いぞ。服に染み込みそうだ」

「帰ったら母ちゃんに文句言われそうだ……」

「こらそこ、無駄口を叩《たた》いている暇があったら手を動かせ」

すると監督していた人魚族の物部《もののふ》が二人を注意した。しかし二人は不満げに言った。

「そうは言いますが生臭さと血の臭いに鼻が曲がりそうなんですよ」

「なにより気が滅入《めい》るような光景ですからねぇ」

二人が見つめる先にあったのはその異臭のもととなっている小山だった。

その小山は文字通り山積みにされた魚だ。

いまの九頭龍諸島近海では捕れるはずもない量であり、この魚がどこか他国から運び込まれたものであることを意味していた。そんな魚の周囲では殺されたばかりの無数の家畜から流れた血が地面を濡《ぬ》らしている。

この島に漂う異臭はこの死んだ魚の山と家畜の血によるものだった。

「もったいないですなぁ……これだけの魚があれば多くの民の腹を満たせましょうに」

「そなたらもこの作戦の趣旨は理解していよう」

未練がましい二人を窘《たしな》めるように物部は言った。

「食えばいいままでと変わらぬ日々だ。しかし、ここで使い潰すことで問題が解決できるならば潮目は変わる。より多くの魚も帰ってこよう」

「……そうですな。解決できれば、ですか」

そんな話をしていたそのときだった。高台に設置された物見台で、カンッ、カンッ、カンッと木製の半鐘が鳴らされた。そして、

「霧が出たぞー!!」「霧が出たぞー!!」「霧が出たぞー!!」

さながら伝言ゲームのように男たちが頻《しき》りに声を上げ始めた。

「ヤツめ。ついに来やがったか」

その声を聞いた物部は忌々しげに海のある方角を睨《にら》んだ。

「すぐに狼煙を上げろ！　島伝いにシャナ様にお知らせするのだ！　他の者は急ぎ退避だ！　入り江にある船は放棄し、反対側に停泊中の小早舟から脱出せよ！」

物部はすぐさま命を下した。命を受けた男たちが忙しく走り回る中、物部は漂い始めた霧の向こう側を睨みながら言った。

「そのまま来い。ここが貴様の終焉《しゅうえん》の地となるだろう」

◇◇◇

オオヤミズチ討伐においてもっとも難題だったこと。

それはヤツが水陸両棲《りょうせい》の生物だということだった。

陸地でならばともかく、海の底に潜られてしまったら人類側に打つ手はない。魔法は海の上では威力が落ちるし、この世界の火薬の威力程度では投下型の機雷を作っても大して損傷は与えられないだろう。この世界には潜水艦も追尾魚雷もないからな。

だからシャナ王はオオヤミズチを陸地へと誘《おび》き出し、王国と諸島連合が持つ海軍戦力を結集して一気に撃滅しようと模索していたのだ。

具体的に言えばオオヤミズチの回遊ルート上にある三日月型のイカツル島に大量の餌を設置してヤツを誘い出し、連合した両国の艦隊がこれを包囲する。そして浅瀬の湾から出さないようにした上で、ヤツの命が尽きるまで攻撃を加え続けるというものだった。

「ようやく、このときが来ましたわね」

総大将のエクセルが神妙な面持ちで言った。王国と諸島連合の両艦隊が揃《そろ》って航行する姿を、俺とエクセルとジュナさんは旗艦アルベルトⅡの甲板から眺めていた。

「ああ。タイミング的にはギリギリだったんでハラハラさせられたが……」

「ふふふ、そうですね。ですが、さすがは陛下の見出《みいだ》した才といったところでしょうか。イチハ殿と言いましたか、きちんとオオヤミズチの行動を予測していたのですから将来が

「楽しみですわね」

「まったくだ。あとはもう少し自分に自信を持ってくれたらなぁ……シアンとカズハにとっても頼れる兄貴分になるのだろうけど」

この作戦を成立させる上での一番の功労者は誰かと言えば、やはりイチハだろう。

彼が情報を精査し、またその姿を見ることによって有効な攻撃プランを作成することができたし、またその回遊ルートを割り出すことによって決戦の場所をイカツル島と定めることができたからだ。これは俺たちが事前に諸島連合に入ることができたからこそであり、シャボンたちの行動にもちゃんと意義があったと言えるだろう。

そんなことを考えていると、エクセルが笑みを消して言った。

「ですが陛下、本番はここからですわ。ここからの戦いは絶対に失敗できませんから」

「……わかっている。失敗すればこれまでしてきたことがすべて無駄になる。相手は交渉の余地などない怪獣だ。どちらかが滅びるまで戦うしかない」

「あの……陛下はオオヤミズチのことを『怪獣』と呼んでいますよね？」

隣に立ったジュナさんが不安げな顔でそう聞いてきた。

「私たちは怪獣に勝てるのでしょうか？」

「そうですね……俺の居た世界の、俺の居た国で描かれていた怪獣には人類の兵器では殺せないものも多かった気がします」

俺は昔に観《み》た怪獣映画を思い出しながら言った。

「それは俺の居た国にとっての怪獣が『神』だったり『自然』だったり『災害』だったりの象徴という面があったからです。自然の大きさに比べれば人類などちっぽけなものだっていう感じです。あとはその怪獣を生み出してしまった『文明の罪』というものの象徴だったというのもありますね」

公害・大量破壊兵器・遺伝子操作……そういった文明の負の遺産に対する罪の意識が、あの国の怪獣たちには投影されていたように思う。

海外映画の怪獣が最後には人類の文明の力に屈するというものが多い中で、あの国の怪獣はそれこそ光の巨人でもいなければ倒せないくらいに強く……そしてもの悲しさがあった。あの国の人々にとって怪獣とは〝倒してはいけない〟ものだったように思える。

文明の罪を消し去ることなどできないという意識が働くからだ。でも……。

俺は気持ちを切り替えるように頭を振った。

「この世界の人々がオオヤミズチを生み出したわけではないでしょう。あれはこの世界の人々の罪ではない。だからこそ必ず克服できると信じています」

俺がそう言うとジュナさんは「はい」と微笑《ほほえ》んでくれた。

◇◇◇

海の中から山のような巨体がイカツル島に這《は》い上がってきた。

る。頭は竜《ドラゴン》と海竜《シードラゴン》類の特徴を併せ持ち、背中は巨大なシャコ貝のような二枚貝になってい
る。その下からは甲殻類のカラに覆われた太く巨大な触手が八本生えていて、タコのよう
にウネウネと動かしながらズリズリと地面を這い進む。
オオヤミズチ。
九頭龍諸島の人々を苦しめている（ソーマ曰《いわ》く）怪獣だ。オオヤミズチは背中の二枚貝
から漂う霧の中、長い触手を蠢《うごめ》かせながらズリズリと島に上陸していく。
その巨体故に蠢く触手が地面を打つ度に、さながら地震のように島が揺れていた。オオ
ヤミズチがこの島に上陸したのは強烈な餌の臭いに引き寄せられたからだった。
メキメキと邪魔をする木々を薙《な》ぎ倒しながら進む。
島の真ん中辺りまで来たところでオオヤミズチの目が餌を捉えた。
山と積まれた魚。そして血を流して倒れている家畜たち。
最近ではこの近海に大きな生物はいなくなり、腹を空《す》かしているオオヤミズチにとって
は物足りない量ではあったが、ご馳走《ちそう》であることに変わりはなかった。
首を伸ばしてその魚の山に齧《かじ》り付く。
触手の先にある甲殻類のハサミで家畜を摘まみ、口の中へと放りこんでいく。
その身体《からだ》の構造故に上陸には時間が掛かったが、餌を食べ尽くすのには五分も掛からな
かった。一心不乱に餌を食べ終えたオオヤミズチだったが、そこで近づいてくるものの存
在に気が付いた。沢山の〝血に似た臭い〟がこの島に向かってきている。

それが鉄の臭いであるということなどオオヤミズチは知る由もなかったが、なにか自身の脅威となる存在が近づいていることを本能で嗅ぎ取ったのだ。

オオヤミズチがズドドドドと音を立てながら身体を反転させて、浅瀬の方まで戻ったとき、海上には王国と諸島連合の艦隊が展開し、イカツル島を包囲していた。

そんな艦隊の中にある島型空母『ヒリュウ』の艦長カストールは、そのオオヤミズチの巨体を見て思わず感嘆の溜息《ためいき》を漏らしていた。

「なんだあれは、デカすぎだろ」

「本当ですね。あれに比べたらライノサウルスなど可愛《かわい》いものですよ」

副長も呆気《あっけ》にとられた顔になりながら同意した。

「あんなのが海にいたらと思うとゾッとします。ちょっとやそっとの海上戦力では到底太刀打ちできませんよ」

「主上と九頭龍《くずりゅう》王が手を組んだ意味もわかるというものだ。どこの国の海軍史にも、このような生物との戦闘記録はないだろうしな」

「それこそ、化け物退治は神話の世界の話です」

副長が真面目な顔でそう言うとカストールは苦笑した。

「神話か。そりゃあいい。俺たちの戦いは長く語り継がれそうだ」

「……そうですね。敗北者として名を刻みたくはないところです」

「当然だ。俺だって敗軍の将となるのは一度きりで十分だ。だから……勝つぞ」

カストールは艦長帽を被《かぶ》り直すと、将校たちに命じた。

「各艦に通達！　これより『オオヤミズチ討伐作戦』を開始する」

第九章　決斗 -total war-

同時刻。

遠く離れた王国の秘密工廠《こうしょう》がある島の浜辺に、イチハとトモエが立っていた。

「回遊ルートが僕の予想通りなら、いまごろ陛下たちはオオヤミズチと交戦しているころかな……予想通りならいいんだけど……予想通りであってください」

「もう、そんな暗い顔してたらダメだよ」

段々と弱気になっていくイチハのほっぺをトモエがムニッと摘まんだ。

「魔物研究の第一人者のイチハくんが調べて、みんなで練った作戦なんだから絶対に上手《うま》くいくよ。もっとみんなとイチハくん自身を信じなきゃ」

「トモエさん……」

「義兄様《あにさま》たちは絶対に勝つよ。ユリガちゃんは立ち会えなくて悔しがるんじゃないかな」

そう言ってトモエはクスクスと笑った。

ソーマからの要請によって王立アカデミーを休んでいるトモエやイチハと違い、密航していたユリガは九頭龍諸島から帰って来てすぐに王都パルナムへと送還されていた。今頃はアカデミーを無断で休んだペナルティとして補習漬けにされていることだろう。

そんなユリガの姿を想像するとイチハの肩の力も抜けた気がした。

「そう……だよね。絶対にオオヤミズチは討伐できる」

「うん！」

そして二人はソーマたちの武運を祈るのだった。

◇　◇　◇

カストールは手を前に突き出しながら命じた。

「総員戦闘用意！　これよりヒリュウは作戦の第一段階を開始する。まずはあの邪魔な霧を吹き飛ばす。飛竜《ワイバーン》騎兵隊は全騎火薬樽《だる》を持って再発進せよ！　投下目標はオオヤミズチ及びその周辺だ！」

「了解！『総員戦闘用意！　飛竜《ワイバーン》騎兵隊は全騎爆撃装備で発艦せよ！　爆撃目標はオオヤミズチ及びその周辺部！　繰り返す！　爆撃目標はオオヤミズチ及びその周辺部！　飛竜《ワイバーン》騎兵隊は全騎爆撃装備で発艦せよ！』」

副長の声が伝声管を通じてハルバートたちのもとへと届けられた。

「よし、行くぞお前ら！」

「「はっ」」

赤竜ルビィに乗ったハルバートに率いられて、飛竜《ワイバーン》騎兵隊は火薬樽を積んでヒリュウから飛び立った。王国・諸島連合両艦隊が見守るなか、飛竜《ワイバーン》騎兵隊は編隊を組んでまっすぐにイカツル島へと飛んで行った。

オオヤミズチもまた飛んでくるものの存在に気付いたようだ。

ルビィがハルバートに念話で言った。

『アイツ、竜《ドラゴン》っぽい顔をしているけど炎を吐いてくるかしら？』

「多分それはない、というのが上の見立てだ。生物が炎を吐くためには、特有の胴体が必要になるらしい。だけどアイツの胴体は水棲《すいせい》生物のものだ」

ハルバートは事前に受けた説明を思い出してそう答えた。

『じゃあ、空まで届く攻撃はないってこと？』

「さあな……変な形状をしているし、予想外の攻撃手段があってもおかしくない」

すると、オオヤミズチはなにやら首をグーッと飛竜《ワイバーン》騎兵隊に向かって伸ばし始めた。それを見たハルバートは嫌な予感がして咄嗟《とっさ》に飛竜《ワイバーン》騎兵隊に命じた。

「一旦左に旋回しろ！」

ハルバートに命じられて、編隊が左にそれようとしたそのときだった。

オオヤミズチが口を大きく開くとなにかキーンッという耳障りな音がしたかと思ったら、編隊の右側の騎兵隊が何かに弾《はじ》き飛ばされたかのように後方へと吹き飛んでいた。

編隊の実に五分の一ほどが一瞬にして脱落した。

きりもみしながら落ちていく飛竜《ワイバーン》に目立った外傷はないようだが、飛竜《ワイバーン》から投げ出されて落下していく兵士たちの姿が見えた。

「隊長！　右翼側が落ちました！」

それを見た騎兵隊の一人がハルバートに叫んだが、ハルバートは止まらなかった。

「作戦は続行だ！　みんなパラシュートは着込んでいるだろう！」

下を見れば落ちていった兵士たちのパラシュートが次々に開くのが見えた。

それを確認した上で、ハルバートは槍《やり》を掲げながら命じた。もちろん安全に落下したところで下は冬の海だ。救助が遅れれば命に関わるかもしれない。

しかし、いまのハルバートたちには立ち止まることなど許されなかった。

「救助は下に任せて俺たちはこのまま突っ込む！　作戦の第一段階から躓《つまず》くわけにはいかない！」

「「了解っ」」

そして再び飛竜騎兵隊《ワイバーン》はオオヤミズチに向かって飛んでいった。

ハルバートはルビィに小声で尋ねた。

「さっきの攻撃、なんだと思う？」

『特大の風魔法……いいえ、空気を固めて撃ち出した感じかしら。名前を付けるなら「空気砲」ってところかしらね』

「名前はどうでもいいが……厄介な技を持っていやがる」

『でも、あれだけの空気を吸い込むには時間が掛かるはずよ』

「二発目が来る前に爆撃しろってことか」

二人がそんな話をしている間に、飛竜騎兵隊《ワイバーン》はオオヤミズチのいるイカツル島上空へと到着した。

「よし、火薬樽を投下しろ！　俺たちの任務は目視するのに邪魔な霧を爆風で吹き飛ばすことにある！　無理にオオヤミズチに当てる必要は無い！」

ハルバートの命を受けて、飛竜騎兵隊《ワイバーン》は次々と点火した火薬樽を投下した。

シュルシュルと落下していった火薬樽は地表付近で爆発し、それが連鎖して島に巨大な炎が上がり、霧の代わりに黒煙が立ち上る。


〜〜〜〜〜〜〜〜〜〜〜〜〜〜！！


それに驚いたのかオオヤミズチは耳をつんざくような咆吼《ほうこう》をあげていた。

あまりの大音量に飛竜騎兵隊《ワイバーン》はそれぞれ耳を押さえた。ただ耳を塞ぐことができなかったルビィや飛竜《ワイバーン》たちは、耳をやられてふらついているようだった。やがて咆吼がおさまってきたのを見計らって、ハルバートはルビィに尋ねた。

「大丈夫か!?　ルビィ！」

『な、なんとか……でもクラクラするわ……』

「くそっ……霧は、晴れそうだな……」

最低限の任務はこなせたと判断し、ハルバートは即座に命じた。

「各自爆薬投下後は全速で離脱しろ！　隊列など必要ない！　まとまってあの空気砲を喰《く》らわぬよう、ばらけて一旦ヒリュウまで後退する！」

「「「了解っ！」」」

飛竜《ワイバーン》騎兵隊はその場で散開してヒリュウを目指した。ハルバートはチラリと炎の中にいるオオヤミズチを見てから、同じように退却していった。

『いまの爆発で多少は傷を与えられたかしら』

退却中ルビィがそう尋ねると、ハルバートは首を横に振った。

「……背中の貝殻も、触手を覆った甲殻もとんでもなく硬そうだ。火薬の爆発くらいで傷つけられるようなものでもないだろうさ。俺たちの任務は霧を晴らすだけだしな」

『まったく、とんでもない化け物がいたものね』

「竜《ドラゴン》のルビィに言われるんだから大したもんだよ。ソーマの言っていた『怪獣』って言葉の意味がわかるってもんだ」

『……でも、負けないわ』

「当然！」

ハルバートはギラつく目で二本の槍を構えながら言った。

「いまは退くが、次こそ必ず討ち取ってみせる」

◇◇◇

一方その頃、諸島連合艦隊の旗艦『龍王丸』では九頭龍《くずりゅう》王シャナが腕組みをしながら燃えるイカツル島を見つめていた。

立ち上っていた黒煙の間から霧に隠れていたオオヤミズチの姿が現れた。巨体であるが故に離れているにもかかわらずその全容をハッキリと捉えることができた。

（ようやく姿を見せたな……）

シャナがそんなことを思っていると、配下が報告してきた。

「王国の飛竜《ワイバーン》騎兵隊が霧を晴らすことに成功した模様！　しかし、正体不明の攻撃を受けて飛竜《ワイバーン》から投げ出された者たちもいるようです」

「あのゆっくりと降下していった者たちか。王国には奇妙な装備があるものだな……」

感心したように言ったシャナだったが、すぐに配下に命じた。

「快速の小早舟を出し、落水した者たちの救助に当たれ！　冬の海ではそう長くは持たぬ。一人でも多くの〝戦友〟を救出するのだ！」

「はっ」

命じられた配下が走り去るのと入れ替わりに、べつの配下が駆け込んできた。

「報告！　王国艦隊から『作戦を第二段階に移行する』との報《しら》せが！」

「よし。これより作戦を第二段階に移行する。島から出ようとするであろうオオヤミズチの足を止める。全艦に通達！　残った火焔《かえん》船を全部オオヤミズチに馳走《ちそう》してやれ！」

「「「はっ」」」

シャナの号令を受けて、諸島連合艦隊から王国艦隊との海戦で温存した火焔船が次々にオオヤミズチに向かって発進していった。火焔船は少ない人数で動かし、流れに乗ったと判断したら乗員は脱出して突っ込ませる兵器だ。

折しもオオヤミズチは囲む両国の艦隊を敵と認識し、島から出て海上で迎え討とうとしているところだった。そんなタイミングで島からの出口である浅瀬に向かって、火焔船団が大挙して突っ込む形となった。

バシンッ、バキバキッ……と、のたうつ触手がやってくる何隻かの火焔船を打ち壊し、沈めるが八本の触手では迎撃しきれる数ではなかった。

すぐにオオヤミズチの首の付け根から胸元あたりに火焔船の山が築かれることになった。そこに火薬樽と同じく火縄で調節された時限式の爆弾が炸裂《さくれつ》した。


ドドドドドドドドドドドッ!!


さきほどよりもさらに大きな炎が上がり、オオヤミズチは首を大きく仰《の》け反らせた。

火焔船は火薬樽よりも火薬の積載量が遥《はる》かに大きく威力もあり、また貝殻や甲殻で護《まも》られていない前面での爆発であったため無傷とはいかなかったのだろう。

「効いてる! 効いてるぞ!」

「あのオオヤミズチが苦しんでいるなんて……」

「我らの怒りと喰い殺された者たちの無念を知るがいい！」

その凄《すさ》まじい光景を見た諸島連合艦隊の将兵たちは鬨《とき》の声《こえ》を上げていた。

シャナの近くにいた配下も興奮気味に言った。

「九頭龍王様、これはいけるのではないですか!?」

「……この程度で止まるようなヤツならば、王国の力を借りることもなかっただろう」

「え？」


〜〜〜〜〜〜〜〜〜〜〜〜〜〜〜〜!!


すると爆炎からオオヤミズチが顔を出し、空気を震わすほどの大音声で吼《ほ》えた。

まるで戦いはまだ始まったばかりだとでも告げるように。

◇　◇　◇

炎の中から顔を出したオオヤミズチの姿を、俺、アイーシャ、ジュナさん、ナデン、そしてエクセルの五人は戦艦アルベルトⅡの艦橋から見ていた。

あの霧の中で見たときにも思ったことだけど、やはりでかい。怪獣らしい圧倒的な存在だった。隣に立ったエクセルが話しかけてきた。

「陛下、これより作戦の第三段階に入ります」

「落水した者たちの救助は？」

我に返った俺が尋ねるとエクセルはコクリと頷《うなず》いた。

「救助艇を出しています。諸島連合艦隊も小早舟を出してくれていますし、そちらは任せましょう。我が艦隊はこれより前進し、包囲を狭めます。よろしいですね？」

「……わかった。始めろ」

「了解。全艦に通達！　所定の距離まで進み、逐次回頭せよ！」

エクセルの号令で王国艦隊が動き出した。入り江を封鎖するかのように湾曲しながら広がり、位置に着いた艦から回頭して側面をオオヤミズチのほうへと向けた。

王国艦隊が保有する火力を集中させるためだ。

艦隊が所定の位置に着いたと報告が上がったとき、エクセルは命じた。

「全艦、撃ちー方ぁ始め！」

「了解。『主砲、撃ちー方ぁ始め！』」

副長を務めるジュナさんが伝声管で命じるとドンッと腹に響く音が鳴る。

アルベルトⅡによる艦砲射撃が開始されたのだ。

それを皮切りに王国艦隊のすべての戦艦が艦砲射撃を開始した。使用される砲弾は炸裂するタイプではなく、攻城戦で城壁を破砕するときに使用されるような徹甲弾だ。

オオヤミズチの外殻の前には、火薬の爆発程度では歯が立たないというのがイチハの見立てだった。着弾時には爆発しないため、俺の耳には撃ち出される音しか聞こえていないが、質量の塊が容赦なくオオヤミズチに叩《たた》き付けられていることだろう。

〜〜〜〜〜〜〜〜〜〜〜!!

オオヤミズチが吼えている。ちゃんと効いている証《あかし》だった。

「各艦、休むことなく撃ち続けよ。陛下、破壊目標はあの背中の貝でしたね」

砲撃の継続を指示しながら、エクセルがそう聞いてきた。俺は頷いた。

「あの背中の貝殻はオオヤミズチにとってもっとも硬い部分ではあるけど、逆にその下には内臓などの生命維持に必要不可欠な器官があると予想される。触手にいくらダメージを与えたところでトカゲの尻尾のように再生されるおそれがあるから、カラの破壊を優先するべきだとイチハは言っていた」

「なるほど。ふふっ、本当に良い人材を得たものです」

「ああ、本当にな」

するとアイーシャが大きな声を出した。

「陛下！　オオヤミズチになにやら動きがあるようです！」

見ればオオヤミズチの触手が蠢《うごめ》いているようだ。

なにをしているのだろうと見ていると、次の瞬間、こちらのほうに向かって何かが凄《すご》い勢いで飛んできた。あれは木、それに岩か。いくつもの木や岩がこっちに向かって飛んできていた。どうやらオオヤミズチは触手で周囲にあるものを絡め取り、こちらに向かって投擲《とうてき》したようだ。

「回避は!?」

「無理です！　当たらないことを祈るしかありません！」

エクセルの問いかけに、操舵士《そうだ》が焦ったように叫んだ。

バシャンッ　バシャンッ

狙って放たれたわけではなかったのだろう。木や岩はこちらの艦の手前に落ちるか、明後日《あさって》の方向に飛んでいくのがほとんどだった。

しかしこちらの艦隊が入り江を塞ぐように整列していたこともあってか、中には甲板にぶち当たるものもあり、煙を上げている艦もあった。

手近にある物を投げる攻撃は昭和の怪獣がよくやってたけど、絵的にはどこか間が抜けていて有効打にはなりえない印象があった。しかし実際に喰らってみるとその凶悪さを思い知らされた。純粋な質量の塊が凄い勢いで飛んでくるわけだしな。

さしものエクセルもこの攻撃には頬を引きつらせていた。

「……陛下、後方の艦に移られますか？」

「そんな余裕などないだろう。アイーシャ、甲板に出てこの艦に当たりそうなものは斬り伏せてくれ」

「はっ、了解しました」

アイーシャは大剣を担いで艦橋から飛び出していった。

海の上では風系統の魔法は弱体化されているので、アイーシャの【ソニックウインド】もいつもの威力は出せないだろうことが少し心配ではある。だけど俺の避難のためだけに攻撃の手を緩めるわけにはいかない。いまは攻めの一手だ。

砲身が焼けるまで撃ち続けるしかない……と、そう思っていたのだが、

「報告！　オオヤミズチが！」

海兵がまた叫んだ。

「今度はなに!?」

「口を我が艦隊に向けて大きく開けています！」

エクセルの問いかけに海兵はそう答えた。

見ればオオヤミズチが艦隊に向かってググッと首を伸ばし、口を大きく開けていた。

……背筋に嫌な汗が流れた。

前に居た世界で見た怪獣映画なら、とんでもない攻撃が来る前兆だったからだ。

(怯《ひる》むな。イチハの見立てでは火炎のような攻撃はできないはずだ)

もしかして飛竜《ワイバーン》騎兵隊の右翼を弾《はじ》き飛ばしたあの攻撃が来るのだろうか。海上から見た感じでは突風のようなものを吐き出したように見えた。しかし風の影響を受けやすい飛竜《ワイバーン》

騎兵ならばともかく、鉄の軍艦に風の攻撃を当てようと言うのだろうか。

「来ます！」

シュゴオオオオオオオオオオッ!!


オオヤミズチが吐き出したのは風ではなかった。

まるでジェット機のような音と共に飛来したのは極太な水の柱だった。

おそらく海水を呑《の》み込んで体内で圧縮し吐き出したのだろう。さながら巨大な高圧洗浄機から発射されたかのような水が艦隊を横薙《よこな》ぎにした。

巨大なアルベルトⅡがグラグラと揺らぎ、俺は咄嗟《とっさ》に手すりを摑《つか》み、バランスを崩して倒れそうになったジュナさんの腰を支えた。

「大丈夫ですか？　ジュナさん」

「あ、ありがとうございます。油断していました」

「……私のことも支えてほしかったですわ。義母《はは》のことも大事にしてくださいな」

尻餅をついていたエクセルがそんなことを言っていた。

義母じゃなくて義祖母だろう、とかツッコむ余裕もなかった。

見回せば艦橋内の海兵たちも倒れていたり、椅子から転げ落ちている者も多かった。木造船ならあの水流だけで木っ端みじんに吹き飛んでいたことだろう。高圧洗浄機のようだと思ったけど、これほどの大きさと威力だともはや遠距離攻撃の類いだ。

「損害状況を知らせなさい！」

エクセルが伝声管に向かってそう叫ぶと、

『我が艦、並びに空母ヒリュウに損害はありません！　しかし、数隻の巡洋艦がいまの攻撃により横倒しになっています！　沈没は時間の問題かと！』

そんな物見の切羽詰まったような声が艦橋に響き渡った。

あれほどの威力の水流だったのだ。いまもまだ叩き付けられ跳ね上がった海水が、スコールのような雨を降らせている。直撃すれば鉄の船といえどもひっくり返るか。

俺は意を決してエクセルに言った。

「俺がナデンと出て救助にあたる」

「陛下!?　危険すぎます！」

「空と海を泳げるナデンなら、傾いた艦を力業で戻せるかもしれない」

転覆した戦艦は作戦遂行能力は失っているかもしれないが、傾きさえ戻せれば沈没の心配はなくなる。完全には戻せなかったとしても、少し補助するだけで脱出はしやすくなるはずだ。俺は近くにいたナデンに尋ねた。

「やれるか？　ナデン」

「重そうだけど、やるっきゃないわよね」

ナデンは肩をグルグルと回しながら言った。やる気十分のようだ。

「俺がここに必要なのは政治的な判断がいるときだけだ。ここでお飾りをやっているくらいなら救助に行かせてくれ。ナデンが居るから海に落ちても大丈夫だし」

エクセルは一瞬だけ思案顔になったがすぐに決断した。

「陛下を危険に晒《さら》すことになりますが、それはここにいても同じでしょう。救助の手も足りないことですし、どうかお二人の手をお貸し下さい」

「合点承知よ！」

「わかった。俺とナデンは救助後は空に上がる。ジュナさん、〝アレ〟の扱いについてはお任せします。戦況を見て、必要とあれば投入してください」

俺がそう言うとジュナさんは胸に手を当て一礼した。

「承知いたしました。どうか、ご武運を」

「ジュナさんも」

俺は艦橋から飛び出すと、龍の姿になったナデンに乗って海上へと飛び出した。

◇◇◇

「艦長！　アルベルトⅡからナデン妃と思われる黒龍が飛び立ちました！」

「ウォルター公より連絡！　陛下が転覆した艦の救助に向かう模様！」

「王の手も借りなければならない状況ということか……」

配下の報告にカストールは思わずそう呟《つぶや》いた。すると、

「報告！　諸島連合艦隊に動きがある模様！」

べつの配下の報告にカストールはギョッとして東の方を見た。

「なにがあった!?」

「戦列を整えて、我らの方位の横を通過していきます！　一気にオオヤミズチとの距離を詰め、接近戦を行うものと思われます！」

「なっ、予定より早いじゃないか！」

作戦では王国艦隊の砲撃によってオオヤミズチの表面を覆う甲殻を徹底的に破砕し、相手の守備力を削りきった段階で近接戦闘能力の高い諸島連合艦隊が突入し、一気にヤツの息の根を止めることになっていた。

しかしまだオオヤミズチの甲殻は破砕し切れていない。

突入のタイミングとしては早すぎる。

「おそらく、先程の水流攻撃を見たからでしょう。我が国の軍艦とは違い、九頭龍《くずりゅう》諸島の軍艦は木を多く使用しています。あの水流攻撃を喰《く》らったら一溜《ひとた》まりもありません」

「機動力重視で装甲が薄めだからな……九頭龍諸島の軍船は」

「はい。それにあの国の火薬兵器は射程が短いようですし、遠距離での打ち合いでは勝ち目がありません。だから二射目が来る前に距離を詰める算段なのでは？　接近さえしてしまえばたとえ船を破壊されたとしても島に上陸して戦えますし」

配下の分析を聞き、カストールはグッと歯を食いしばった。

「船が沈むのもやむなしってことか。九頭龍王の覚悟のほどが伝わるな」

カストールは姿勢を正すと命じた。

「ウォルター公に伝えよ。諸島連合艦隊の援護を求む、と」

「はっ」

「俺たちは飛竜騎兵隊《ワイバーン》をもう一度出すぞ！　今度はオオヤミズチの攪乱《かくらん》が任務だ！　ヤツの周囲を飛び回って攻撃し、ヤツに諸島連合艦隊を狙うすきを与えるな！」

「「「はっ」」」

カストールの指令を受けて、ヒリュウから上空で待機していたハルバートたちに鏡の反射を利用した光の信号が送られた。それは再攻撃の合図だった。


一方その頃。オオヤミズチへと向かっていく諸島連合艦隊の先頭を行く艦には、九頭龍諸島一の猛将シマ・カツナガが乗っていた。

シマが船首に立ちオオヤミズチを睨《にら》んでいると、近くに居た側近の一人が尋ねた。

「突入のタイミングが早すぎませんか？　直前に聞かされたことではありますが、我らがオオヤミズチに接近するのは外殻を破壊してからという話だったのでは？」

「相手にも遠距離攻撃手段があったのだから仕方あるまい。ヤツの吐き出した水流によって王国の艦がひっくり返るのを見たであろう？」

太くゴツい腕を組みながらシマは唸《うな》るように言った。

「我らの艦があの攻撃を喰らえば木っ端みじんよ。だから九頭龍王は王国艦隊が艦砲射撃でヤツの気を引いている隙に、近づこうというつもりなのだろう。我らの艦は王国の艦よりも機動力では勝るが、火力と射程では劣るからな」

「なるほど……」

「ふっ、まあよいではないか。王国艦隊の砲撃のみで勝敗が決するなど、この海に生きる物部《もののふ》の名折れよ。決着をつけるのは散々煮え湯を飲まされた我ら自身でなければならん。そうでなければヤツに喰われた同胞の魂も浮かばれまいて」

「はっ。仰《おつしや》る通りだと思います」

シマは腰に佩《は》いていた九頭龍の大太刀を抜き放った。

「九頭龍王シャナにはいっぱい食わされたが、なんとも良き馳走《ちそう》であることよ。こうしてにっくきオオヤミズチに真っ向から挑める機会をくれたのだからな。各々、勇み、奮起せよ！　これは末代まで語り継がれる戦いとなるであろう！」

「「「　おおおお!!　」」」

シマが大太刀を掲げて檄《げき》を飛ばせば、男たちは歓声をもって応えて甲板をドンドンと踏みならした。同じような声や音はそこら中の艦からも聞こえて来た。

おそらくどの船も戦意を高め、巨大な敵に挑む勇気を振り絞っているのだろう。

シマは大太刀を真っ直《ます》ぐ前方に突き出して命じた。

「よいか！　オオヤミズチに接近するに当たり、まずはあの邪魔な触手を片付ける！　狙うは胴体との境目の部分だ！　そこがもっとも柔く、また動きが緩慢な部分である！　ヤツの攻撃を掻《か》い潜《くぐ》って接近し、そこに集中攻撃を加える！」

「「「おおおお！！」」」

船員たちが慌ただしく動き回る中、さきほどの側近がシマの横に立った。

「殿……そのオオヤミズチとの戦い方も、王国からの情報によるものなのでしょうか」

「そうなのであろうなぁ。王国には魔物研究の第一人者がいるという話だ」

「あの飛竜《ワイバーン》を使う島のような巨大艦といい、王国とは底が知れぬ国ですな。あのとき戦わずに済んで本当に良かったと思います」

側近が感嘆と畏れが混じった声でそう言うと、シマは苦笑した。

「まあいまは頼もしき味方なのだから良かろう。まずは目前の敵に集中せねば」

「はっ。ですが、あの触手は縦横無尽に動いています。近づくというのも容易ではありますまい」

「それでも、やらねばならん。たとえ何隻沈められようとな」

シマがそう言ったそのときだった。

「報告！　王国艦隊が砲撃を停止しました！　また飛竜《ワイバーン》がこちらに飛んできます！」

物見の兵がそう報告した。見れば先程オオヤミズチに爆撃を加えた飛竜《ワイバーン》騎兵隊が、諸島連合艦隊の上空を通過してオオヤミズチへと向かっていった。

今度は爆撃用の火薬樽《だる》は積んでいないようだった。

その先頭を行くのは飛竜《ワイバーン》などに比べて一際大きな赤竜だ。

赤竜に率いられた飛竜《ワイバーン》騎兵隊はあっという間にオオヤミズチへと接近し、その周囲を旋回しながら口からの火炎攻撃でオオヤミズチの触手を攻撃し始めた。

外殻のせいでさほどダメージを与えられているようには見えないが、オオヤミズチはまるで牛が尾っぽでハエを叩《たた》くかのように、鬱陶しそうに触手を振り回していた。

飛竜《ワイバーン》騎兵隊の中には叩き落とされる者もあったが、それでも懸命に触手を回避しながら攻撃を加え続けている。その光景を見てシマは気付いた。

「王国艦隊は我らの突撃を援護してくれるようだ」

王国の飛竜《ワイバーン》騎兵隊は諸島連合艦隊をオオヤミズチに接近させるために、オオヤミズチの注意を引いてくれているのだ。

「まこと頼もしき事よ。この意気に応えねばなるまい」

「はっ」

気付けば諸島連合艦隊はオオヤミズチに接近していた。

接近してみてあらためてわかるオオヤミズチの巨大さ。見上げるほどの巨体に呑まれそうになるが、シマは大太刀を掲げながら命じた。

「総員、砲撃開始！　狛砲《はくほう》も大砲も撃って撃って撃ちまくれ！」

接近した艦から順次砲撃が開始された。

艦側面に付いた大砲が火を噴き、甲板の上に設置された狛砲（虎蹲砲《こそんほう》）からは次々と拳大の鉛玉が触手の付け根部分に向けて発射される。

オオヤミズチもここでようやく纏《まと》わり付くのは飛竜《ワイバーン》だけでないことに気づき、触手を振り下ろして大きな艦をバガンッと真っ二つに叩き折った。その衝撃によって発生した波と水しぶきに、シマの乗った艦もグラグラと揺れた。

「くっ、怯《ひる》むな！　衝角艦を出せ！」

すると艦隊から先端の尖《とが》った中型艦が八隻ほど飛び出した。

これらは船首に長く鋭い衝角（ラム）を持つ体当たり攻撃を得意とした艦だった。大型の海洋生物を仕留めるときに使用されるこの衝角艦が、ツノドルドンに牽《ひ》かれて高速でオオヤミズチの触手の付け根部分へと突っ込んでいく。スピードに乗ったところで船員はツノドルドンの固定具を外し、脱出して船だけを相手にぶつけるのだ。

オオヤミズチの触手の下半分はタコの触手のようになっており、衝角艦はその付け根に深々と突き刺さった。人間に置き換えれば肩に鉛筆が刺さったくらいだろう。

致命傷にはならないだろうが、いくつも刺されば痛いに違いない。

〜〜〜〜〜〜〜〜〜〜〜〜〜!!

オオヤミズチがうなり声を上げ、触手をのたうち回らせた。

暴れる触手がシマの乗る艦をかすめ、マストが触れてボッキリと折れた。

それでもシマたちは怯まずに攻撃を加え続けた。

火薬兵器の攻撃だけでなく、矢を射る者、攻撃魔法を撃つ者、触手が近づいたときに槍《やり》や刀を刺そうとする者など、とにかく総出で攻撃を加え続けていた。

それはさながら牛を倒そうとして、尻尾にアリが群がって嚙《か》みついているかのような光景だった。それでも軍隊アリともなれば巨大な生き物も骨だけにできるように、やがて触手の一本が力無く倒れて動かなくなった。

しかし将兵たちにそれを喜ぶ余裕など無かった。まだ八本あるうちのたった一本を無力化しただけだから。すぐに残り七本の触手を見上げて息を吞《の》むことになる。

さしもの猛将シマの顔にも疲労と焦りの色が滲《にじ》んでいた。

「くそったれ……本当に化け物であるな。嫌になってくるわ」

シマが悪態をついたそのときだった。王国艦隊の方からなにやら音が聞こえてきた。


母なる海に船を出しゃ♪

波に抱かれ魚群《なむら》へ走る♪


それは女性の歌声だった。しかも歌っているのは九頭龍諸島の大漁歌だった。

海鳥の下見りゃ　蠢《うごめ》く宝の影ぞある♪
遅けりゃ海獣《デカブツ》にとられっぞ♪
網引け網引け♪　エーンヤーコラ♪
港に報《しら》せや豊漁唄♪

美しく力強い歌声を聴いて、シマはあらためてオオヤミズチを見た。

これほどまでに大きな獲物と出会うことはもう二度とないだろう。巨大な獲物と海で出会うということは、海に生きる男たちにとっては無上の喜びだったはずだ。

疲労の色が見えていた男たちの目に再度闘志の炎が灯《とも》った。

「海の男が巨大な獲物を前に尻込みしてどうする！　さあ漁の続きだ！」

「「おおおお!!」」

シマの号令で男たちは再度オオヤミズチに挑んでいった。

◇◇◇

「エーンヤーコラ♪　港に報せや豊漁唄♪」

同時刻。王国艦隊の旗艦アルベルトⅡの甲板では、設置された宝珠の前で王国の歌姫《ローレライ》の一人である猫耳少女のナンナが、高らかに生まれ故郷である九頭龍《くずりゅう》諸島の大漁歌を歌い上げていた。戦う諸島連合艦隊の士気を上げ、また魔法の威力を上げるための歌を歌うのに、これほどの適任者は他にいないだろう。

ナンナは家族と八年ほど前に王国へと流れ着いて漁村へと住み着き、小さい頃から海の男たちの前で大漁歌を披露していたという過去があった。

八年前となるとまだオオヤミズチが暴れ出す前なので、九頭龍諸島が不漁になるよりも前に王国にやってきたことになる。もとより九頭龍諸島は島同士の小競り合いが多発していた国であるため、家族はその煽《あお》りを受けて島を追われることになったのだろうが、まだ小さかった彼女は当時のことをあまりよく憶《おぼ》えていなかった。

だからこそナンナにとって九頭龍諸島は「生まれ故郷らしい」程度の認識しかなく、好きも嫌いもなかった。今回のことも、普段からお世話になっているソーマ王とジュナ妃に頼まれた、だから一肌脱ぐのは当然だ、もちろん大漁歌を歌うのは好きだし……くらいの気持ちで彼女は乗船し歌っていた。

そんな無垢《むく》で陰のない歌声を聴いて、上空に声を拡散させるための水球を創り出していたエクセルは思わず溜息《ためいき》を吐《つ》いた。

「生まれ故郷を見てセンチメンタルにならないのが若さなのかしらね」

年代は数百年違うが同じように九頭龍諸島から流れてきたエクセルは複雑な表情をしていた。蛟龍《こうりゆうぞく》族を追い出した国のために、その国と共闘しているという状況にどうしても思うところがあるのだ。そんな独り言を聞いたジュナは肩をすくめた。

「いつも若者ぶってるじゃないですか。年甲斐《としがい》もなく」

「……貴女《あなた》も言うようになったわよね」

「これでも陛下の第一側妃ですから」

ジト目で言うエクセルにジュナはしれっと返した。

ナンナのあとはジュナが歌い、そのあとはまたナンナが歌うといった感じで交互に歌うことになっていた。エクセルは苦笑しながら額に浮かんだ汗を拭った。

「やれやれね。海の上でこの魔法を使うのは結構しんどいのですよ？」

「……申し訳ないですが頑張って下さい。ここが正念場なのですから」

「わかっていますわよ」

エクセルが気合いを入れ直したそのときだった。

アイーシャが慌てた様子で舳先《へさき》のほうから駆けてきた。

「オオヤミズチに動きがあります！　どうやら前進しているようです！」

言われてみればオオヤミズチの身体《からだ》がさきほどまでより少し大きく見えていた。島の出口を固める王国艦隊の方に向かって少し近づいたからなのだろう。

「拙《まず》いわね。海中に逃げるつもりだわ」

エクセルが吐き捨てるように言った。

オオヤミズチの知能はあまり高くなさそうだが、陸上で戦うのは分が悪いことぐらいはわかったのだろう。あるいは生存本能が働いたのかもしれない。

海中に潜ってしまえば海上からの攻撃は制限される。オオヤミズチからしてみれば攻撃も逃亡も自由になるわけだ。それはなんとしても阻止しなければならなかった。

「全艦に通達！　これより距離を詰めて包囲を狭め、オオヤミズチの進路を塞ぎます！　またオオヤミズチの進行方向に砲撃を行いなさい！　あくまで威嚇のためなので当てる必要はありません！　まかり間違っても戦う諸島連合艦隊を誤射しないように！」

「はっ」

エクセルの命令を携えて一人の海兵が敬礼をして駆けていった。

するとジュナはエクセルに駆け寄って言った。

「大母様《おおかかさま》、アレを出しましょう。足止めにはなるはずです」

ジュナの言葉にエクセルは眉根を寄せた。

「アレというと……あの艦を!?　陛下の判断が必要なんじゃ」

思案顔になるエクセルに、ジュナは自分の胸に手を当てながら詰め寄った。

「陛下がナデンさんと一緒に出て行くときに、アレの扱いについては私に一任されています。私が必要と判断したら投入して良いと」

そのときのことを思い出したのか、エクセルは頷《うなず》いた。

「……そうだったわね。だけど、陛下はちゃんと合わせられるかしら？」

「艦を出しさえすれば気付いていただけるはずです。あとはお任せすればいいかと」

「……わかったわ」

エクセルはようやく首を縦に振り、ジュナに微笑《ほほえ》みかけた。

「貴女が陛下より預かった艦なのです。貴女が命じなさい」

「はい！」

そしてジュナは手を前に差し伸べながら兵士たちに命じた。

「全艦に通達！　これより輸送艦『キング・ソーマ』をオオヤミズチに向けて進発させます！　各艦は進路を遮らぬようにと伝えて下さい！」

◇◇◇

一方その頃、ソーマはナデンと一緒に転覆した船の復旧作業に追われていた。

ナデンはさながら古い怪獣映画のように傾き沈みかけている軍艦に身体を巻き付ける（ナデンの大きさ的に精々二周ぐらいだが）と、

『とりゃあああああ！』

と気合いを入れながら回転し、強引に艦を正位置に戻した。

いたるところから海水を吐き出しながら浮上した軍艦の中から、逃げ遅れていた海兵たちが這々《ほうほう》の体《てい》で出てきた。全員無事かどうかはわからないが少しでも助けられたことにナデンがホッとしていると、背中からゲホゲホッと咳《せ》き込む声が聞こえて来た。

ナデンは慌てて自分の背中を見た。

『だ、大丈夫？　ソーマ』

「……な、なんとか……」

咳《せき》の主はソーマだった。

ナデンが海中・海上で復旧作業をしている間中、ナデンの背中に乗っていたからだ。

竜騎士の契約による加護があるため冬の海に潜っても、冷たさは感じるものの寒くはないし、背中から振り落とされることもないのだが、海中では息ができない。また口に入る海水が塩辛くて辛《つら》いといったことは変わらなかった。

「こういうときは……シャボン姫みたいなエラが欲しくなるな……」

『無理させちゃってごめんとは思うけど、種族的な無い物ねだりしたって仕方ないでしょ。一応、これで全部の艦を起こせたと思うんだけど……』

ナデンが長い首をもたげて周囲を見回しながら言った。

「と、とりあえずちゃんと浮かんでさえいれば脱出はしやすくなるし……海に投げ出された者たちの救助もしやすいはず……だ」

『でも、艦の中に水が溜《た》まってて脱出できなくなってたら……』

「……俺たちが外からできるのはこれくらいだ。あとは現場を信じるしかない」

そう言いながらソーマが見下ろすと、復旧した軍艦の甲板に出た兵士たちがソーマたちに向かって感謝の言葉を述べながら帽子を振っていた。

少しでも救えた命があることに二人は救われた気分になった。

ナデンはソーマに尋ねた。

『どうする？　アルベルトⅡに戻る？』

「そうだな……ん？」

ソーマの脳内にあるイメージが流れ込んできた。

ナデンが『どうしたの？』と首を傾《かし》げる中、ソーマは意識を集中するために、目を閉じて、両手で自分の耳を覆った。いざというときのためにと【生きた騒霊たち《リビング・ポルターガイスツ》】でアレに残していた意識を使い、状況を把握しようとしていたのだ。

やがてソーマはゆっくりと目を開いた。

「……やっぱり動いてる。ジュナさん、輸送艦を動かしたのか？　その必要があったということは、オオヤミズチになにか動きがあったってことか？」

『動き？……あっ！　オオヤミズチが移動しているわ！　島から脱出しようとしているのかも！』

遠目で確認したナデンがそう叫んだ。ソーマはチッと舌打ちをした。

「海中に逃げるつもりか。ここで逃がしてなるものかよ」

ソーマはナデンの背に座り直して言った。

「ナデン、俺をオオヤミズチの上空まで連れて行ってくれ！」

『合点承知よ！』

ソーマとナデンは空へと舞い上がった。

◇◇◇

二人が向かったさきであるオオヤミズチの周囲では、今も尚《なお》、オオヤミズチに対する王国の飛竜《ワイバーン》騎兵隊と諸島連合艦隊の猛攻撃が続けられていた。

一方のオオヤミズチも長い触手を駆使して飛び回る飛竜《ワイバーン》騎兵を叩《たた》き落としたり、纏《まと》わり付く軍艦をへし折ったりと多大な被害を与えていた。振るわれるたびにブオンと唸《うな》りを上げる触手に、いままた一騎の飛竜《ワイバーン》騎兵が叩き飛ばされようとしていた。

「うわあああ!!」

当たれば全速力で突進してきたトラックに轢《ひ》かれるくらいの衝撃が襲ってくるであろう触手の一撃を前に、飛竜《ワイバーン》騎兵は自分の死を悟り、手綱を離して頭を両腕で抱え込んだ。

バシンッと衝撃音が響く。

しかし、一向に衝撃そのものはやってこなかった。

飛竜《ワイバーン》騎兵が恐る恐る目を開けると、自分とオオヤミズチの間に入った赤い竜《ドラゴン》が触手を受け止めていた。その竜《ドラゴン》の背中に乗ったハルバートが呆然《ぼうぜん》とする飛竜《ワイバーン》騎兵に叫んだ。

「いまのうちに体勢を立て直せ!」

「た、隊長!? ありがとうございます!」

飛竜騎兵《ワイバーン》が体勢を立て直して離れていくのを確認してから、ルビィに言った。

「ルビィ、大丈夫か！」

『な、なんのこれしき！』

両前足で触手を締め上げ、さらに噛《か》みついて動きを封じているルビィが答えた。

『触手一本一本はだいたい龍状態のナデンと同じくらいよ！　あの娘とよく取っ組み合いのケンカをしていた私にとって、このくらいの衝撃なんてへっちゃらよ！』

「頼もしいけど無茶するな！　ナデン嬢は一人だが、触手は他にもあるんだから」

『わかってるわ……よっ！』

べつの触手が背後から迫ってきたので、ルビィは拘束していた触手を離した。

直後、さっきまでルビィが摑《つか》んでいた位置にべつの触手が叩き付けられる。

触手の上部を覆う甲殻同士がぶつかり合い、すごい衝撃音が発生した。

甲殻が一部剝《は》がれるほどの一撃だったので、間に挟まれていたらルビィといえども背骨を折られていたかもしれない。乗っているハルバートなどはペシャンコだ。

二人の背中に冷たい汗が流れた。

「くそっ、あの触手、厄介すぎるだろ！」

『だけどあの触手をなんとかしないことにはアイツの足を止められないわ！』

こうしている間にも、オオヤミズチはズリズリと触手を這《は》わせながら移動し続けていた。

その歩みは巨体の割りには遅いものの、それでも着実に海の深いところへと向かっている。

王国艦隊が進行方向に向かって威嚇射撃を行っているがあまり効果は見られないようだった。このままだと逃してしまう。ハルバートは自分の腿《もも》を叩いた。

「畜生！　なんとか足止めする方法はないのか」

『……っ!?　ハル！　アレを見て！』

ルビィの声でハルバートが顔を上げると、一際巨大な艦がオオヤミズチに向かって接近してくるのが見えた。

「あれは……ソーマ級輸送艦？　まさかアレをぶつけるつもりか!?」

『たしかに大きいからそれなりに威力はありそうだけど、大した足止めにはなりそうにないわ。それだけのために新造艦を犠牲にするかしら？』

「そもそもあれはいったい〝なにを輸送〟していたんだ？　俺は島上陸作戦のための陸軍部隊か補給物資だと思っていたんだが」

『……爆薬とか？　諸島連合艦隊が使った火焔《かえん》船みたいな感じで』

「いや樽《たる》や木造船ならともかく、鉄の船を破裂させるほどの威力は爆薬にはない。中で火災を起こすだけだ」

二人がそんなことを話しているそのときだった。

キング・ソーマはオオヤミズチの前方数百メートルほどのところで停止した。

そしてその甲板のハッチが徐々に開いていく。それが完全に開ききったとき、中から何かが飛び出し、ザブンと大きな飛沫《しぶき》を上げながら海中へと落下した。

一体なにが起きたのかわからず、その場に居た者たちの手が一瞬止まった。

そしてハルバートとルビィ、飛竜騎兵隊《ワイバーン》、諸島連合艦隊の将兵がその水飛沫が上がったほうを見ていると、やがてバッシャバッシャと海水を撒《ま》き散らしながら、巨大な物体が海中から立ち上がった。

「な、なんだあれは!?」

「新手の怪物か!?　こんなのもいるなんて聞いてないぞ!?」

諸島連合艦隊の将兵たちは二体目の怪物が出現したのかと恐慌状態に陥りかけた。

逆に王国の将兵たちは自分の目に映ったそれが、現実のものであるということが認識できずに呆然と立ち尽くしていた。

移動しようとするオオヤミズチの前に立ち塞がった巨体。

日の光の下で輝く銀色の地肌。大陸において最強の生物と言われている竜《ドラゴン》を模したシルエット。しかし頭から尻尾の先まで、身体《からだ》のすべてが機械で構成されていた。

いち早く混乱から回復したハルバートが思わず叫んだ。

「メ、メカドラあっ!?」

それは王国で放送中の『超人シルバン』に登場する、シルバンの相棒である巨大機械竜メカドラだった。二足で立ち上がったメカドラは怪獣が雄叫《おたけ》びを上げるような仕草をすると、波を蹴立てながらオオヤミズチへと突進していった。

第十章 ◆ 機械竜 －final battle－

波を蹴立てて機械の竜《ドラゴン》がばく進する。

メカドラの素体となっている竜《ドラゴン》の骨格はルビィよりも一回り大きく、また一般的な竜《ドラゴン》が地上では四足歩行になるのに対して、二足歩行で立つように造られている（いわゆるメカ○ジラ型）ためルビィよりも遥《はる》かに大きく見える。

しかも今日のメカドラは全身のいたるところに武装と思われるパーツが増えていた。その分の重量が増えたためか、いつもよりも重厚感のある動きをするメカドラが、オオヤミズチの前に立ちはだかり、その首部分にがっぷり四つに組み付いた。

大きさ的に言えばイノシシと柴犬《しばいぬ》くらいの差があるが、超人シルバンの撮影の際にはライノサウルスを投げ飛ばしただけのパワーを持つメカドラだ。

前進しようとするオオヤミズチの速度が目に見えて遅くなっていた。

「……メカドラが接敵した！　大母様《おおかかさま》！」

その様子を旗艦アルベルトⅡから見ていたジュナが、エクセルに言った。

「もう一隻の船を出しましょう。メカドラに届けるのです」

「あの珍妙な船ね。わかったわ」

「はい。『各艦に通達！　後方より船を一隻出します！　進路を空けて下さい！』」

　エクセルの了承を得て、ジュナは伝声管である船の出発を命じた。命令し終えたのを確認した後で、エクセルはジュナの肩に手を置き語りかけた。

「これで現時点で保有する戦力のすべてを投入したことになるわね」

「……はい。手札のすべてを出し尽くしました」

　ジュナはエクセルの手に手を重ねながらコクリと頷《うなず》いた。

「正真正銘、最後の切り札です」

◇　◇　◇

～～～～～～～～～～～～～～～～～!!

　オオヤミズチが吼《ほ》えた。

　メカドラを引き剝がそうとバシンッと触手で打ち据えて攻撃する。

　メカドラは摑んだ首根っこを離さなかった。

　逆にアイアンバイト（鋼鉄の嚙みつき攻撃）で反撃を加える。突如始まった怪獣対機械竜の戦いを、王国と諸島連合の将兵たちは固唾を吞《の》んで見ていた。

「す、すげぇ！　すげぇぞ銀ピカドラゴン！」

「なんだこれ……現実の光景なのか……」

「ははっ、ハハハ……」

歓声を上げる者、目の前の光景が信じられずに立ち尽くす者、メカドラを応援する者、理解が追いつかず乾いた笑いを浮かべることしかできない者……。

反応は様々だったが、いつまでも思考を停止させている暇などはなかった。

「はっ!? 手を休めるな! 攻撃を再開せよ!」

「あの銀色の竜《ドラゴン》が足止めしている間に、なんとしてもヤツの息の根を止めるのだ!」

我に返った諸島連合側の指揮官たちが叫んだ。

諸島連合艦隊が攻撃を再開したのを見たハルバートも飛竜《ワイバーン》騎兵隊に命じた。

「俺たちも攻撃を再開するぞ! ただしわかっているとは思うが、あの銀色の竜《ドラゴン》……メカドラは味方だ! アレには攻撃を当てないようにしろ!」

「「 はっ! 」」

メカドラが諸島連合艦隊と近接攻撃を、飛竜《ワイバーン》騎兵隊は撹乱《かくらん》と火炎攻撃を、そして王国艦隊は援護射撃を再開した。さしものオオヤミズチもこの集中攻撃は応えるようで、何本かの触手も動かせなくなってきた。

『どんなものよ!』

ルビィもここだとばかりにフルパワーで火炎を吐いて触手の一本を焼き切った。

「油断するなルビィ! もう一本来るぞ!」

『あーもう、次から次へと!』

ルビィが迫り来る触手を迎撃しようとしたそのときだった。

バリッと音がして飛んできた青白い閃光《せんこう》がその触手を貫いた。触手は痙攣《けいれん》しているかのようにカクカクと動きながら最後はバシャンと海の中へと倒れた。

ハルバートとルビィが光が飛んできたほうを見上げると、ソーマを乗せた黒龍ナデンが青白い電流火花を飛ばしながら浮かんでいた。ナデンの電撃攻撃だった。

「ソーマ!?　なんで前線に出てきてんだ！　危ないだろ！」

ハルバートがルビィの身体を寄せながら尋ねると、ソーマはメカドラを指差した。

「仕方ないだろう。メカドラは首は長いし視点が揺れるしで、移した意識だけでは周りが見えづらいんだよ。こうして俯瞰《ふかん》で見える位置にいたほうが操作しやすいんだ」

「だからって護衛も付けずに。また嫁さんに怒られるんじゃないか？」

「……もう慣れたよ。それよりハル、聞きたいことがある」

ソーマは真面目な顔になって言った。

「オオヤミズチの背中の貝の部分で、どこか脆《もろ》くなってる場所はないか？」

「脆く？　傷ついている部分ってことか？」

『たしか見えている反対側、オオヤミズチから見て右側にある貝殻に王国の砲撃でできた裂傷があったわ。浅いし、内側までにはダメージを与えられてないとは思うけど』

ルビィがそう答えると、ソーマは「よし」と言うと目を閉じて意識を集中させた。

いきなり戦場で目を閉じたソーマを見てハルバートは目を丸くした。

「お、おい。なにをする気なんだ？」

「メカドラの追加武装でその裂傷をこじ開ける」

「追加武装？」

「悪い。集中するからしばらく援護を頼む」

すると眼下ではメカドラがオオヤミズチから一旦距離を置き、バシャバシャと波を蹴立てながらオオヤミズチの左側（オオヤミズチから見て右側）に回り込んだ。そして蠢《うごめ》く触手に打ち据えられながらも、それをかき分けるようにして接近し、側面に張り付いた。

首を大きく動かしているのは裂傷の場所を探しているためだろう。

「……見つけた！　ここならっ」

目をつぶったままのソーマが言った。するとメカドラは右腕（前足）を伸ばして貝殻の裂傷部分近くに手を置いた。何をするつもりなのだろうとハルバートたちが見守る中、メカドラは伸ばした右腕（前足）に左手を添えた。

「えっと、たしか……こうするんだったっけ……よしっ」

ソーマはカッと目を見開くと叫んだ。

「いっけえええええ!!」

ドガキンッ!!

ソーマの叫びをかき消すような爆音が鳴り響いた。まるで爆発音と金属音と破砕音が同時に聞こえて来たかのような音に、ハルバートは思わず耳を塞いだ。

～～～～～～～～～～～～～～～！！

オオヤミズチも痛いのだろうか。身を捩《よじ》って吼えていた。

「な、なんだ!?　いまの音は……」

「もういっちょ、くらえぇ！」

ソーマがハルバートの疑問に答えることなくそう言うと、メカドラは今度は先程とは逆に左腕（前足）を伸ばして同じ箇所に手を当てた。そして左腕に右手を添えてなにやら操作すると、またも同じような爆音が鳴り響いた。

オオヤミズチはまたもうめき声を上げながら身を捩り、長く太い首をハンマーのように動かしてメカドラに叩《たた》き付けた。

その衝撃でメカドラはよろめき数歩後ずさった。ハルバートはメカドラの腕部分から何か尖《とが》ったものが飛び出していることに気が付いた。

「なんだあの鉄の杭《くい》みたいなヤツは」

「対オオヤミズチ用メカドラ追加武装其《そ》の一『火薬発射式パイルドライバー』だ」

ソーマはそう答えた。説明しよう。

竜《ドラゴン》の骨を使用しているため外交上の問題から軍事利用には制限の掛かるメカドラだが、巨大な魔物に対しては有効な対抗手段になると考えたソーマは、オオヤミズチとの対決に際して超科学者《オーバー・サイエンティスト》ジーニャと『帝国のドリル姫』ことトリルに強化改造を依頼していたのだ。

ただソーマの【生きた騒霊たち《リビング・ポルターガイスツ》】は人形や縫いぐるみをその生き物のように動かすことができるが、内部の部品を個別に操ることはできない。人で喩《たと》えるならば身体は動かすことができても、内臓を自分の意思で自由に動かすことができないようなものだ。

メカドラに大砲を積んだとしても内部で砲弾の装塡《そうてん》もできないのだ。武装を使うためにはメカドラの外側に設置し、メカドラ自身に操作できるようにしなくてはならない。

そんな中で考え出された追加武装が『杭打ち機《パイルドライバー》』だった。

火薬の爆発力で内蔵されている巨大な鉄の杭を打ち出し、貫通力のある一撃を与えるという近接兵器だ。メカドラの両腕に装着し、使用する際には打ち出す方とは逆の手でスイッチを押す必要がある。しかも撃ち出したら自力では火薬の最装塡ができないため、一度の出撃で一回こっきり（両手で計二発）しか使えない武装だった。

なかなかに使いどころが難しい武装だが、至近距離で大砲を炸裂《さくれつ》させるようなものなので威力は絶大だった。見れば小さかった裂傷は二発のパイルドライバーを受けて、ひび割れが拡大していた。もう少しで内部へと貫通しそうだ。

「もう一押しだ！　メカドラを出したということは……」

ソーマは振り返って海を見回した。

するとメカドラに向かって接近してくる船があった。海を切り裂くように突き進むその船に、牽引《けんいん》するための海洋生物は付いていなかった。代わりに前方に二つの円錐状《えんすいじょう》の物体が取り付けられ、波を掻《か》き分けるように回転していた。

（さすがジュナさん。タイミングばっちりだ）

「あれは、なんなんだ？」

目をパチクリとさせるハルバートに、ソーマは言った。

「砕氷船……氷を砕いて進む船だ。クーの悲願と、トリルの執念の塊だよ」

王国・帝国・共和国で共同開発していた『穿孔機《ドリル》』。

その穿孔機を二つ取り付けた『砕氷船』の試作機があの船だった。

穿孔機の回転機構を使い、前方の二つの穿孔機で氷を砕きつつ、同じ回転軸で後方ではプロペラを回すことで推進力を得るという構造になっている。ソーマの居た世界にあったガリンコ号のドリルを前方まで突き出したような形状をしていた。

「ハル、少しの間だけでいいからオオヤミズチの注意を逸《そ》らしてくれ！」

「お、おう。了解。行くぞ、野郎ども！」

ハルバートが飛竜騎兵《ワイバーン》を率いてオオヤミズチに攻撃を加えた。

その間にソーマはメカドラを後退させて、砕氷船に向かわせた。そしてメカドラは砕氷船の近くまで歩み寄ると、海に隠れるほど身体《からだ》を伏せた。すると砕氷船はメカドラの背中に乗り上げた。すぐに乗員たちが出てきて大急ぎで固定作業にかかる。

ソーマはナデンと共にその作業を見守っていた。

「まさか本当に、ドリルを取り付けるとはなぁ……」

『あの竜《ドラゴン》も死んだ後とはいえ、あんな姿になるなんて思わなかったでしょうね……』

二人とも、トリルの執念に脱帽しきりだった。

ダンジョン工房でメカドラを見たトリルは、そのスケールの大きさに興奮していた。

そして敬愛するジーニャが製造したメカドラに、武装として自身の開発した穿孔機を付けたがったのだ。もちろんメカドラは星竜《せいりゅう》連峰との関係を考慮し、扱いに制約があったためジーニャは渋ったのだが、トリルは何度も頼み込んだようだ。まあ最終的にはジーニャも乗り気になったようで、一緒に穿孔機の搭載方法を考えていたようだ。

今回、ソーマから対オオヤミズチ用の追加武装の制作を依頼されたときには、すでに砕氷船を追加分増加するプランを考え出していたのだ。砕氷船はまだ試作段階のため長距離航行はできないだろうと言われていたのだが、そこはジーニャとトリルの変態技術者コンビ。メカドラの追加武装として改造したのだった。

乗組員たちは砕氷船をメカドラの背中に固定すると、穿孔機を回転させたまま総員を退避させた。そして総員退避完了の合図をソーマたちに送った。

それを見たソーマは、右手を空に向かって掲げながらメカドラを立たせた。

「さあトリルが自分の意思を貫き通すことによって付いた武装だ！　でっかい貝殻くらい貫いてみせろ！」

背中に穿孔機を担いだメカドラが、ノシノシとオオヤミズチに向かっていく。

そして飛竜騎兵隊《ワイバーン》に気を取られていたオオヤミズチの側面へと回り込むと、首を下げてラグビーでスクラムを組むときのように肩甲骨あたりを突き出し、回転する穿孔機をオオヤミズチの裂傷部分に叩き付けた。

次の瞬間、ジイイイイとそれまでとは違う何かを削り取る音が響いた。

〜〜〜〜〜〜〜〜〜〜〜〜〜〜〜〜!!

オオヤミズチが苦悶《くもん》の叫びを上げながらのたうち回った。ドサドサと砕かれた貝殻の欠片《かけら》が海に落下していく。着実にオオヤミズチの外殻を削り取っているようだ。

「……これで、行けるか」

ソーマがそう呟《つぶや》いたそのときだった。回転していたドリルの勢いが段々と弱まり、やがて完全に停止してしまった。実戦テストなどもできていない急拵《きゅうごしら》えの武装だったため、オオヤミズチの外殻の硬さの前に故障してしまったのだろう。

するとオオヤミズチはメカドラの首に嚙《か》みつき、引っ張った。これによってバランスを崩したメカドラは大きな飛沫《しぶき》を上げながら海中に倒れ伏した。

「くそっ、もうちょっとだったのに！」

ソーマは悔しげに膝を叩いた。

『見てソーマ！　外殻が大きく崩れて中の肉が出てる！』

ナデンが鼻先で裂傷部分を指し示しながら言った。

見れば貝殻に大きな穴が空き、中の肉の色が見えていた。致命傷にまではならなかったが、メカドラの攻撃はその一歩手前までオオヤミズチを追い込んでいたのだ。

するとハルバートがルビィを駆って寄ってきた。

「貝殻の内側がアイツにとって最も重要な部分なんだろ？　あそこを集中攻撃して今度こそ息の根を止めてやろう！」

「……そうだな」

ハルバートの言葉に、ソーマは気持ちを切り替えた。

「火力を集中させよう。メカドラをヤツの左側に回して動きを止めるから、ハルバートは飛竜騎兵隊《ワイバーン》を率いてあの露出した部分を攻撃してくれ。エクセルも……いまの攻撃を遠眼鏡で見ていたらあの部分に攻撃を集中してくれるはずだ」

「了解だ。ソーマたちはどうする？　アルベルトⅡに戻るか？」

ハルバートが尋ねると、ソーマは首を横に振った。

「いや、俺とナデンは九頭龍《くずりゅう》王のところにいって、あの露出した部分を攻撃してもらうよう要請してくる。ここからならアルベルトⅡに戻るよりも、直接『龍王丸』に乗り込んだ方が早いからな。護衛に飛竜騎兵《ワイバーン》を何騎か付けてくれ」

「わかった。……気を付けろよ。まだ子供も小さいんだし」

「お互い様だ。お前だって子供の顔を見ずに死にたくないだろう？」

そんな軽口を叩いて緊張を振り払ったソーマとハルバートは、それぞれ次の行動に移るために別々の方向へと飛んでいくのだった。

◇◇◇

ついにオオヤミズチとの戦いも最終局面を迎えていた。

メカドラがオオヤミズチの身体を押さえ込む中、裂傷がある部分に対して、王国艦隊からの砲撃が、諸島連合艦隊からの狛砲《はくほう》や弓矢や魔法が、飛竜《ワイバーン》騎兵隊の火炎攻撃などが次々と炸裂し、その傷を広げていく。まさに総力戦だった。

裂傷からは血が絶えず流れ出している。のたうち回っていた触手も勢いがなくなり、オオヤミズチが着実に衰弱していることを証明していた。

「ふむ。今が好機であろう」

触手に勢いがなくなったことにより、将兵たちのオオヤミズチへの〝登頂〟が可能になった。これを機と見た諸島連合の猛将シマ・カツナガは大太刀を掲げて配下に命じた。

「触手はもういい！　これより我らはヤツの本体に切り込む！　続けぇい！」

「「「おおおおお!!」」」

シマの号令で海の男たちが艦からオオヤミズチの身体へと飛び移っていった。

跳躍力のある者はピョンピョンと貝殻の上を渡っていき、ない者は鉤縄《かぎなわ》を引っかけて上っていく。こういった戦い方は、いまだに敵船に乗り込んで戦うという海賊スタイルな

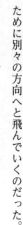

戦闘を行っている諸島連合の将兵たちの専売特許だった。

諸島連合艦隊の猛者たちはさながら城壁登頂一番乗りの功を争うように我先にとオオヤミズチの背を上っていき、それを見た王国艦隊は砲撃をやめて海兵隊を派遣した。

飛竜《ワイバーン》騎兵隊はそんな登頂部隊を援護しながら裂傷に対して攻撃を行っていた。

一足先に上り切ったシマは裂傷に向かって大太刀を振り下ろしたが、わずかに傷はついたもののガキンッと弾《はじ》かれた。

「刃では埒《らち》があかぬか……おい。金棒は持って来ているな」

「……はっ。こちらに」

配下が二人がかりで持って来ていた金棒を受け取ったシマは、それを大きく振りかぶると、渾身《こんしん》の力でもって貝殻に振り下ろした。

「どりゃあああああ!!」

ドガンッと派手な音が鳴り響いた。手が痺《しび》れるほどの金棒の一撃はオオヤミズチの貝殻を大きく砕いた。ゴロッとでかい塊が剝《は》がれて海の方へと落下していく。

それを見送りながらシマは額の汗を拭った。

「ふぅ……ガハハ、やはりこちらのが効率がいいのう」

シマがそう言って笑ったそのときだった。

数十メートル離れた裂傷の中心部分に、空から飛来した炎の槍《やり》が直撃した。直撃した瞬間に炎の槍は爆《は》ぜて裂傷部分の肉をえぐり、体液が噴き出した。

その一撃にオオヤミズチが苦しみ、身を捩ったことでシマたちを地震のような揺れが襲った。揺れが落ち着き、シマたちが空を見上げると、そこには赤き竜《ドラゴン》に乗った赤い髪の青年が槍を構えていた。

「……あっちのほうが効率がよさそうだな」

シマはアングリと口を開けながらそうぼやいた。

一方、見上げられる側のハルバートは赤竜ルビィの上で投擲《とうてき》用の槍（双蛇槍《そうだそう》では届かない距離のため）を構えながら不満げな顔をしていた。

「フウガなら、一発で仕留められたんだろうが……」

『ぼやかないの！　いまはこいつを仕留めるのが先よ！』

そう言いながらルビィは特大の火球をオオヤミズチの傷口めがけて放った。

炎が内部の肉を焦がし尽くしてさらにえぐり取っていく。

その後も猛攻が加えられ、裂傷が致命傷になるまでひたすら掘り進められた。

深くなればなるほどもはや怪獣退治をしているのか、肉の洞窟で穴掘りをしているのかわからなくなってきたが、そんな労苦がついに報われるときが来た。

◇◇◇

〜〜〜〜〜〜〜〜〜〜〜〜〜〜〜〜〜〜〜〜〜!!

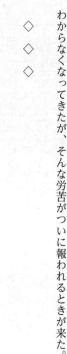

諸島連合の将兵たちが体内に設置した火薬樽《だる》を起爆させたとき、一際激しい流血が起こり、オオヤミズチの首が海の中に倒れ伏したのだ。

オオヤミズチはなおもピクピクと痙攣《けいれん》しているようだったが、最早《もはや》抗《あらが》う力は残っていないようだった。息絶えるのも時間の問題だろう。俺と人の姿に戻ったナデンはそんなオオヤミズチの姿を、諸島連合艦隊の旗艦『龍王丸』で見ていた。

「これで、終わりなのよね？」

「ああ……終わりだ」

ナデンの問いかけに俺は頷《うなず》いた。そして大きく一つ息を吐くと、

「なんだか、思っていたよりも切ない気分になりますね」

隣に立つ九頭龍王シャナに語りかけた。

「あの怪獣のために何人もの民間人が犠牲になったし、この戦いでも将兵に死傷者が出ているというのに……ヤツの最期にこうして立ち会っていると、なんとも言えない気分になります。ようやく事件が解決できるという達成感や安堵《あんど》もないわけではありませんが」

「……生き物の死に立ち会うとはそういうことなのでしょう。ヤツは生きるために人を喰《く》った。我らは生きるためにヤツを滅ぼす。生きるため。そこに善も悪もない」

シャナ王は懐から数珠のような物を取り出すと、それを握りしめながらオオヤミズチに向けて手を合わせた。死にゆくオオヤミズチのために祈っているのだろうか。

諸島連合は唐と江戸を足して二で割ったような国だし、かつて俺の居た国と宗教観が似ているのかも知れない。シャナ王とこうして直接顔を合わせるのは初めてだけど、厳《いか》つい顔をしているわりに情緒を理解している人のようだ。

「……俺も祈っておきます。あんなのに祟《たた》られたくありませんから」

俺も手を合わせると、シャナ王はフッと笑った。

「そうですな。あの島に祠《ほこら》を築き、年に一度祭祀《さいし》を執り行うとしましょう。オオヤミズチの荒ぶる魂を鎮め、この戦いで死んだ者たちの魂を慰めるために」

「……建設費用を出すので王国側の犠牲者を慰める碑も一緒に建ててもらえますか?」

「無論ですとも」

(祠……か)

祠と聞いて、ふと思ったことがあった。

九頭龍諸島という名称についてだ。

この名称はかつてこの島々に九本の首(頭)を持つ蛟龍《シー・サーペント》のようなものがいて、人々がそれを神と崇《あが》めたことが名前の由来となっているらしい。あのオオヤミズチは一本の海竜《シードラゴン》類のような首と、八本の蟹鋏《かにばさみ》の付いた触手を持っている。

あの蟹鋏の付いた触手は、霧の中ではさながら大蛇のように見えた。

つまり見ようによっては全部で九本の首があるように見えるのではないだろうか。

もし遥《はる》か昔にもオオヤミズチが現れていて、それを当時の人々が九つの首を持つ蛟龍《シー・サーペント》と勘違いしたのだとしたら……この国の名前の由来は……。

そこまで考えて、浮かんだ想像を振り払うように頭を振った。

こんなのはただの憶測でしかないし、神として崇められている九頭龍とオオヤミズチとを結びつけることはこの国の人々にとっては業腹だろう。

かつても居たとなれば第二・第三の……なんてことになったら洒落《しゃれ》にならない。

「……終わったようですな」

シャナ王の声で顔を上げると、倒れ伏したオオヤミズチはついに動かなくなっていた。

対象の絶命を確認できたようで、背中に登った男たちが鬨《とき》の声《こえ》を上げ、肩を組んで大漁歌を歌っている。日も傾きかけてくる時間帯だ。

聞こえてくる大漁歌にもどこか長かった一日が終わるという寂寥《せきりょう》感があった。

そんな空気の中で俺はパンッと自分の頬を叩《たた》いた。

「……気を抜くには早いです。まだ全部が片付いたわけではありませんから」

「ふむ、あのデカブツをこのままにはしておけぬからな」

腕組みをしながら言うシャナ王に俺はコクリと頷いた。

「ええ。あんな馬鹿デカいものを放置して腐らせたら周囲にどんな影響がでるかわかったもんじゃありません。速やかに解体してしまわなくては」

前に居た世界のビックリ映像番組で『浜辺に打ち上がって放置されていた死んだクジラの腹の中にガスが溜《た》まり、解体しようとしたら爆発した』というのを見たことがあった。

あのような巨大な肉の塊を腐らせてしまったら、どんなガスが発生するか、どんな病気や海洋汚染の原因となるかわかったものではない。すぐにでも無害な形にまで、できれば有効利用できるような形に解体しなければならない。

「そのための専門家がいますから」

「ソーマっ」

するとナデンが王国艦隊の方を指差しながら声を上げた。その指差す先を見ると、王国艦隊の戦艦アルベルトⅡの上にまた巨大な水球が作られていた。

エクセルが放送用の水球を作ったのだろう。

その水球に映し出されていたのは太っちょの男性だった。

『えーっ……ケホケホッ。き、聞こえているのでしょうか……わ、私《わたくし》はフリードニア王国の農林大臣ポンチョ・イシヅカ・パナコッタです、ハイ』

咳《せ》き込み、噛《か》み噛みながら挨拶したのは王国の農林大臣ポンチョだった。

第十一章　大鍋 -banquet-

『まずはオオヤミズチの討伐おめでとうございますです、ハイ。これもソーマ陛下と九頭《く ず》龍《りゅう》王シャナ殿が、延《ひ》いては王国と諸島連合とが手を取り合ったことで得られた戦果だと思うのです。ですが、事態はまだ完全に解決はしておりません。そこに残るオオヤミズチの亡骸《なきがら》を速やかに処理しなければ九頭龍諸島に平穏はやってきません』

映像のポンチョは手にイチハの描いたオオヤミズチの絵を持っていた。

その絵を指差しながらポンチョは言う。

『凶暴強大な怪物も倒してしまえば肉の塊です。そして肉は腐敗します。野ざらしにすれば虫が湧き、獣が食い荒らし、腐れば悪臭を放ち、様々な病の温床となり、その腐った血肉が流れ出せば汚染ともなります。また野ざらしにされた竜《ドラゴン》の骨がスカルドラゴンという瘴《しょう》気《き》を放つ魔物へと変化する事例も報告されています』

ポンチョが語ったのはオオヤミズチの亡骸を放置しておくことの危険性だ。これにはすでに戦い終わった気でいて、戦勝気分で騒いでいた両国の将兵たちも黙り込んでいた。

まだ事態の完全収束には至っていないのだ。

『それらのことからもわかるとおり、オオヤミズチの亡骸の処理は速やかに行われなくてはなりません。兵士の方々にはお疲れのところとは思いますが、このまま亡骸の解体作業に入っていただきたいです。これはソーマ陛下のご意向でもあります、ハイ』

これから解体作業をさせられると聞いて、両国の将兵たちは肩を落としていた。

無理もない。皆激闘のあとで疲労が溜まっているのだ。

この上まだ肉体労働させられるとあっては士気も上がらないだろう。

するとポンチョは冷や汗を掻《か》きながら笑みを浮かべて言った。

『心中お察ししますです、ハイ。ですが皆さん！　これは朗報と言っていいでしょう。魔物部位識別法の第一人者であるイチハ・チマ殿と、オオヤミズチの身体《からだ》を構成している生物部位を調べたところ、貝殻や甲殻などをのぞけばすべて〝食べられる素材〟でできています。しかも、かなり美味《お》しいです、ハイ』

美味しい、と聞いて将兵たちの顔が上がった。

激闘のあとだからこそ、皆腹が減っているのだ。現金なもので美味しいと聞かされたら、目の前のオオヤミズチの亡骸が急にお宝の山に見えて来だした。

『これから解体方法をご説明しますので、皆さんにはお疲れのところとは思いますがよろしくお願いしますのです、ハイ』

映像のポンチョが頭を下げたとき、龍王丸の上空にも水球が作られ、シャナとソーマが並んで立つ姿が映し出された。そして二人の王はそれぞれの配下に命じた。

『聞いてのとおりだ。我ら諸島連合は海の民。釣った魚、狩った獲物は無駄にせず、母なる海に感謝しながら血肉とする。それが我らの生業《なりわい》であろう！』

『王国の将兵もここまで来たら最後まで付き合おう。不明者の捜索と負傷者の治療と搬送が済み次第、ポンチョの指示に従って各々作業に取りかかってくれ！』

二人の王にそう命じられて、両国の将兵たちはもう一度気合いを入れ直すように、あるいは半ばヤケクソ気味に「おおお！」と鬨の声を上げた。

茶番のような艦隊戦から始まったこの戦いは、途中から怪獣退治となり、そして今度は怪獣料理の時間となった。同時に王国と諸島連合の将兵たちにとって、もっとも長い労働パートの始まりでもあった。

◇◇◇

『まずはオオヤミズチの頭と触手を落としてください。あると胴体部分の解体ができず効率が悪いので、まずは頭と触手八本と胴体部分の十に分けてくださいです、ハイ』

「頭と触手を落とすようにとのことですわー！」

簡易受信装置に映るポンチョの指示を受けて、島の湾に停泊したアルベルトⅡの舳先《へさき》からメガホンをもったエクセルが指示を飛ばした。

水球の維持には相当な魔力が必要であり、術者に大きな負担が掛かってしまうので、ポンチョからの指示は簡易受信装置でまずエクセルに伝えられ、そこから島に散らばった伝令役が復唱して伝える方式に変更したのだ。

そしてオオヤミズチの触手の付け根の部分では、両国の将兵たちが必死に剣を振るっていた。

「てやああああ!!」

アイーシャが裂帛《れっぱく》の気合いと共に大剣を振るい、斬撃で触手の付け根に大きな溝を作った。しかし先っぽに行けば直径五メートルほどの触手だが、根元のほうはその倍の太さがあり、アイーシャの斬撃をもってしても一刀両断とは行かなかった。

他のところでは複数人で溝を掘り、隙間に火薬を入れて爆破させ、そのあとを更に掘って火薬を詰め……といった地道な作業で触手を落とそうとしていた。

しかもこれを切り落としたとしても、次に待っているのはこの龍状態のナデンほどもある触手を更に分割し、外殻を引っぺがすという作業だ。

将兵たちはこの作業が一日二日で終わるようなものではないということを悟り、辟易《へきえき》とした気分になっていた。そんな中、

「……ふう。少し休みますかね」

一本の触手を切断し終えたアイーシャは額の汗を拭うと浜の方へと歩き出した。

そこには十基以上の竈《かまど》に設置されている大鍋と、そのうちの一つをかき混ぜているソーマとジュナの姿があった。ソーマはアイーシャに気が付くと「あっ、お疲れ～」と労《ねぎら》いの言葉をかけた。

「陛下～、お腹《なか》が空《す》きました～」

アイーシャはソーマに甘えるような声で言った。

「あいよ。どの味にする？」

「味噌《みそ》味を山盛り一杯ください」

「……あんまり食べ過ぎると飽きるぞ？　数日は似たような食事が続くし」

「そんなことは二の次です。いまはとにかくお腹の中に入れたい気分なんです」

空腹のためかギラついた目で言うアイーシャに、ソーマは若干たじろいだ。

「あはは……了解。ジュナさん、味噌味山盛り一丁！」

「は～い」

手伝っていたジュナが大きめの木の椀《わん》に鍋の中のものをよそい、アイーシャに差し出した。受け取ったアイーシャは浜辺に座り込むと、早速ガツガツと食べ出した。

ある程度空腹が落ち着いたところで、アイーシャは食べながらソーマに尋ねた。

「むぐっ……美味しいですけど、これってどこの部位なのですか？」

「いまはまだ解体のときに出た切れ端を煮込んでるところかな。触手と首回り」

アイーシャの隣に腰を下ろしながらソーマは言った。

この鍋はオオヤミズチの解体作業で出た肉の切れ端を集めて煮込んだものだった。いまはタコのような触手と海竜《シードラゴン》類のような首回りの肉が具材の中心になっている。

これに諸島連合の地産であったり、王国から持って来た野菜や米などを加えて煮込んだものがこの鍋だった。

将兵たちはクタクタになるまで解体作業を行い、腹が減ったらこの鍋を食べ休憩し、腹が溜まったらまた解体作業に戻る……ということを繰り返していた。

飽きないように具材となる部位を変えたり、王国から持って来た味噌や醤油《しょうゆ》などでスープの味を変えたりしていた。その鍋を作る料理人の手が足りないこともあってソーマも手伝っていたのだ。

「いまは端肉が入っているけど、触手や肉部分のほとんどは干すとかして保存が利くように加工するからな。もう少ししたら具材は臓物中心になるぞ。ポンチョが言うにはうまいらしいけど」

「ですが、オオヤミズチは人も食べていたのですよね？」

ジュナがソーマの横に腰を下ろしながら言った。

「食べてしまって大丈夫なのでしょうか？」

「ええ。だから今回は口内器官や消化器官は焼却処分することになってます。焼き肉だとタンやミノって美味《うま》いんですけどね……」

「タン？　ミノ？」

「あー、気にしないでください、俺の居た世界の呼び名です。まあ食用以外に油をとるなどの利用も考えましたけど、人が溶かされたであろう部分ということを考えると……供養代わりに燃やすのが妥当だと思います」

「そうですね……」

そんなことを話していると、ナデンがハルバートとルビィを連れてやってきた。

「ソーマ、私たちの出番みたいよ。メカドラを動かしてほしいんだって」

「……わかった。それじゃあ行くとしますか」

「あっ、陛下。それならば私も……」

「アイーシャは十分働いただろう？　もうしばらく休んでおくといいよ」

ソーマはよっこらせと立ち上がると、護衛として付いてこようとするアイーシャをこの場に留《とど》めて、三人と一緒に歩いて行った。

◇　◇　◇

『胴体部分ですが、やはり貝殻の部分が邪魔になるでしょう。

生きた貝ならば焼いたり茹《ゆ》でたりすれば口を開くものですが、イチハ殿の見立てでは、あれは開くような構造にはなっていないということです。あそこを無理矢理こじ開けようとすれば多大な労力が必要となると予想されますです。

そこで、まずオオヤミズチの身体を横に倒し、底の面を覆っている亀の腹甲のような部分を切り取って下さい。腹甲と触手が生えている部分の肉ならば切り取れるはずです。大きいメカドラやドラゴンの方々が適任だと思います。

そして内臓をすべて抜き取ってしまってくださいです、ハイ』

ポンチョの指示を受けて、俺は龍の姿になったナデンの頭（背中だと後ろ足で立ったとき前が見えなくなるので）に乗り、同じく竜《ドラゴン》の姿になったルビィの背中に乗ったハルと一緒にオオヤミズチへと近づいていった。

同時にメカドラも操って呼び寄せたので、オオヤミズチの前には龍と竜《ドラゴン》と機械竜が並ぶこととなった。中々壮観だな。

「ポンチョは横に倒せって言うけど、なかなか骨が折れるぞ」

俺がそうぼやくと聞いていたハルも頷《うなず》いた。

「山みたいにでかいからな。とはいえやらなきゃならないんだろう？」

『もう、実際に頑張るのは私たちなんだからね』

『あとで埋め合わせしてほしいものね』

ナデンとルビィも辟易としながらそう言った。

「俺だってメカドラを動かすし、海竜類《シードラゴン》にも引っ張ってもらうんだから」

『わかってるわよ。愚痴ぐらい言ってもいいでしょ？』

オオヤミズチの背中からは鎖が海に向かって延び、これまで軍艦を牽《ひ》いていた海竜類《シードラゴン》に繋《つな》がっていた。俺たちがこっち側から押し倒すタイミングに合わせて、海竜類《シードラゴン》には反対側から引っ張ってもらうことになっていた。

すると、下の方でこっちに向かって旗を振っている兵士の姿が見えた。

「どうやら下の安全は確保できたみたいだな。それじゃあ始めよう」

『合点承知よ』「『了解っ』」
ナデン、ルビィ、メカドラが頭と触手のなくなったオオヤミズチの貝殻部分に前足をおいた。そして俺が「せーっの！」と声を掛けると、
ズシンッと、三体分の重さが加わってオオヤミズチの胴体部分が大きく揺らいだ。それに合わせて海上にいた海竜《シードラゴン》類も引っ張り始める。
「せーっの！」ズシンッ
「よいしょー！」ズシンッ
「どっこいしょー！」ズシンッ
「もういっちょー！」ズシンッ
……と、音頭をとり続けているとグラリと胴体部分が傾き始めた。
「あっ!?　倒れるぞおおお！」
下に誰も居ないのは確認済みとはいえ、念には念を入れて俺は大声で叫んだ。
やがてドシンッと大きな音を立てて、海水と砂を巻き上げながらオオヤミズチの胴体部分が横向きに倒れた。
その瞬間、将兵たちからよくわからない拍手と歓声が上がっていた。
多分、巨大な物体が豪快に倒れる様を見て高揚したのだろう。派手な噴火映像を見て、思わず「すごいなぁ」と魅入ってしまうそんな心境だったのかもしれない。
さてこうして俺たちの前には亀の腹甲のような部分が晒《さら》されたわけだ。俺たちはポン

チョの指示に従ってその腹甲を剥《は》がしにかかった。腹甲は巨大で触手を切り落とすときと同じやり方では時間が掛かってしまうので、このままナデンたちの爪で肉の部分を切り裂いて剝がすことになっている。

こういうときにはブレード状に研がれているメカドラの爪が便利だった。

ナデンたちよりも効率よく肉を切り裂いている。

『使い勝手が悪いって話だったけど、こういうときには便利よね。メカドラって』

ナデンが感心半分、呆《あき》れ半分といった感じで言った。まったくだ。

こうして腹甲部分を外し、中の柔らかい腹の肉を切り裂き、内臓を引きずり出した。

この作業は生身のナデンとルビィにやらせるのは酷だったので、メカドラを動かして行うことにした。本当に巨大生物の処理には便利だな、メカドラ。

ただ、そのメカドラには俺の意識は入っているわけで、脳内にグロテスクな映像を見せられて気分が悪くなり、なんどか休憩を挟んでの作業となったためかなり時間が掛かってしまった。ともかく、採れるだけの内臓を取り出し終わった。

俺は精神的な疲労でその場にへたり込んだ。ナデンが心配そうに見ていた。

「大丈夫？　ソーマ」

「……この戦いで一番しんどかったかもしれない」

「休んだほうがいいわ。ほら、立って」

ナデンに支えられながら俺はジュナさんたちがいる大鍋群のほうへと戻った。

あのグロテスクな光景を見たばかりなので、しばらくは肉類が食えなくなるかもしれないなぁ……と思っていたのだけど、頭も身体《からだ》も栄養を欲しがっていたのか、気が付いたらガツガツとオオヤミズチ鍋を食べていた。

「むぐっ。ジュナさん、いまの鍋の具はどこの部位ですか？」

「消化器官以外の内臓を処理することを優先しています。いまは心臓らしいです」

「ハツか。……ちくしょう、うまいな」

悪態は吐《つ》けても、食欲には勝てなかったよ。

こうして俺たちは鍋を食べては解体・加工作業を行い、働いては鍋を食べるということを繰り返し、交互に休憩を取りながら三日三晩かけてオオヤミズチの亡骸《なきがら》の解体を終えたのだった。終わったころには、しばらくホルモンは（食べ飽きたので）見たくもないと思うようになっていた。

オオヤミズチの死骸は研究用のサンプルを除き、肉は食用に加工し、鱗《うろこ》や骨や外殻などは資材用に加工、内臓は食べるか油をとるか焼却処分とした。

すべての作業が終わったところで、王国と諸島連合はオオヤミズチの討伐と両国の友好を記念して宴を開くこととなった。とはいえ、消費しなければならない臓物はまだまだ残っているためメニューは相変わらずのもつ鍋だった。

ただし今回は酒も振る舞われたので将兵たちの不満は最小限に抑えられた。

イカツル島の浜辺で焚き火《たびび》を囲みながら、ハルバートとルビィも宴に加わっていた。

一緒に飲んでいるのはシマ・カツナガの一党だった。

「おう、飲んでおるか赤いの！」

「痛っ……少しは加減してくれよ」

シマの太い腕で背中をバシバシと叩《たた》かれて、ハルバートは顔をしかめた。

シマはすでにできあがっているのか赤い顔で豪快にガハハと笑い飛ばした。

「赤い竜騎士の活躍は下から見ておったぞ！　その竜騎士がこんな若い二人だとは思わなかったがのう！」

「……俺たちも見てたぞ。諸島連合の男たちの益荒男《ますらお》ぶりを」

「ガーッハッハ！　そうであろう、そうであろう！　ささっ、もう一度乾杯じゃ！」

「はいはい……」

「ちょっと、飲み過ぎちゃダメよ？」

杯を打ち鳴らすハルバートたちを見て、ルビィがそう苦言を呈した。

「私の監視下で羽目を外されたら、カエデに申し訳が立たないわ」

「わ、わかってるって」

「ガハハッ、なんだ赤いの。すっかり尻に敷かれてるじゃねぇか！　男なら『ゴチャゴチャ言わず黙って俺に付いてこい』くらい言える気概を見せねばのう！」

そう言ってシマは豪快に笑っていたが……。

「ハルバート。その男の言葉を鵜呑《うの》みにするなよ」

不意に掛けられた声に振り返ると、カストールが酒を持ってやって来た。

「隣、いいか？」

「は、はい！　どうぞ」

ハルバートが空けた場所にカストールは腰を下ろすと、シマをジト目で見つめた。

「強い言葉には裏返しの感情が潜んでいるものだ。カミさんなんて怖くねぇと言っているヤツほど、恐妻家ってことも多い。空軍だったころにそういうヤツを結構見たもんだ」

「……はんっ。何を根拠にそう言っておるのじゃ？」

そう言って胸を張るシマだったが、カストールは黙って彼の背後を指差した。

「お前さんの配下、笑っているぞ？」

「ぬなっ！　貴様ら！」

シマが赤面しながら振り返ると、配下の者たちは大慌てで首を横に振っていた。

その反応から見て本当に笑ってなどはいなかったのだと察したシマは、自分がカマを掛けられたのだと気付いた。カストールはしたり顔で言った。

「その反応は図星みたいだな」

「ぐぬぬ……」

「そう睨《にら》むな。単に自分と同じ匂いを感じただけだ」

昔はもう少し亭主関白だったが、エクセル預かりの身分になってからこちらは、すっかり嫁のアクセラに頭が上がらなくなっているカストールが自嘲気味に笑った。

それで大凡《おおよそ》のことを察したのかシマも照れくさそうに鼻を掻《か》いた。

ソーマがここに居たら『二人とも幻術士に自分の一番怖いものを見せられたときには、嫁さんの幻が出てくるタイプだな』とでも思ったことだろう。

その後は勇猛だけど嫁さんには頭が上がらない者同士意気投合したようで、カストールとシマは大いに盛り上がり酒を酌み交わした。ようやくシマの絡み酒から解放されたハルバートは一息吐くと、隣に寄り添って座るルビィに言った。

「まったく……諸島連合の連中は気は良いんだが少々羽目を外しすぎるな」

「そうね。でも、ハルには向いてるんじゃない？　この雰囲気」

「ハハハ、まあな……でもこうなってくると、もう一方の立役者であるソーマなんか揉《も》みくちゃにされて……と、そういや、ソーマたちはここにはいないんだったか」

そう言ってハルバートは沖に停泊しているアルベルトⅡを見た。ルビィも頷く。

「ええ。ナデンたちはシャ家の人たちとアルベルトⅡで親睦会だそうよ」

「親睦……ねぇ」

ハルバートは杯に残っていた酒を一息に飲み干した。

「こっちみたいに酒飲んで騒げる気楽な宴、ってわけにもいかないんだろうなぁ」

第十二章 交渉 -ocean league-

戦艦アルベルトⅡの士官室は絨毯《じゆうたん》敷きに絵画なども飾ってあって、さながらお高いレストランの一画といった雰囲気だった。足りないのはシャンデリアくらいだろうか。

戦艦であるため揺れるので灯《あか》りはランプだった。

そんな士官室では俺、ジュナさん、エクセルの王国組と、九頭龍《くずりゆう》王シャナとその側近と思われる男性が一名、そして娘のシャボン姫という諸島連合組が長テーブルを挟んで対峙《たいじ》していた。ちなみにシャナとシャボンはこの艦で久しぶりの親子対面を果たすことになったのだけど、顔を合わせた当初は二人とも言葉が出てこないようで固まっていた。

娘は父の覚悟を知らず、父は娘を巻き込むまいとしてかえって追い詰めてしまった。

結果的に二人はこの戦いに違う陣営で臨むこととなった。心中は複雑だろう。

「お父様……」

気まずい空気の中でシャボンがそう声を絞り出した。

しかし、シャナはシャボンの言葉を手で制し、首を横に振った。

「すまぬ……其方《そなた》に話さねばならぬことがある。また其方にも私に言いたいことが山とあろう。しかし九頭龍諸島に住む民のためにも、いまはソーマ殿との話し合いを優先させてほしい。あとで必ず時間を設けるゆえ」

「……はい」

シャボンもシャナの気持ちがわかったのか大人しく引き下がった。

後回しにしてもらったのはこちらとしてもありがたい。

……さすがに外国の、しかも親子のことに口を出すわけにもいかないからな。

そして俺たちの背後にはアイーシャとナデンが、シャナ王たちの背後にはキシュンがそれぞれ護衛として立っている。こちらにもあちらにも敵意はなく、身構えるほどではないものの部屋は少しだけ空気がぴりついていた。

喩《たと》えるならばプレゼンテーションの前の空気といった感じか。

それぞれの前に置かれているグラスに入っているのも酒ではなく水だしな。

「さてと、それでは始めましょうか」

俺がそう言うと皆一様に頷《うなず》いた。

外で宴会中の将兵たちには親睦会だと説明していたが、実際は戦後についての話し合いだ。事情があったとはいえ、王国艦隊と諸島連合艦隊は交戦する半歩手前くらいにまでいっていたのだ。もし睨み合っていたあの場面で、シャナ王との茶番のような舌戦を行っている最中に、先走った者が一発でも大砲を撃っていたら……想像すると恐ろしい。

いまは共に強敵オオヤミズチを倒したという余韻と、共に肉体労働で汗を流し、同じ鍋のモツを食べたことで友好ムードになっているけど、この後の舵取《かじと》りを間違えるとまた緊張状態に戻りかねない。

それを防ぐためにも、シャナと会談を行い戦後の方針を決めなければならなかった。

「まず初めに尋ねたいのですが、シャナ殿はどう決着をつけるつもりなのでしょうか？」

「すべての責は私に、すべての功はシャボンへ」

俺が率直に尋ねるとシャナはハッキリと言い切った。シャボンが目を見開いた。

「お父様!?　なにを……」

「貴方《あなた》は王国との緊張関係を生み、海戦一歩手前まで行った責任をとる。オオヤミズチに対して共同戦線を張って打ち倒した功はシャボン殿に譲ると言うことですか？」

そう尋ねるとシャナは静かに頷いた。それはつまり……。

「シャナ殿は責任をとって退位し、王位はシャボン殿に譲るということですか」

「そんな！　お父様が退位する必要なんてありません！　私は、なにもできなかったのに」

「そうではない。これは最初から決めていたことだ」

手で顔を覆うシャボンの肩に手を置きながら、シャナは穏やかな声で言った。

「本当ならば、其方にはなにも知らせぬまま事を終えるつもりだった。しかし其方は独自の考えを持ってこの国のために動き、ソーマ殿と接触した。結果としてソーマ殿や王国艦隊をこの地に招きやすくなり、共闘もしやすくなった。私の考えていた脚本よりもこの国の民たちの王国への感情は良いものとなるだろう。其方には辛《つら》い思いをさせた」

「お父様……」

顔を上げたシャボンにシャナは微笑《ほほえ》みかけた。

たしかに当初の予定では王国艦隊の派遣理由は『いつまでも密漁をやめない九頭龍諸島の漁民を庇《かば》う諸島連合艦隊を叩くため』だった。これだと海の掟《おきて》を持ち出して共闘したとしてもしこりが残るだろう。しかしシャボンが来たことにより『フリードニア王はシャボン姫の要請を受けた』というシナリオを書き加えることができる。

するとエクセルが扇子をポンと叩いた。

「それでは両国で共有される脚本はこうでしょうか。

『シャボン姫は九頭龍諸島の人々の命を救うために、我が身を差し出す覚悟でソーマ王《わがきみ》に援軍の派遣を懇願した。ソーマ王《わがきみ》は姫の覚悟に心を打たれ援軍派遣を快諾する。そうして王国艦隊を九頭龍諸島へと派遣すると、侵略に来たと思った諸島連合艦隊と交戦しかけるが、ちょうどそのとき救難信号が発せられたので、海の掟に従い両艦隊は共闘してオオヤミズチの撃滅に当たった』……こんなところですかね」

「そうだな……」

今回の一件をシャボンの美談とすることで九頭龍諸島の人々に受け入れやすくし、また後のシャボンの統治を正当化しようというのだろう。

今回の戦いに参加した将兵の中にはこの話に違和感を覚える者もいるかもしれないけど、時系列に違いはあるが語った内容の半分以上は真実で構成されている。内容も九頭龍諸島にとって侮辱的なものではないため、異論を唱える者もいないだろう。

こういう落としどころがポンポン出てくるあたり、さすが亀の甲より年の功だ。

「陛下、いまなにか変なことを考えていませんでしたか？」

「……ソンナコトハナイゾ」

エクセルに迫力のある笑顔で微笑まれて、俺は顔を背けた。

「私が九頭龍王に……そんな資格があるのでしょうか」

するとシャボンが俯《うつむ》きながら言った。……気持ちは経験者として痛いほどわかる。

「シャボン殿はシャナ殿を止め、オオヤミズチと戦うために王国に来たのでしょう？

シャナ殿の代わりに九頭龍諸島を背負って立つ覚悟はできていたはずなのでは？」

「それは……ですが、お父様の真意も見抜けぬ私では……」

「私も先代から王位を譲られた立場なので貴女《あなた》の気持ちもわかります。ですが、たとえ重荷に感じたとしても歩き続けなければ、先達が残してくれたものが無駄になってしまいます。受け継ぎ、繋《つな》げなければ」

「受け継ぎ、繋ぐ……私が為《な》さねばならぬことなのですね」

シャボンが覚悟を決めたように顔を上げた。

そんなシャボンを見たシャナは満足げな様子だった。

とりあえずこれで今後のシナリオの共有はできただろう。交渉はここからだ。

「さて、今回王国は貴国に協力しオオヤミズチと戦った。オオヤミズチの素材は研究用のサンプルを除いて諸島連合の物とし、復興に当てることになっている。このままだと王国の慈善事業に見えるだろう。オオヤミズチを放置しておけばいずれ我が国にも被害が及んだかもしれないということはわかるけど、王国側にも死傷者が出ている以上、慈善事業ではただ危険に首を突っ込んだだけと見られかねない。それは避けたいところです」

「……なにが仰《おっしゃ》りたいのですか？」

「つまり王国側にも利益がほしいと言うことです」

怪訝《けげん》そうな顔をするシャボンに俺はハッキリと言い切った。

「諸島連合に協力した意義があったことを示せれば、将兵や国民たちも納得しやすく、両国の友好関係も築きやすくなるでしょう」

「利益、ですか？　我が国に金銭的な余裕はありませんが……」

「もちろん金銭的なものは求めません。それを求めればまた諸島連合の対王国感情が悪化してしまいますから。代わりに、こちらの要求をいくつか呑《の》んでいただきたい。その要求の一つは事前に、シャナ殿に打診してあったはずですが？」

俺が視線を送るとシャナは頷いた。

「【海の掟を正式な盟約とし、それを基軸として海洋同盟の締結】……ですな」

シャナの言葉に、俺も「そうです」と大きく頷いた。

「今回の一件を解決するに当たり、私たちは『海の掟』を持ち出して島々の艦隊と王国艦隊を無理矢理団結させました。しかし、現状では『海の掟』は口約束であり、海に生きる者にとっては鉄の掟でも、そうでない者にとっては簡単に反故《ほご》にできてしまいます。これを国際的な公約として明文化したい」

海の掟は慣習法だ。悪評を気にしなければ簡単に反故にされてしまう。

それを防ぐためにもまずは王国と諸島連合の間で正式な公約としたい。一度締結してしまえば、あとはこれを実例として他国にも国際公約として認めさせることができるだろう。

少なくとも帝国と共和国は参加してくれるだろうしな。

「それと今回両国の艦隊がすぐに共同戦線を張れたのは、私と九頭龍王という両国の首脳がその場にいたからです。これがもし配下の将しかいなかったとしたらどうだろうか。私たちへの確認という一工程が置かれ、もっと時間が掛かったことでしょう。私たちの与《あずか》り知らぬところで両国の船が偶発的な事件に遭遇することもあるだろうし、そうなったときに対処できるよう決まり事を設けておきたいのです」

「なるほど。それは理解できましたが、海洋同盟というのはなんなのでしょう?」

シャボンの問いかけに俺は手を組み少し身を乗り出した。

「我が国では今後、海洋交易を拡大させていくつもりです。もちろん九頭龍諸島ともこの関係改善の契機に取引したい。シャナ殿、狛砲《はくほう》など海上で使用する火薬兵器の発達具合からいって、貴国では硝石が多く産出されるのではないでしょうか?」

「うむ。南のほうの島で質の良いのが採れますな」

「我が国からしてみれば硝石、それに良質な米や刀剣類といった特産物は魅力的ですから。そちらも大陸の産物で欲しいものはありませんか?」

「ありますな。特に大陸での医療技術は著しい発展を遂げているとお聞きします。島々の中で完結していた我らにとっては、大陸の先進的な事物はどれも眩《まぶ》しく見える」

大陸を逐《お》われた者たちが集まって興った国という成り立ちからして、排外的な思想が根付いているようだ。ちょうど俺が王位を譲られたばかりのころのダークエルフ族のような感じなのだろう。俺は後ろに立つアイーシャをチラリと見た。

そんなダークエルフ族もいまは頼れる同朋《どうほう》となっている。

海洋交易を拡大させるためには、諸島連合ともそういう関係を築かねばならない。

「もし大陸の事物が欲しければ我が国が交易の窓口となりましょう。関税などについてはあとで詰める必要がありますが、両国の商船が自由に行き来できるようになれば、経済的な面だけでなく両国の文化も大いに発展することが期待できるでしょう」

そして俺はオオヤミズチの骨が残る浜の方を指差した。

「ですが、今回の一件で、この世界にはあのような生物さえも発生するという問題が浮き彫りになりました。オオヤミズチの出現によって諸島連合では船が出せなくなったとお聞きします。これは交易にとっては致命的です。また生物だけではなく、大時化《おおしけ》、海賊、他国からの妨害・略奪なども交易の障害として考えられます」

俺の言葉に皆一様に頷いた。俺は話を続けた。

「海洋交易振興のためには交易路の安全確保が欠かせません。そのための海洋同盟です。加盟国の船が先に述べた障害に遭遇した際に加盟国の海軍が速やかに救援に当たれるように……いえ、生物や天災以外の人為的な障害については、そもそも起こらないよう海洋交易路の安全を維持するための同盟です」

理想としては護衛船のいらない交易だけど、この世界ではまだ無理だろう。

オオヤミズチ以外にも巨大な外洋生物はいるわけだしな。ソナーでもあって危険生物の接近を探知できるならいいんだけど、それは無い物ねだりだ。それでも人為的な障害さえなくせるならば、いまよりもっと交易がしやすくなるはずだ。

「もし諸島連合がこの同盟に賛同してくれるようなら、私はこの同盟にトルギス共和国を巻き込みたいと思っています。あそこの鍛冶技術は一級品です。また九頭龍《くずりゅう》刀を見れば九頭龍諸島の技術力も高度なものであるとわかります。職人気質の二国が結びつくことでさらなる技術が開花するのではないでしょうか」

「ふむ。そうなれば素晴らしいですが……我が国と共和国とは国交がありません。あそこは冬には海に氷が張って船が近づけませんからな。彼の国が首を縦に振るでしょうか」

「もちろん王国が仲介いたしましょう。伝手《つて》がありますから」

今回の作戦は機密事項が多かったためクーにはなにも伝えていないが、事情を説明すればアイツのことだ。面白そうだと飛びついてくるだろう。

(まぁもし渋っても利益を提示して説得するだけだけど……)

するとシャナは腕組みをしながら身体《からだ》を反らした。

「我が国に利があることなのはわかる。しかし、この九頭龍諸島では各島主がそれぞれ海の縄張りを設けている。意思を統一せねばならんな」

「それはそちらにお任せするしかありません。ですが、この空気を利用できるのでは？」

俺は浜の方を向いた。ドンチャン騒ぎの声がここまで届いている。

「いま共に戦い強敵を打ち倒したことで、かつて無いほどに将兵たちの間には一体感が生まれていることでしょう。またオオヤミズチの出現は各島の人々に、島の垣根を越えて共闘することの重要性を植え付けたはず」

「たしかに、この流れに乗れば島々の意思を統一できるでしょうな。ただそうなると、やはり私はここで表舞台から引くべきだろう。島の人々に愛され、島の人々のために行動したシャボンのほうが意思統一された九頭龍諸島の王に相応《ふさわ》しい」

「お父様……わかりました」

シャボンは自分の胸に両手を添えながら言った。

「私は身命をとして九頭龍諸島の島々を、そして王国との繋がりを護《まも》りましょう」

どうやらシャボンも覚悟を決めたようだ。するとシャボンは真《ま》っ直《す》ぐに俺を見た。

「その上で、ソーマ殿にお願いしたいことがあります」

「ん？　なんでしょうか？」

「若輩である私が九頭龍諸島を治めるためには、お父様の協力とはべつに後ろ盾が必要となるでしょう。同盟を実現させるためにも、ソーマ殿に後ろ盾になっていただきたい」

「ふむ……具体的にはどうして欲しいのです？」

「婚姻による縁戚関係の構築です」

シャボンの言葉に俺は目を丸くした。婚姻って……最初に逆戻りしてないか？

「貴女は九頭龍王となられるのでしょう？」

「はい。もちろん私自身が結婚するわけではありません」

するとシャボンはにっこりと微笑んだ。

「私が九頭龍王を継いだら子供を作ろうと思います。その子とソーマ殿のお子を結婚させることで両国の結びつきを深めたいのです。たしかソーマ殿のもとには男女のお子がおられたはず。私が産む子が女の子であった場合には王子様に嫁がせたく、また男の子であった場合にはお姫様を我が国にお迎えしたく思います」

シアンとカズハの婚約⁉　まだ幼児だぞ⁉

これには俺たちだけでなくシャナやキシュンも面食らっていた。

エクセルだけは「あら面白い」とでも言うように、扇子で口元を隠して笑っていた。

俺はしばし呆然《ぼうぜん》としてしまったが我に返るとシャボンに言った。

「……さすがに気が早いし。俺の一存では決められないぞ」

あ、混乱していたせいか素で喋《しゃべ》ってしまった。しかしこの場での即答は避けたにもかかわらず、シャボンは笑顔のまま「はい」と頷《うなず》いた。

「いまはそれで構いません。こちらとしても生まれてもいない子供の話ですから。ですが、そういう話があるというだけで私にとっては後ろ盾となるのです」

「……ハハハ、大した人だな」

素直に感心してしまった。

追い詰められていたころは薄幸のお姫様だと思っていたけど、こういった図太くてしたたかな面も持っていたんだな。いや、この事件を乗り越え様々な人の思惑に触れるうちに成長したってことなのかな。どちらにしても案外いい為政者になるかもしれない。

俺は気持ちを切り替えるために「オホン」と一つ咳払《せきばら》いをした。

「さてシャナ殿、海洋同盟については前向きに検討されるということでよろしいでしょうか？」

「はい。そのように」

「では、王国からのもう一つの要求ですが『島』を一ついただきたい」

「『島』……ですか」

俺の要求にシャナは眉根を寄せた。

「九頭龍諸島の王といえど、私が自由にできるのは九頭龍島とそれに属する小島だけであり、他の島主の島を差し出す権限はござらん。それはご理解いただけるだろうか？」

「ええ、もちろん。要求したい島はいまはまだ九頭龍王の所属ではないですが、それに準ずる島であり、この場にて交渉できるものだと思っております」

「……その島とは？」

シャナに問いかけられ、俺は諸島連合組の背後に立つキシュンを見た。

「キシュン殿が治めている『双子島』のうち『小島』のほうをいただきたい」

双子小島は俺たちが滞在していた双子大島と対をなす島だ。

大島に滞在していたときに聞いた話では、小島には軍船などが繋留《けいりゅう》されている他、大島では守り切れないような大軍に攻められたときは籠もれるようになっているらしい。狭いので大島に比べて上陸できる兵数が少なく護りやすいとのことだった。

シャナは訝《いぶか》しげな顔をしていた。

「双子小島？　あの小さな島ですか？」

「ええ。九頭龍島に近く、また九頭龍島とラグーンシティを結ぶ位置にありますから、物資の集積地点としては申し分ありません。航路の安全を維持し、交易を活発化させるためにもあの島に基地を建設して王国艦隊の一部を常駐できるようにしたいと思います」

「王国艦隊の常駐、ですか。それは……」

「ちょっと待ってください！」

シャナが渋い顔をしたそのとき、シャボンが手を突いて立ち上がった。

「双子島の島主はキシュンです。九頭龍王といえど他人の島を勝手にやりとりすることは許されません！　せめて九頭龍島に属する島ではダメなのですか!?」

「……落ち着いてください。シャボン殿」

俺は興奮気味のシャボンを宥《なだ》めるように言った。

「王国としてはそれでも構いません。目的は航路と交易の安定なのです」

「でしたら、」

「でも、キシュンは今後どうするつもりなのだ？」

俺がそう問いかけるとキシュンは辛《つら》そうな表情になった。

振り返ったシャボンは目をパチクリとさせた。

「キシュン？」

「……」

シャボンの問いかけにもキシュンは答えず、下を向いたまま拳を強く握りしめていた。

これからのことがわかっているからだろう。

一方でシャボンのほうは理解していないようだ。俺は溜息《ためいき》を吐《つ》いた。

「シャボン殿は九頭龍王を継ぐ。そうなれば九頭龍島が拠点となり、前より自由に動き回ることはできなくなる。それはわかっていますよね？」

「……はい。覚悟しています」

「もしキシュンが双子島の島主を続けるのなら、シャボン殿とはそう簡単には、そう頻繁には会えなくなるだろう。キシュンの仕事は双子島の統治であり、護るべきは双子島の人々であるのだから。しかしキシュンはシャボン殿の無謀としか思えない王国行きにさえ同行した男だ。よほど強い思いがあるのではないか？」

その思いが忠誠か恋慕なのかは知らない。

しかしシャボンが俺の怒りを買ったときは、座り込みをしてまで俺の怒りを解こうとした。……いま思い返すと衛兵に斬られかねない行為だからな、アレ。

彼の行動はすべてシャボンのためのものだった。

シャボンは俺の言葉に目をパチクリさせながら、もう一度キシュンを見ていた。

「そんなキシュンが、九頭龍王となり苦労するであろうシャボン殿を放っておくとは思えなかったのでな。島が空くのではないかと思ったのだが……違うか？」

「それは……私も、シャボン様を支えたい思いはあります。しかし、私を島主と慕ってくれる島民たちを放っておくことは……」

辛そうな顔で言うキシュン。すると、

「ならば信頼できる身内を代官として置けばよかろう。実際に九頭龍島に出仕している小さな島の主などはそうしておる」

シャナがそう言ったが、キシュンは力無く首を横に振った。

「私に親類と呼べる者はおりません。余所人《よそびと》に任せることなど……」

「ふむ……ならば私ではダメか？」

「えっ、九頭龍王様？」

シャナは立ち上がるとキシュンの肩に手をおいた。

「其方《そなた》のシャボンへの献身はよく知っておる。其方のような物部《もののふ》が娘を支えてくれたこと、親としては望外の喜びだ。其方ならばシャボンの良き伴侶ともなれるであろう」

「お、お父様！」

「そんな、もったいないお言葉です」

「できるならば、其方にはこれからもシャボンを支えてもらいたい。それに私は九頭龍王を譲る身ゆえ、あまりシャボンの傍《そば》にいるのも障りがあろう。だから私が代官として其方の島と民を預かる、というのはどうであろうか？　其方からしてみれば統治場所の入れ替えという形になるのだが」

シャナがそう言うとキシュンは片膝を突き、手を前で組んで頭を下げた。

「はい。シャナ様にならば任せられます。私はこれからもシャボン姫のために粉骨砕身する所存」

「お父様、キシュン……」

シャボンが目を潤ませていた。諸島連合側の意見はまとまったようだ。

それぞれが元の位置へと戻ったところで、俺は咳払いをして話を戻した。

「それで『双子小島』の件なのですが……」

「九頭龍王様の判断にお任せいたします」

キシュンがそう言うとシャナはコクリと頷いた。

「あいわかった。此度《こたび》の一件では大変世話になった貴国からの要望ゆえ、呑《の》んでもいいとは思う。しかしこのことを九頭龍諸島の島を一つ〝取られた〟と見られたら、他の島主たちが反発しよう。外部からの干渉を嫌う国民性ゆえにな。そこが悩みどころでござる」

たしかにこの国の人々の信条は『一所懸命』に近いものがある。小島といえども守り抜いてきた土地を余所者の手に渡すことなど受け入れられないだろう。

……だけどまぁ、この反応は予想済みだった。

「ならば〝基地を交換した〟という形にしてはいかがか？」

「交換ですと？」

「はい。ジュナ、地図を」

「はい」

ジュナさんにこの世界の地図を用意させるとテーブルの上に広げた。そしてみんなが覗《のぞ》き込む中で、新都市ヴェネティノヴァから少し東にいった海岸線を指差した。

「ここに小規模だが軍港がある。双子小島の基地を我らに『貸与』する見返りとして、この軍港をそちらに『貸与』するというのはどうでしょう。詰まるところ海軍基地の交換です。もちろんこちらの提示した条件と同じく、この軍港に九頭龍《くずりゅう》王旗下の艦船の駐留を認めましょう。そっちとしても交易品の集積場所は欲しいでしょうし」

「ふむ、それならば島主たちも納得させられるでしょうが……よろしいので？　王国に九頭龍諸島の艦船が駐留することになりますが？」

「この基地にのみならば。ただ基地交換は両国の関係がある程度良好であることが大前提です。どちらかが信頼を裏切れば、これらの基地はすぐに破棄せねばならなくなるでしょう。海上交易の意義を正しく理解するならば、互いの信頼を裏切るようなことがあってはならないのです。私はこれと同じ提案を共和国にも持ちかけるつもりです」

「……なるほど。さきほどの海洋同盟の関係強化にも結びつけられているわけですな」

シャナは腕組みしながら唸《うな》ると、俺をジッと見た。

「損がなく、受け入れやすい計画ですな。こちらの事情を汲《く》んでくれているのはありがたいが……それだけに周到に用意された計画だということがわかる。どの島を選ぶかはべつにしても、構想自体は昨日今日考えられたことではないでしょう。もしや私が共闘の話を持っていったそのときから、このことを対価に要求しようと考えていたのですかな？」

「……ご想像にお任せします」

まあ、この海洋同盟について考える切っ掛けとなったのはべつのことなのだけど、それはこの場では言わなくてもいいだろう。シャナは溜息交じりに言った。

「想像以上に恐ろしい相手だな。貴国は」

「そんなことはないと思いますが？　盟友には誠実に対応しますし」

「だからこそ敵に回すと恐ろしいと言っているのだ」

そう言うとシャナはシャボンのほうを見た。

「シャボンよ、どうする？　これからは其方が向き合わねばならん相手だ」

「……私は、信頼したいと思います。こちらが裏切らぬかぎり、ソーマ殿は裏切らないでしょう」

「ふむ……ならば、其方が彼の手を取るといい」

「はい」

するとシャボンは立ち上がった。俺も立ち上がり揃《そろ》って右手を差し出した。

「我が国の発展のため、その同盟を前向きに検討させていただきます。ソーマ王」

「良きお返事を待っております。シャボン女王」

俺たちはガッチリと握手をした。

まだ細かい詰めの作業が必要であるため、この場では同盟締結を決定できなかったものの、これから両国の結びつきを強めたいという意志は共有できたので善しとしよう。

俺はみんなに向かって言った。

「さて、それじゃあ遅まきながら俺たちも祝宴を開きましょうか。浜にいる将兵たちには悪いですが、この艦ならモツ以外の料理も出せますよ」

「ガッハッハ！　良いですな。そろそろモツ鍋にも飽きましたからなぁ」

シャナが豪快に笑いながら言った。

……うん、本当にもうモツ鍋は食べ飽きたからな。

「私は陛下が作ったものならいくらでも食べられますけどね」

「そりゃあアイーシャはそうでしょうけど、私は魚も食べたいわ」

「私は生の野菜や果物が恋しいです」

アイーシャとナデン、それにシャボンが加わってそんなことを話していた。一方で、

「私はやっぱりお酒かしらね。いろんな料理に、九頭龍諸島の酒と王国の葡萄酒《ぶどうしゅ》のどっちが合うかを飲み比べたいわ」

「九頭龍島の名酒をご用意しましょう」

「ガッハッハ、九頭龍の酒は肉にも魚にも合いますぞ！」

エクセル、キシュン、シャナはそんなことを話していた。料理組と酒組にキッチリと分かれた。俺は隣でそんな光景を一緒に見ていたジュナさんに話しかけた。

「ジュナさんはお酒と料理、どっちが楽しみですか？」

「そうですね……いまはお酒は飲めませんので、料理のほうでしょうか」

「？　そういえば、双子島にいたときもお酒は飲んでませんでしたよね？　いまはもう気を張る必要も無いですし、一緒に楽しんだらいいんじゃないですか？」

俺がそう言うとジュナさんは慌てたように首を横に振った。

「ああ、そうじゃないんです！　いまはお酒を飲むことを控えてまして」

「あれ？　ジュナさんって結構いける口でしたよね」

「そうなんですけど……いまはやめるようにとヒルデ先生に言われていまして」

そう言いながらジュナさんは少し恥ずかしそうに自分の下腹部を押さえた。

口にした女医ヒルデの名前、下腹部、なによりジュナさんの喜びと恥ずかしさを混ぜたような表情を見て、俺はジュナさんがお酒を口にしない理由を正しく理解した。

「えっ……あの、いつからわかってたんですか？」

「九頭龍諸島に来る少し前ですかね」

「な、なんでいままで黙って……」

「だって教えたらあなた様は絶対に私の同行を許してくれなかったでしょう？　体調は安定していましたし、折角のお役に立てる機会に同行できないのは嫌でしたから」

「……………」

クスクス笑いながら言うジュナさん。

俺はなんと言ってよいやらわからず頭を抱えた。

頭の中でいろんな感情が渦巻いてて何から手を付けて良いかわからなかった。

だからとりあえず、一番デカい感情に身を任せることにした。

「よっしゃあああああ！」

急にデカい声を出した俺に周りのみんなはギョッとしていたが、俺は気にせずジュナさんをお姫様抱っこし『喜び』の声を上げるのだった。

ああ、王国で待っているシアン、カズハ。

お前たちはもうすぐお兄ちゃんとお姉ちゃんになるらしい。

エピローグ ✦ 帰還 -I'm back-

「……頭が痛い」

『まったく、なにやってるんだか』

二日酔いで痛む頭を抱えていると、リーシアが呆《あき》れたように言った。

シャナたちとの祝宴から一夜明けた朝。

俺は空母ヒリュウ内に収納されていた宝珠を通して、王国の秘密工廠《こうしょう》に居るリーシアと通信していた。オオヤミズチを無事に討伐できた喜びに加え、ジュナさんの懐妊発覚もあって俺のテンションも振り切れて、羽目を外して飲んでしまったようだった。

多分、途中で意識を失ったのだろう。

気が付いたときには俺は軍服のまま、俺を運んだであろうアイーシャとナデンに抱きつかれる形でベッドの上にいた。二人も相当飲んでいたようでぐっすりだった。

ジュナさんは宴がカオスになってくると早々に退散したらしい。賢明な判断だな。

そしてリーシアにジュナさんの懐妊について伝えると『やっぱり……』と言った。

「リーシアは気付いてたのか？」

『薄々とね。仕草の変化から、そうじゃないかとは思ってたわ』

「……俺は全然気付けなかったよ。夫として、父親として情けないけど」

『そこはまぁ〝経験〟の差だと思うわ』

リーシアは少し胸を張りながら笑った。……敵《かな》わないなぁ。

「でも……あー、これはジュナさんには言っていないことだけど、今回の出兵に同行させるべきじゃなかったかもなぁ。もし何かあったらと思うとゾッとするぞ」

『気持ちはわかるけど、知っていても私には止められないわよ』

「なぜ？」

『私が同じ立場だったら、同じように隠して付いていったと思うから。……そうね。例えばソーマが共和国に行くって決めたとき体調を崩してなかったら、私は絶対にソーマに同行してたと思うわ。やっぱり心配だし』

「そんなに信用ないかな……アイーシャたちも護衛にいたのに」

俺が苦笑気味に言うと、リーシアはクスクスと笑った。

『こうして自分だけ安全な場所で待ってるって結構歯がゆいのよ？　それにもう少しお腹《なか》が大きくなったらそれこそ無理はできなくなるんだし、動けるうちは一緒に居たいって思うのは当たり前よ』

「……そうだな。その気持ちは嬉《うれ》しい。やっぱり心配にはなるけど」

『ふふ、早く帰ってきてね。元気な顔を直接見せてほしいわ』

「ハハハ、後始末が終わったらみんな揃って帰るよ……あー、そうだ。クーをラグーンシティにまで呼び出してもらえるか？　そっちのほうが連絡早そうだし」

俺がそう言うとリーシアは真面目な顔になった。

『例の海洋同盟の件ね』

「ああ。共闘したことで生まれた友好的な空気が薄らぐ前に決めてしまいたい。そのためにも締結は早いにこしたことはない」

『わかったわ。でも、随分と急ぐのね』

するとリーシアは何かに気付いたように口元に手をやりながら小首を傾《かし》げた。

『もしかして……ソーマが援軍を派遣した本当の目的ってこれだったの？』

「……どうしてそう思うんだ？」

『海洋同盟締結と基地交換だと援軍の見返りとしては弱いと思ったから。島とかお金とか目に見えてわかりやすい見返りを求めなかったからには、求めたものの中にソーマの思惑が隠されている気がしたのよ。まあ付き合いの長さから来る直感みたいなものね』

「……よくおわかりで」

さすが我が嫁、鋭いな。俺は観念したように肩をすくめて見せた。

「たしかに今回オオヤミズチ討伐に協力したのはこの海洋同盟締結が主目的だった。人道的な意義だけでなく、九頭龍諸島に恩を売れれば海洋同盟締結まで流れを持ってこれるという打算もあった」

『打算……そうまでするってことは、重要ってことよね？』

「もちろん、王国の将来にも関わってくるからな」

「そ、そこまでなの？」

リーシアに訝《いぶか》しげに尋ねられて、俺は大きく頷《うなず》いた。

「これはハクヤやエクセルとも話し合っていることだけど、王国は今後海上交易の活性化と海上戦力の増強に努める予定だ。俺の居た世界ではこれをシーパワー……直訳すると『海の力』と呼んでいたけど、その増強に努めるわけだな」

『海の力……私にはよくわからないわ。陸軍所属だったし』

「まあ大陸にいたら主戦場や交易ルートは陸地が多くなるしな」

リーシアがこの認識なのも無理はない。

王国にしても海軍の役割は九頭龍《くずりゅう》諸島からの侵入・侵攻に備えてのものだった。敵対的な国家であったアミドニア公国は陸続きだし、過去何度か北上を狙っていたトルギス共和国も冬には海が凍るのでまともな海上戦力を有していなかった。

そのため主要な戦闘は陸地で行われるものという認識があり、海上戦力の重要性はあまり理解されてこなかったようだ。

それは他の国でも同じようで、グラン・ケイオス帝国もあれほどの大国にもかかわらず海軍はそこまで盛んではないみたいだ。

海戦力より陸戦力。それがこの大陸での共通認識なのだろう。

おそらく草原で生きてきたフウガもこの認識のはずだ。

だからこそ、狙い目なのだ。

「海を自由に行き来できるってことは、国家としての強さに直結する。考えてもみろ。俺たちの国には島型空母『ヒリュウ』がある。航行中に邪魔が入らなければ、俺たちは沿岸部をいつでも好きなときに爆撃することができる。また『ロロア・マル』を使えば凍った海さえも渡って兵を送りこむことができる」

『言われてみたらそうね。……うちって他国からしたら結構脅威だったのね』

リーシアが感心したように唸《うな》った。俺は頷いた。

「もちろん、できるからといって、やたらめったら戦争を吹っ掛けて敵を作るようなことはしないけどな。人類の敵と認識されたくないし」

『当たり前でしょ』

「それに軍事面だけでなく経済的にも意義がある。まあこんな風にシーパワーっていうのは強化しても、自国からもそうだけど他国からも成果が見えにくいんだ。だからこそあまり他国を刺激せずに粛々と強化できる。多分、その脅威を正しく理解できるのは海洋国家である九頭龍諸島連合だけだろう」

同じく島国としてガーラン精霊王国なんてのもあるけど、あそこは排他的すぎて鎖国状態なので大丈夫だろう。ろくに情報も入ってこないような閉鎖っぷりだしな。

するとリーシアがポンと手を叩《たた》いた。

『なるほど。だから同盟として取り込んでしまうわけね。脅威として認識できる国と盟友になってしまえば、脅威とは認識されにくくなるから』

「そういうこと。加えて九頭龍諸島の海域を自由に往来できるなら、帝国との連携ももっと容易になるだろう。物資や人員の融通なんかもしあえるからな」

機会がなくて言及してはこなかったが、この世界も〝おそらくは〟地球と同じく球体なのだろう。我が国から大陸伝いでは西にある帝国が、九頭龍諸島のある東の海を越えることでもたどり着けるのだから。

飛竜《ワイバーン》などで空を飛べるこの世界の人々は、早くからそのことを理解していたようだ。上空からは丸くなった地平線や水平線が見られるわけだしな。

ただ〝おそらく〟と付けたのは、東や西にずーっと行けば一周することはわかっていても、北と南についてはまだ未踏域となっているからだ。

トルギス共和国で見た南の氷の大陸は未確定の領域のため大陸の地図に描かれていないし、北に至ってはさらにわからないことが多い。

魔王領が最初に出現した大陸の北端部分が砂漠だということを考えると、俺たちの居る大陸は南半球に寄っているっぽい。だからこの世界の人々の世界の形の認識は、ちょうど地図を丸めて東と西をくっつけたような形（円筒形？）といった認識のようだ。

この世界はまだまだわからないことが多い。考え込んでいると二日酔いの頭がまた痛くなってきたので、俺はこめかみを叩きながら溜息《ためいき》を吐《つ》いた。

「……いま北のほうではフウガが順調に勢力を拡大しているらしい」

『ソーマが警戒している人物ね』

「ああ。そしてそんなフウガに対する反発も生まれているようだ。遠くないうちにフウガの支持派と反対派は衝突することになるだろう。その結果次第では大陸は大きく揺れることになる。俺たちはそれに備えなくてはならない」

『そうね……ソーマはフウガが勝つと思っているの？』

リーシアに尋ねられて、俺は肩をすくめた。

「それはわからないさ。まぁあの男が負ける姿を想像できないというのもたしかだけど。ただ我が国にとってより都合が悪いのはフウガが勝って、人々の夢や希望を集める英雄になることだ。そうなったら絶対に周辺諸国にも火種は飛ぶからな」

『私はそのフウガという人に会ったことはないけど……なんだか怖いわ。子供たちのためにも、この国をしっかりと護《まも》っていかないとね』

「ああ。シアンとカズハ、それにこれから生まれてくる子供のためにもな」

俺とリーシアは頷き合った。するとリーシアは微笑《ほほえ》みかけた。

『ともかく、無事に帰ってきてね』

「ああ。〝少々派手〟な帰還になりそうだけどな」

『……まだなにか企《たくら》んでるの？』

「フフフ、そこは仕上げをご覧じろってね」

ニヤリと笑う俺をリーシアは呆れた顔で見ていた。

◇◇◇

——大陸暦一五四九年二月十五日

「陛下、そろそろお時間です」

隣に立っていたジュナさんに言われて俺は頷いた。

「わかった……それじゃあ、はじめてくれ！」

戦艦アルベルトⅡの船首部分に立っていた俺は、艦橋に見えるように右手を高く掲げながら言った。すると軍用ラッパが鳴り響き、アルベルトⅡの前後で手旗信号が大きく振られた。今度は前後左右から無数のラッパが聞こえて来た。

見渡せばズラッと並んだ王国艦隊と諸島連合艦隊の六十隻を超える軍艦たち。

そのすべての艦がフリードニア王国と九頭龍諸島連合の旗を並べて掲げていた。

ラッパの音が鳴り止《や》むと、前方にいた艦船が空砲を撃った。

それを合図に両国の艦隊が揃《そろ》って動き出す。

俺たちの乗っていたアルベルトⅡもゆっくりと前へと進み出した。

ジュナさんが転ばないように腰を支えると、ジュナさんはクスリと笑った。

「ありがとうございます、陛下」

「どういたしまして。俺としては暖かい室内で待っていてほしいんだけど」

「それは嫌です。こんな大舞台は中々見られませんもの」

そう言うとジュナさんは周囲を見回した。

「これほどの規模の艦隊航行は見たことがありません。壮観の一言に尽きます」

波を蹴立てながら列を乱すことなく航行する両国の艦隊。

「俺の思いつきで実行した企画だけど、きちんと連携が取れているな」

「それはもちろん。王国も諸国連合も海軍の練度は高いですから」

「王国に関してはエクセル様々だな。おかげでいい観艦式になるだろう」

俺が思いついた企画。

それは王国と諸島連合による国際的な観艦式（艦隊による軍事パレード）の実施だった。

これは両国艦隊が揃って島々の近くを航行し、

一、この国からオオヤミズチの脅威が去ったこと、
二、それは王国と諸島連合の連携による勝利であること、
三、王国と諸島連合の間に海洋同盟が締結されたこと、そして、
四、両国の関係が良好であることを示すためのものだった。

すでに各島々にはこれらのことが記された文書が伝書クイによって届けられているだろうけど、実際に連動して動く両国艦隊を見せたほうが理解させられるだろう。

諸島連合内の意思統一を図るためとはいえ、我が国は彼の国の仮想敵として振る舞っていたため、文書で「友好的である」と述べたところでなかなか信用は得られないだろうからな。百聞は一見にしかずというところか。

その信用性を高める一手として、一番前を進むのは護衛艦に護られた島型空母『ヒリュウ』の船団だった。その甲板の先端部分にはオオヤミズチの下顎骨だけ外した頭蓋骨（上顎骨から頭蓋にかけての部分）が乗っていた。

腐敗を防ぐために肉を削《そ》ぎ落として完全に骨だけになった頭部を甲板に載せたヒリュウは、もともと島を模した形をしていることもあってかなりシュールだ。

「見ようによっては新手の魔物にも見えるな」

俺がそう言うとジュナさんはクスクスと笑った。

「上から見たらそうでしょうね。下は完全に船なんですけど」

九頭龍諸島の人々に、オオヤミズチが打倒され脅威が去ったことを明確に示すための行動だけど、個人的には複雑な気分になるな。まるで打ち首後の首を（普通順序は逆だけど）市中引き回しにしているような感じだし。

なんとなく織田信長《おだのぶなが》が作ったという髑髏《どくろ》の杯を思い出した。祟《たた》られたら嫌だし、この観艦式終了後にはシャナ殿にしっかりと供養してもらうことにしよう。

「ともかく、これでやっと王国に帰ることができますね」

「そうだな……」

このあと両国艦隊は九頭龍諸島の島々の近くを巡ったあとは王国へと向かい、今度は王国の民たちに戦いが終わったことを告げるべく、ラグーンシティから新都市ヴェネティノヴァへと航行することになっている。そして艦隊はヴェネティノヴァで解散し、九頭龍諸島へと帰っていくという流れになっていた。

「……帰ったらリーシアに子供たちのことを説明しないとなぁ」

通信では言わなかったけど、シャボン姫からのシアンかカズハへの縁組みの件についてリーシアに説明しないといけない。まだ本決まりではないし、王族として他国の王族との婚姻話は避けられぬところではあるから、リーシアも理解してはくれるだろう。

だけど少しでも悲しい思いはさせたくないというのが偽らざる俺の本音だった。

するとジュナさんが俺の手にそっと手を重ねてきた。

「私にも子供ができたいま、陛下の家族を思うお気持ちは前以上に理解できます」

「ジュナ……」

「シャボン殿のお子がシアンさんに嫁いでくるのか、或《ある》いはカズハさんが九頭龍諸島へと嫁いでいくことになるのかはまだわかりませんが、その婚姻を不幸なものにしないためには王国と諸島連合の関係が良好であることが必要です。逆に言えば、王国と諸島連合の関係さえ良好であるならば、その婚姻もそうそう不幸にはならないということです」

「……たしかにそのとおりだね」

両国の関係が良好ならば嫁を迎えるにせよ、嫁に出すにせよ、どちらの国であっても大事にされることだろう。また本人同士の気があわない場合なども両国関係が良好であったならば、なかったことにもしやすいはずだ。つまるところ……。

「俺たちの頑張り次第ってことか」

「はい。子供たちのためにも、頑張って下さいね。お父様」

ジュナさんに柔らかな笑顔で言われ、俺は大きく頷《うなず》き前に広がる海を見つめた。

なかがき

　この度は『大怪獣水上戦　オオヤミズチ対メカドラ』……ではなく、現国十三巻をお買い上げいただきありがとうございます。好きな『モスラの歌』はＶＳシリーズのコスモスバージョン、怪獣映画大好きどぜう丸です。

　この巻ではついに島型空母『ヒリュウ』の初陣で、海上での艦隊戦が描かれる……と思いきや、怪獣退治にシフトします。ゴジラシリーズ・ガメラシリーズは昭和・平成すべて観《み》た作者の趣味が全面に出ていたと思います。いや〜本当に、いままでの巻の中で一番書いてて楽しかったかもしれません。

　この巻を書くに当たっては怪獣映画のシリーズ一作目っぽい雰囲気を意識しました。一作目だから相手がどんな攻撃をしてくるのか、作中の人物にはわかりません。

　たとえば『大怪獣ガメラ』でガメラをひっくり返したとき、学者が「亀は自力では起き上がれない」と語っていたら、回転ジェットで飛ばれてポカンとするような感じです。だからソーマたちは、オオヤミズチは炎を吐かないだろうとは推測できても、空気砲や圧縮水流砲のような攻撃を予想できずに喰《く》らってしまったわけです。

　それと怪獣出現までにタメの時間を作るのが大事、というのもよく聞く話です。身体《からだ》の一部や全体のシルエットのみを描写する、破壊の痕跡を見せる、作中人物に推測を語らせるなどして、どんな生物なのか期待感を煽《あお》るわけですね。まあポスターとか予告編で観客は怪獣の姿を知っている……というのも怪獣映画あるあるです（ポスター版VSメカゴジラのようにデザインが変わることもあるのですが）。

そうやって実像を摑《つか》ませないうちに、観光名所になるような建造物をぶん投げてパワーアピールをするのもいいですね。この小説では石橋でした。

それ以外にも怪獣映画らしさと呼べる描写をいくつか入れてあります。怪獣映画ファンならニヤリとしていただけるかもしれません。

それでは、絵師の冬ゆき様、コミカライズの上田悟司先生、担当様、デザイナー様、校正様、そしてアニメ版の製作に携わっていただいている方々と、この本を手に取ってくださった皆様方に感謝を。どぜう丸でした。

後日譚一 ✦ 凱旋 -welcome back-

――王都パルナムにある王立アカデミーの教室にて。


「疲れたぁ～」

机に突っ伏してぐでーっとなりながらユリガはぼやいた。

オオヤミズチとの戦いを前に王立アカデミーへと強制送還されたユリガは、無断で欠席し講義をさぼった罰として、毎日授業終了後に二時間、講師が付ききっりでの補習を受けていた。またこの世界では八日ある一週間のうち二日は休校日となっているのだが、二週間は休日返上で学校に来て補習を受けなければならなかった。

「あのメガネ女史、容赦なさ過ぎよ。反省文にまで添削してくるし」

「なはは、なんやごっつ疲れとるみたいやねぇ」

ユリガが突っ伏しながらぼやくと友人のルーシーが苦笑しながら言った。

チビロロアといった風貌の少女ルーシーは鞄《かばん》の中から、何やら色とりどりの丸い物が入った瓶を取り出した。

「まぁお疲れさん。ほら、飴《あめ》ちゃんでも食べる？」

「ちょうだい。なんかいま無性に甘い物が欲しいわ」

ユリガが雛鳥《ひなどり》のように口を開けると、ルーシーは飴玉を放り込んだ。すると同じく友人であるダークエルフの少女ヴェルザが「はぁ」と溜息《ためいき》を吐《つ》いた。

「ルーシーさんは甘いですよ。ユリガさんはもっと反省すべきです」

「は、反省はしてるわよ。反省文だって書かされたし」

「当たり前です。もっと反省するべきだと言っているのです」

ヴェルザは「いいですか」とユリガに人差し指を突きつけた。

「無断欠席だけが問題視されましたけど、聞けばユリガさんは同時に密航や密入国までやらかしたのでしょう？　本来ならば大事件ですよ」

「うぐっ……」

「国際問題を起こしかけた生徒など前代未聞でしょう。そんな生徒に対しては学園としても厳しい処分を下さなければなりません。普通に退学ものです。補習ですんでいるのはきっと陛下たちの温情あってのことでしょうね」

「それは……そうね」

実際にユリガの行動で問題視されたのは講義の無断欠席だけだった。

九頭龍《くずりゅう》諸島への密航・密入国に関してはソーマたちが事実自体を揉《も》み消していた。

フウガから預かっているユリガが退学になれば、国家間の関係にまで問題が波及しかねないからだ。ヴェルザたちはユリガから事情を聞かされて知っているが、学園にまではその事実は伝わっていなかった。

「ユリガさんはみんなに迷惑を掛けたということを、もっと自覚すべきです」

「……反省はしてるわ。ソーマ殿にも怒られたし」

先程までとは違いシュンとしながらユリガは言った。

どうやら本当に反省はしているようだ。重苦しい空気が流れた。

するとルーシーは空気を変えるように、ヴェルザの口にも飴玉を放り込んだ。

「もぐ……甘いです」

「うちの新商品やからな。生姜《しょうが》と蜂蜜入りで喉にもいいらしいねん。まぁ、ユリガっちも反省しとるようやし、大目に見てあげたら？」

「……わかりました。すみません。私もイライラをぶつけてしまいました」

「イライラ？」

「私だって……本当は九頭龍諸島に行きたかったのです」

ヴェルザがそう言うとユリガは目をパチクリとさせた。

「ヴェルザが？　なんで？」

「その……オオヤミズチでしたか？　その討伐に私の大事な人も参加しているからです。私が居てもなんの手助けにもならないことはわかっていますが……心配で……」

「おっ、もしかしてヴェルっちの思い人のハルさん？」

ルーシーがワクテカ顔で食いついた。

ちびっ子組は以前の仮装イベントの際に、ハルバートの前ではミーハーになってしまうヴェルザの姿を目撃していた。意中の相手が彼であることはバレバレだった。

ルーシーは「このこの～」とヴェルザを肘で小突いた。

「ヴェルっちって美形やし、貴族や騎士のご子息から交際を申し込まれてるらしいやない。だけど『心に決めた人がいるから』って断っとると聞いてるわ」

「うぐっ……噂《うわさ》になってるのですか……」

「ホンマ惚《ほ》れぬいとるなぁ」

「それはもう、とても強くて格好の良い人ですから」

ヴェルザは手を胸の前で組み、ハルの姿を頭の中に思い描くように語り出した。

「手には二本の槍《やり》を持ち、槍には炎を纏《まと》わせて、群がる敵にも怯《ひる》むことなく立ち向かう。鬼《オーガ》の額当ては相手にあの方の二つ名を想起させることでしょう。相棒であり伴侶である赤竜に乗って戦う姿はまさに『赤鬼』の名にふさわしい」

「お、おう？」

蕩々《とうとう》と、謳《うた》うように語るヴェルザにあのルーシーも若干引いているようだった。もっともロロアについて語らせたら、ルーシーも似たような感じになるのだが……。

「そんなにお強いのに、普段はとても優しくて、休日に遊びに行けば私のことを可愛《かわい》がってくれるのです。……まぁいまは妹扱いなのですけど」

急にズーンと沈むヴェルザ。思い人の前では感情の起伏が激しいようだ。

いつものクールなヴェルザとのギャップに、ルーシーはニシシと笑った。

「乙女しとるなぁ、ヴェルっち。ほれ、飴ちゃんお食べ」

「もぐもぐ」

（赤鬼のハルね……）

話を聞いていたユリガは東方諸国連合でのことを思い出していた。

「たしかに強くて勇猛な戦士だったわね。赤竜も強かったし」

「あれ、ユリガさんはハルさんの戦いぶりをご存じなのですか？」

「東方諸国連合が魔浪《まなみ》に襲われてたときね。たしかに強そうな人だったわ」

「そうでしょうそうでしょう」

ヴェルザはなぜか自分が誉《ほ》められたかのように胸を張り、自慢げにフンスと鼻を鳴らした。その態度に負けん気の強いユリガは少しだけイラッとさせられた。

「まぁそれでも。お兄様のほうがずっとつ……っ!?」

ユリガがいつもトモエに語っているようなフウガ自慢《お兄様》をしようとしたとき、飛んで来た殺気の塊に息を呑《の》み、強制的に黙らされた。

ヴェルザが感情の読み取れない目でジーッとユリガのことを見つめていたからだ。

「………」

（なに!?　なんか怖いんだけど!?）

これ以上この話題を続けるのは危険だと本能で悟ったユリガは、

「お、お兄様も強いと思うけど、ハルバート殿も良い戦士だと思う、わ」

……と、お茶を濁した。すると、

「フフフ、当然です」

ヴェルザはなにごともなかったかのように微笑《ほほえ》んだ。

ユリガは同じく呆然《ぼうぜん》としていたルーシーにこっそりと耳打ちした。

(「たしかソーマ王の第二正妃になっているアイーシャ殿も、ソーマ王のことになると我を忘れることがあるらしいのよね。トモエから聞いてたんだけど……忘れてたわ」)

(「……恋は人を盲目にするってことなんやろなぁ、多分」)

二人が恋するダークエルフ族の恐ろしさを思い知らされていた、そのときだった。

「あ、いたいた。ユリガちゃん」

「……えっ？　トモエ？」

今日は学園を欠席していたはずのトモエがトテトテと走り寄ってきた。トモエは学園の制服は着ておらず、いつものソーマお手製の私服姿だった。

ユリガは首を傾《かし》げながら尋ねた。

「どうしたのよ。今日は休みだったんじゃないの？」

「ユリガちゃんを迎えに来たんだよ。ちょうど補習も終わった頃だろうと思って」

トモエはそう言うとユリガに向かって手を差し伸べた。

「迎えに？」

「うん。ユリガちゃんも、あのあとどうなったのか結果だけでも見たいかなぁと思って」

「あのあと？　結果？　一体何のことよ」

「大丈夫、ちゃんと義姉様《あねさま》と学園の許可は取ったから。さぁ、行こ」

「えっ、ちょっと!?」

「またね。ルーちゃん、ヴェルちゃん」

トモエはユリガの返事も聞かずに彼女の手を取ると、ルーシーとヴェルザに挨拶をしてユリガを教室から連れ出して行った。

「……うちらの友達って、なんちゅうか自由やね」

「……そうですね」

教室に残される形になったルーシーとヴェルザは、呆気《あつけ》にとられたような顔でトモエとユリガの背中を見送ったのだった。

◇　◇　◇

次の日。トモエたちを乗せて夕方に王都パルナムを飛び立った飛竜《ワイバーン》ゴンドラは、途中の都市で休憩を取りながら翌朝にはラグーンシティの近くまでやってきた。

「二人とも、もうすぐラグーンシティですよ」

「ん〜〜〜、付いたの？」

イチハに揺すって起こされて、ゴンドラの中で寝ていたユリガは大きく伸びをした。

「むにゃ……そうみたい、だね」

同じく起こされたトモエは眠い目を擦りながら答えた。

飛行時間が長かったので三人ともゴンドラの中で仮眠を取っていたのだ。すると、
ゴトッ
「きゃっ」「トモエさん⁉」

どうやらゴンドラが地上に降り立ったようだ。

その衝撃で前につんのめったトモエをイチハが抱き留めた。

「だ、大丈夫ですか？」

「あ、ありがとう、イチハくん」

そんな二人の様子をユリガが呆《あき》れたように見ていた。

「なにやってるのよ。相変わらずトロいわね」

「むぅ……そんなことないもん」

「もう二人とも、喧嘩《けんか》してないで降りましょうよ」

イチハに促されてトモエたちが外に出ると潮の香りが鼻をくすぐった。

ゴンドラはラグーンシティに隣接する浜へと降り立ったようだ。

トモエたちがゴンドラから降りるとすでにそこには先客がいて、護衛の兵士たちや身なりの良い貴族風の男たちに囲まれるようにして、赤い軍服を着たプラチナブロンドの女性と侍従《メイド》ドレス姿の半竜人《ドラゴニュート》がそれぞれ赤ん坊を抱えながら立っていた。

カズハとシアンを抱えたリーシアとカルラだった。

「あっ、リーシア。トモエさんたちが到着したようだ」

「ホントだ。間に合って良かったわね」

二人はトモエたちに気が付くと「こっちにおいで」と言うように手招きをした。

ちびっ子三人組はリーシアのもとへと駆け寄った。

「義姉様《あねさま》っ、艦《ふね》は来ましたか!?」

「まだよ。そろそろ見えるころだと思うけど」

リーシアがそう言うと、トモエはホッと胸をなで下ろした。

艦と聞いてユリガはようやく合点がいった気がした。

「艦……ああ、なるほどね」

「今日はソーマ殿が帰ってくる日なのね」

ソーマは王国艦隊と共に九頭龍諸島連合へ遠征中だった。

九頭龍諸島連合を襲った怪獣オオヤミズチを、王国艦隊と諸島連合艦隊が共闘することで見事討伐に成功したというニュースはすでに流れていた。

ただ戦後処理（ほぼオオヤミズチの解体作業だが）が長引いていたため、ソーマはまだ帰還していなかったのだ。そのソーマが今日帰ってくるのだろう。

トモエが言っていた『あのあと』というのは九頭龍諸島での戦いの結末のことなのだろう。ユリガもオオヤミズチの姿は見ることができたが、戦いを前に強制帰国させられていたので、その後どうなったのか気になっていた。

するとトモエは目をパチクリとさせた。

「あれ、言ってなかったっけ？」

「聞いてないわよ！　大事なことはなに一つ！」

「いひゃいいひゃい」

ユリガはまたムニムニとトモエのほっぺを引っ張った。

そんな子供たちのやりとりを見て、リーシアはクスリと笑った。

「仲良くやってるみたいね、ユリガ」

「っ！　は、はい。リーシア妃、様」

ユリガはトモエを放すと緊張気味に答えた。

「リーシアでいいわよ。貴女《あなた》も一国のお姫様でしょ？」

「それは……ちょっと無理です」

「……やっぱり私と居ると緊張する？　そんなに威圧感出してるかな？」

首を傾げるリーシアに、ユリガは慌ててブンブンと首を横に振った。

「い、いや……リーシア様からは自分に近しいものを感じるので、なんだか見透かされそうな感じがするんです。なんというか……私に姉はいませんけど、姉の前に立っている妹ってこんな感じなのかなぁ……って」

リーシアもユリガもお転婆なお姫様であり、意地っ張りなところもあるけど柔軟な思考も持っているなど、性格には似たところがあった。

どうやらユリガはリーシアにシンパシーを感じるからこそ緊張していたようだ。

そんな二人のやりとりを見ていたトモエがぷく～っと頰を膨らませた。

「むぅ、義姉様《あねさま》は私の義姉様《あねさま》なのに」

「べ、べつに妹になりたいってわけじゃないわよ」

「あら、なんなら貴女も妹になる？　父上たちも娘が増えて喜ぶと思うわ」

「か、からかわないでください！」

女三人寄れば姦《かしま》しいというが、まさにそんな感じだった。

一応これでも男である自分にはついて行けない世界だなぁ、と思っていたイチハは一人で海を眺めていた。すると水平線の向こうから何かが昇ってくるのが見えた。

ユリガも目を凝らした。

「あれは山？　いや、島？」

「フフ、あれは島型空母『ヒリュウ』よ。ソーマたちが帰って来たんだわ」

ユリガの口をついて出た言葉に、リーシアは嬉《うれ》しそうに言った。

やがて水平線から昇ってきたそれが近づいてくると、島の形をした艦だということがユリガにもわかった。ユリガがヒリュウを見たのはこれが初めてであり、その造形に呆気にとられることとなった。

そんなヒリュウを囲むように多くの艦船の姿も見えてきた。

大艦隊。そうとでも呼ぶべき威容だった。

艦も海竜類《シードラゴン》に牽引《けんいん》されている鉄の戦艦もあれば、ツノドルドンに牽《ひ》かれている鉄を貼り付けた木造船もあり様々だ。大きさもそれぞれ異なるので、まるで戦艦の見本市だ。旗を見ればフリードニア王国のものもあれば九頭龍《くずりゅう》諸島連合のものもある。あの数だと王国艦隊と諸島連合艦隊のほとんどが集結しているようだ。

「……………」

その光景に、ユリガは見入っていた。

いま彼女の頭の中では疑問符が渦巻いている。

目の前に現れた大艦隊は、四人の中ではただ一人、九頭龍諸島での戦いの経緯を知らされていないユリガには理解できない光景だった。

まずユリガの認識では王国と諸島連合の仲は険悪だったはずなのだ。

オオヤミズチという脅威の存在はユリガも目撃してはいたが、王国と諸島連合は一触即発の状態だと思っていた。

だからソーマが九頭龍諸島へと王国艦隊を派遣したのは、オオヤミズチの討伐と同時に諸島連合艦隊を壊滅させて海を制するためなのだと思っていた。

しかしいま目の前では、王国艦隊と諸島連合艦隊が、さながら昔ながらの同盟国であるかのように揃《そろ》って海を進んでいる。ユリガの頭は混乱していた。

（なにが、どうなって、こうなってるの？）

まるで数学の問題文を読まされたあと答えだけを提示された気分だ。

しかも予想もしてなかったような答えだ。途中でどういう計算が行われてこの答えに辿《たど》りついたのか、ユリガにはサッパリわからなかった。

（それに……あれは一体なんなのよ）

ユリガは大艦隊の先頭集団の真ん中にある島型空母『ヒリュウ』を見た。

ユリガがヒリュウを見たのはこれが初めてだった。なんで島のような大戦艦を造ったのかとか、なんで牽引する生物もないのに海を進んでいるのかとか、リーシアたちからすれば周回遅れな疑問が次々と湧く中、一番気になった部分と言えば、

「なんなのよ、あの骨は」

ヒリュウの先端部分に鎮座していた巨大な生き物の頭骨だった。

ただでさえ島のような艦という珍妙な見た目のヒリュウなのに、珍妙さがさらに増しているようだった。

「なんというか……新手の魔物に見えるわね」

「島型大怪獣ヒリュウ、って感じです」

さすがにヒリュウの上に乗る巨大な頭骨には、ソーマをよく知るリーシアとトモエでさえも呆気にとられたような顔をしていた。そんな空気の中で、魔識法《ましきほう》の専門家であるイチハだけはソーマの思惑を正しく読み取っていた。

「あれはオオヤミズチの頭骨ですね。巨大ではありますが海竜類《シードラゴン》の頭骨と形状は一致し

ています。おそらく、オオヤミズチが無事討伐されたことを示すためなのでしょう」

「理由はわかったけど……また変な噂《うわさ》が立ちそうね」

リーシアはまったくもうと肩を落とした。

これまでも『着ぐるみの冒険者（ムサシ坊や君）』や『夜、城に降り立つ黒く巨大な影（ナデン）』など、ソーマ及びその関係者のせいで変な噂が立つことがあった。

その度にリーシアはソーマにお説教をしていたけど、この島型大怪獣も噂になるかも知れない。怪獣らしく尾ひれも背びれも付いて。

「本当に、しょうがないお父さんよね～……？」

リーシアがキャッキャと楽しそうに手を伸ばすカズハをあやしながら、苦笑交じりに言っていると、横でユリガがなにやら頭を抱えていることに気が付いた。

「どうしたの？　ユリガ」

「……目の前の光景を、お兄様にどう報告したらいいのかわからなくて」

「？　べつに貴女が手紙を書くことを制限なんてしてないでしょ？」

リーシアはキョトンとした顔で言った。

ユリガがフウガに連絡を取ることをソーマたちは禁じていなかった。機密のある場所には近づけないようにしているし、王国の姿をユリガの目を通して伝えることで、フウガを警戒させず、同時に牽制《けんせい》にもなると判断したからだった。

ユリガにこれまで機密としていたヒリュウの姿を見せたのも、九頭龍諸島で実戦投入されたため機密ではなくなったからだ。

たとえいまここでユリガに見せなくても、人の噂でやがてはフウガの耳まで届くだろうし、だったら『ちゃんと見せて報告させたほうが余計な尾ひれも付かないだろう』というのがソーマたちの判断だった。するとユリガは小さく息を吐いた。

「そうなんですけど……上手《うま》く伝えられる気がしなくて……」

こうやって現物を見た自分さえも理解できないものを、遠く離れたフウガが正しく認識できるのだろうか。艦隊行動を取る二国の艦隊についてもそうだ。

おそらく、ソーマたちは戦って勝つ以上に複雑な駆け引きを行って、この状況を作り上げたに違いない。敵を打ち倒し、従えることを繰り返してきたフウガと草原国家マルムキタンは、戦って勝つ以外の選択さえ持っているこの国に対処できるのだろうか。

（お兄様がソーマ王に負ける姿なんて想像できないけど……この国とは戦わないほうがいい気がしてくる。上手く伝えられるかわからないけど、注意を促さないと……）

フウガよりも賢く柔軟な思考の持ち主であるユリガはそう決心するのだった。

後日譚二　余　波　-new chapter-

――大陸暦一五四九年二月末・帝都ヴァロア

グラン・ケイオス帝国の帝都ヴァロアにある城の中で、女皇マリア・ユーフォリアは玉音放送の宝珠の前に立っていた。そんなマリアの近くに置かれた簡易受信装置に映る通信相手はフリードニア国王ソーマ・A・エルフリーデンだった。

「ソーマ王、まずはお疲れ様でした」

マリアはそう言いながらソーマに向かって軽く会釈をした。

「九頭龍諸島では巨大な怪物の討伐に大変ご尽力されたとか。頭の下がる思いです」

『いえいえ、帝国にもご協力いただいたからこその成果でもありますよ。帝国が王国の危険性を吹聴《ふいちょう》してくださったおかげで、九頭龍諸島の島々を団結させ、オオヤミズチとの決戦の場に引きずり込むことができました。感謝しています』

ソーマもそう言って頭を下げた。するとマリアはクスリと微笑《ほほえ》んだ。

「そのことで、ジャンヌが少し拗《す》ねてましたね。『九頭龍諸島への艦隊派遣の目的が怪物退治なら、あらかじめ言っておいてほしかった』『侵略する気かと疑った自分がバカみたいではないか』とプンプン怒ってました」

思い返せば傭兵《ようへい》国家ゼムでの交渉の際にも、僅かな情報からソーマたちの思惑を察したマリアとは違い、ジャンヌはその思惑を察することができずに憤っていた。ソーマたちにというよりは、姉と違い思惑を察せられない自分自身に。

もちろんこれはジャンヌが不甲斐《ふがい》ないというよりも、マリアが凄《すご》すぎるのだ。

『どうしても……教えるわけにはいかなかったのです。あの時点では王国は九頭龍諸島の人々にとって仮想敵国とならなければならなかったのですから。情報が漏れたら九頭龍王と進めてきた事前の準備が無駄になります。そういった意味でも、マリア殿が察してくれたのは大変ありがたかったのですが』

「ふふっ、姉としての威厳を見せることができたでしょうか。あのときジャンヌは拗ねてしまったのですけどね。たしかハクヤ殿に慰めていただいたのでしたか」

『それでは今回も、ハクヤにジャンヌ殿の愚痴なり嫌みなりを聞くように言っておきましょう』

「よろしくお願いしますね」

マリアはこの話はこれまでと話題を変えた。

「それはそれとして、私は九頭龍諸島を襲ったオオヤミズチとやらの話が聞きたいです。山のように大きかったというではないですか。まるで物語に出てくる怪物のようです。実際に見た感じはどうだったのでしょう？　是非お話を聞かせてくださいな」

『ア、ハハ……そうですね。オオヤミズチは……』

まるで絵本の読み聞かせを願う少女のように目を輝かせるマリア。

ソーマは苦笑しながら目にしたオオヤミズチの姿や王国・諸島連合艦隊を翻弄した戦いぶりなどについて話して聞かせた。

戦艦を何隻もひっくり返すような水流を口から放ったり、蠢《うごめ》く触手で何隻もの船や飛竜《ワイバーン》騎兵などを打ちのめす様などを語って聞かせれば、マリアは興味津々で聞き入り「へ～」「まぁそんなに！」と子供のような反応を返していた。

話を聞き終えたマリアは頬に手を当てながら「ほぅ」と息を吐いた。

「世界は広いですね。そのような生物もいるなんて。危険な巨大生物……ソーマ殿の言葉を借りるなら『怪獣』でしたか。ご苦労なさったことは重々承知していますが、討伐される前に見てみたかったなぁとも思ってしまいますね」

『……そうですね。この世界の不思議を体験した気分でしたよ。近いうちにイチハが図鑑用の絵と報告書を作成すると思うので、できあがったらそちらに送りましょう』

「楽しみにしていますわ」

マリアは楽しそうに笑った。こうして見るとどこにでも居る明るい女性のようだ。

もっとも、どこにでも居るとは言えないくらいの美人さんではあるのだけど。

「そう言えば島型の船を使ったとか、機械の竜《ドラゴン》を操っていたとかいう話も諜報部《ちようほうぶ》から入ってきていますね。そちらのほうも是非に見てみたいものです」

マリアは先程の話の延長線のように軽い感じでそう言ったが、その言葉を聞いたソーマは一瞬だが表情が固まった。

島型空母『ヒリュウ』と機械竜『メカドラ』。

王国としてはまだ開けっぴろげにはしたくない兵器だ。あれだけ派手に使用したのだから、いずれは諸国に知れ渡ることになるだろうと覚悟はしていたものの、さすが帝国（というよりさすがマリア）と言うべきか、情報の入手速度が尋常ではなかった。

ソーマは観念したように肩をすくめながら言った。

『……それについてはまだ秘密です。うちの虎の子なんで』

「あら、ソーマ殿は虎も飼っているのですか？」

『いや飼っているのはフウガです。俺の居た世界の言い回しで……秘密兵器ってことです』

「秘密兵器ですか。なんだかワクワクしますね。もっともうちの海軍部門はソワソワしてるみたいですが」

『ソワソワ……ですか？』

ソーマがそう尋ねると、マリアはクスリと笑った。

「海戦で飛竜騎兵《ワイバーン》を使ったのでしょう。私は海戦の常識には疎いのですが、海軍部門の慌てぶりから言って革新的なことなのだと思います。『いまある戦艦にはすぐにでも対空連《れん》弩《ど》砲《ほう》を搭載しなくては！』と慌てて対策に乗り出しているみたいです」

現状、ぶっ飛んだ兵器である島型空母に対抗するためにはそれしかないのだろう。

ソーマは「まあそうなりますよね……」と言いながら頬をポリポリと掻《か》いた。

『対策されたらされたで、こちらも対策の対策をするだけですけど』

「そうでしょうね。王国がいきなり我が国に攻め込んで来るなどということはないと私は信じられますけど、下の者はそうではないでしょう。対策を立てることで不安を感じずに済むのならそれもいいのだと思います」

『ええ。もちろん侵略兵器として使う気はありません。ですが、予想される北の状況の変化に対応できるように、我が国としては軍備を整えなければならないと思っています』

「……フウガ・ハーン殿のことですね」

マリアは笑みを消してソーマを見つめた。ソーマはコクリと頷《うなず》いた。

『魔王領の土地を着実に切り取っていき、難民たちを帰還させると同時にその庇護者《ひごしゃ》となり、支配領域を増やしていっているようです。その偉業を称《たた》える声も増える一方です』

「存じております。私も同じように魔王領からの土地奪還に乗り出しましょう、と一部の家臣たちからせっつかれています。どうやらフウガ殿によって私の聖女としての存在感が揺らぐようなことがあっては一大事だと、焦っているようですね」

『……やはり乗り気ではありませんか』

「すでに帝国は私の手には余るほどに大きいですよ」

マリアは少し自嘲気味に笑った。

「これ以上支配領域を増やしても目が届かない場所が増えるだけです」

『私はその気持ちを理解できますが……家臣は納得させられるのですか？』

グラン・ケイオス帝国は人材の多さで国を切り盛りする王国とは異なり、広大な領地の支配をマリアのカリスマ性によって成立させているという面が大きい。

家臣たちが心配しているのも、そのカリスマ性の低下を恐れてのことなのだろう。

（だからこそ納得させるのも容易ではないはずだ……）

ソーマはそう思った。するとマリアは静かに瞳を伏せた。

「納得させられないのなら、私はそれまでの存在でしかなかったということですわ」

『………』

背負ってきた物の重さ故か、マリアの言葉には歳《とし》に似合わぬ達観した雰囲気があり、ソーマは掛ける言葉が見つからなかった。

そんな空気を払拭するかのようにマリアはポンと手を叩《たた》いた。

「そう言えば、九頭龍《くずりゅう》諸島と海洋同盟を締結されたとか」

『……本当に耳が早いですね。共和国にも声を掛けるつもりです』

「あら、うちの国には声を掛けてくれないのですか？」

マリアが茶目っ気を出しながらそう言うと、ソーマはやれやれと肩をすくめた。

『帝国を加えられないことをわかって言ってますよね？　この海洋同盟に人類宣言の盟主である帝国を加えてしまったら、実質的に人類宣言の延長だと思われてしまいます。うちの国とそちらの国との強い繋《つな》がりをあまり公にしないためにも、いまはまだ帝国を加えるわけにはいきません』

「いまはまだ……ですね。わかってはいましたが残念です。できるなら、そのままソーマ殿には人類国家の盟主になって欲しいのですが」

『……帝国の重荷まで背負わせようとしないでください』

ソーマは溜息《ためいき》を吐《つ》くと真面目な顔でマリアのことを見た。

『海洋同盟は陸が主体の人類宣言とはべつの枠組みとして組織しました。いっそ「帝国に対抗する勢力である」とでも思わせていたほうが第三国を警戒させずに済みます』

「ええ。それは理解しております」

『それに、たとえ勢力が別だったとしても、王国と帝国はいざというときには連携して、大きな力を発揮できると思っています』

「そうですね。だからこそ、我が国は人類宣言を維持するべきなのでしょう」

マリアも頷きながら言った。そんなマリアにソーマは尋ねた。

『現状で人類宣言の勢力はどの程度なのでしょう。これは我々側にも原因があることですが……アミドニア公国が我が国に併合されたことで加盟国は減少したと思われますが。マリア殿の指導力にも影響が及んでしまっているでしょうか？』

「ふふふ、お気遣いはいりませんわ。たしかにアミドニア公国が抜けたことで人類宣言の参加国は我が国とそれに属する二国、傭兵国家ゼム、それに東方諸国連合のいくつかの国となり、勢力的には減少しました」

マリアはこともなげに言った。

「しかし、さきの魔浪《まなみ》でも、ソーマ殿は『帝国の要請を受けて』東方諸国連合に援軍を派遣してくださいました。このことにより、フリードニア王国も加盟はしないものの人類宣言の意義は認めているのだと解釈されています。そのことが私の盟主としての立場を保証してくれています」

『……そうですか。お役に立てているのならよかったです』

「ええ、本当に」

そして二人は笑い合った。一頻《ひとしき》り笑ったあとでマリアは言った。

「ですが、二つの大きな陣営ができたことで、こちらの陣営にもそちらの陣営にも属さない国は大きく惑うことになりそうですね。ガーラン精霊王国やノートゥン竜騎士王国はもともと閉鎖的なので影響はなさそうですが、ルナリア正教皇国と東方諸国連合内で人類宣言に属していない国、そして……」

『勢力を拡大しているフウガのマルムキタンですね』

「ええ。それらの国は揺れることでしょう」

どちらに付くか。あるいはどちらにも付かないのか。

どちらにも付かないならば、どちらにも付かなくて済むように力を付けなくては。

そんな風に様々な者の思惑が交差し、揺れ動くことだろう。

ソーマは小さく息を吐いた。

『フウガの動きを警戒し備えることで、かえってあの男を刺激することになりかねないというのは……皮肉なものですね』

ソーマのそんな言葉にマリアも静かに頷くのだった。

◇　◇　◇

――同時期・北の乾燥地帯

この日、フウガ率いるマルムキタンの軍勢はとある城壁に囲まれた都市を奪還した。

都市の真ん中には水が湧き出しているオアシスがあり、そのオアシスを中心にして栄えた都市だったのだろう。都市を囲む城壁はやや低めで、外敵を防ぐというよりは風の強い日に巻き上げられる砂礫《されき》を防ぐという意味合いのほうが大きいのかもしれない。

フウガたちはあっという間にこの都市に蔓延《はびこ》っていた魔物たちを一掃した。

この都市を奪還するための戦いも攻城戦というよりは、人の居なくなった民家に勝手に住み着いている魔物たちの駆除といった感じだった。

フウガの読み通り、かつて人類の連合軍を壊滅させた魔族とやらは魔王領の奥の方にしかいないようで、ここまでフウガたちの軍勢は似たような規模の都市や村をいくつも奪還していた。それらの都市や集落には定住を希望する難民たちを残し、東方諸国連合からの補給線を確保してからまたべつの都市や集落へと向かうといったことを繰り返していたため、中々ゆっくりとした行軍具合だった。

また魔王領となっていた土地を奪還したとはいえ、領土という『面』の支配というよりは、居住可能な都市や集落を『点』とし、その『点』と『点』とを結ぶ補給『線』を支配しているといったほうがいいだろう。

それらの都市や集落はまだ単体で生活できるような状況にはなく、また魔物から補給線を護《まも》るためにもフウガたちの軍勢の力が必須であるため、マルムキタンの庇護下に入っていた。機動力の高いテムズボック騎兵はこの補給線の維持に大変重宝されている。

このため奪還した都市や集落は、実際にはフウガの支配領域になったと考えていい。

「……ふぅ」

そんな奪回した都市防壁の縁《へり》にフウガは腰を下ろしながら夕焼けの空を見ていた。

いまごろオアシスの近くでは、この都市を奪回したことを祝う今夜の宴の準備が進んでいることだろう。そんな奪回の立役者と言えるフウガだったが、ここのところ始終人に囲まれていることが多かったため、少々疲れたようだ。

べつに仲間たちを邪険に思っているわけではなく、たまには静かな場所で一人羽を伸ばしたかったのだ。

「ここにいたのですか、フウガ様」

「……ムツミか」

そんなフウガに声を掛けたのは彼の妻となったムツミだった。

「一人でふらっといなくなられては配下の者たちが心配しますよ」

ムツミがフウガの傍《そば》に腰を下ろしながらそう苦言を呈すと、フウガは頭を掻いた。

「俺にだって一人になりたいときもあるさ」

「あら、それじゃあ私も離れたほうがよかったですか？」

「お前はべつだ。傍にいると落ち着くしな。……腿《もも》を貸してもらえるか」

「どうぞ」

フウガは兜《かぶと》を外すとゴロンと横になり、ムツミの太腿《ふともも》の上に頭を乗せた。

「他人の期待に応えるってのも結構しんどいな」

「フウガ様は他人の想像の上を行く人ですからね。期待も大きくなって大変でしょう」

「……二人きりのときくらい普通に話してくれ」

「あらそう？　私としては貞淑な妻って感じで気に入ってるんだけど」

ムツミはフウガの少しツンツンとした髪を撫《な》でながらクスクスと笑った。

配下の目が無いところでは、ムツミもフウガには砕けた口調で接している。フウガが素の自分を出せる貴重な人物でもあった。

「配下の人たちや兵士たちは私のことも奥方様って敬ってくれるんだもの。歩いてるだけで頭を下げられるし、なんだか大国の女王にでもなった気分だわ」

「いずれそうなるだろ」

「自信家ね。そこが貴方の良いところだけど」

「口だけのつもりはないぞ。マルムキタンはどんどん大きくなってきてるしな」

そう言うとフウガは脇に置いてあった荷物入れの中から、一冊の本を取り出した。

「まあ、そんなマルムキタンの支配を支えているのが、ソーマから送られてきたこの本だってのが少々不満だがな。あいつに借りを作っているみたいで」

「それは『魔物事典』ね」

フウガが手にしていたのはムツミの弟であるイチハ・チマとフリードニア王国の宰相ハクヤ・クオンミンが共著で制作した『魔物事典』だった。

ソーマやマリアなどは魔族と魔物はまったく別物であるとの予想を立てている。

そのため魔王領と接する国々が魔族と魔物とを一緒くたにしたまま接触しないように、フリードニア王国はこの魔物事典の内容を公開し普及に努めていた。

とくにマリアのグラン・ケイオス帝国、フウガのマルムキタン、ユリウスがいるラスタニア王国には一冊ずつ『魔物事典』を送っていたのだ。

フウガはそんな『魔物事典』をパラパラとめくりながら唸《うな》った。

「よくできてるよな。この本のおかげで、奪還した都市は交易路からの補給に頼るだけでなく、討伐した魔物の食肉利用や素材の回収などができるようになった」

魔王領だけあって周囲には魔物がウヨウヨいて、補給線を維持するためにも狩らなくてはならない。そんな魔物から食料や素材が回収できるようになった。そのおかげで魔物の素材目当ての行商人なども冒険者を雇って補給線上を往来するようになり、奪還した都市や集落がかつての生活を取り戻すまでの貴重な栄養源・資金源となっていた。

つまりこの本がフウガの支配地域を支えているといっても過言ではなかった。

「この本の著者が、あのときソーマが連れ帰ったムツミの弟だってんだから驚きだ」

「そうですね。人とは違う目を持っているとは思っていましたけど、あの子にこれほどの才が眠っていたとは姉なのに気づきもしませんでした。フフフ、父上などは今頃さぞや歯がみしていることでしょうね」

ソーマは大きな目的のために魔物事典の情報を公開したが、この事典に載っている情報は小出しにして大金を稼ぐことだってできたはずだ。

つまり兄弟姉妹の中で多くの人から無能と思われていたイチハは、実は金の卵を生む鶏だったのだ。それを手放したチマ公はさぞや悔しい思いをしたことだろう。

たとえ自分に彼の素養を見抜く目が無かったせいだとしても。

「イチハは学園卒業後もチマ公国には戻らないでしょうね。それがあの子にとっては幸せだと思いますし」

ムツミがそう言うとフウガはカラカラと笑った。

「俺たちのところに来てくれるんなら歓迎するんだがねぇ。まあこの情報を秘匿しないで公開してくれるヤツのところに居るんならそれでいいさ。……しかしまぁ、恐ろしいのはソーマの人を見る目だな」

フウガは笑みを消し真面目な顔で言った。

「やっぱアイツには俺には見えないものが見えているみたいだ」

「そうですね。イチハを正しく評価してくれて姉としては感謝しています」

「おいおい、お前は俺の嫁さんだろうが」

「そうですけど、イチハの姉でもありますから」

「はぁ……やっぱり、どうもソーマとは相性が悪そうなんだよなぁ」

ソーマがフウガのことを警戒していたように、フウガもまた自分の尺度では測れないソーマという存在を警戒していたのだ。

「……つい先日、ユリガからソーマの動静が送られてきた」

「動静、ですか?」

「ああ。九頭龍《くずりゅう》諸島に艦隊を派遣したらしい」

フウガがそう言うとムツミは目をパチクリとさせた。

「王国と九頭龍諸島連合が戦争をしたということですか?」

「いや、そうじゃないらしい。なんでも艦隊を派遣した目的は、諸島連合の艦隊と協力して巨大な魔物を退治することだったようだ。山のような巨体だったとか」

「魔物退治。戦争ではなかったのですね」

「ああ。王国は島の一つも奪わなかったらしい。そんなただ働きみたいなことをアイツがするんだろうか? それにユリガの報告では『島みたいな船』や『機械の竜《ドラゴン》』なんかも使ったようだと書いてあった。機械の竜《ドラゴン》ってのは、ユリガ自身は見ていないが噂《うわさ》になっていたらしい。まったく……わけがわからん」

　フウガは「ふあぁ～」と大きく欠伸《あくび》をした。

「マルムキタンは草原の国だ。俺はつい最近まで海を見たことすらなかった。それでいいと思ってた。俺の目的はマルムキタンをこの大陸で覇を唱えられるような強国にのし上がらせることだ。だからこの大陸の外の世界には興味なかったんだが……ソーマが積極的に海に乗り出しているのが気になる。まあ気にしたところで俺たちには海に関する知識も技術もないのだからしょうがない。俺も海には興味無いしな」

　ソーマの狙いどおり、フウガは海を重要視はしていなかった。

　ソーマが海に乗り出していったことにきな臭さは感じるものの、大陸の国々は陸地で繋《つな》がっているため他国を凌駕《りょうが》する陸軍力さえあれば、大陸を制することさえもできると考えていたのだ。フウガは空に向かって手を伸ばし、拳を握りこんだ。

「この大地を誰よりも駆け回った者こそが、この時代に覇を唱えられると俺は信じている。だからこそ、力の限りどこまでも駆け抜けていきたい」

「ええ。そんなフウガだからみんな付いていくのよ。もちろん、私もね」

「おうよ！……でもまぁ、いまはちょっとだけ休ませてくれや」

　そうしてフウガはムツミの膝の上で瞳を閉じるのだった。

参考文献
『マハン海上権力史論』アルフレッド・T・マハン著　北村謙一訳（原書房　2008年）

OVERLAP

現実主義勇者の王国再建記 XIII

発　行　2020年9月25日　初版第一刷発行

著　者　どぜう丸
発行者　永田勝治
発行所　株式会社オーバーラップ
〒141-0031　東京都品川区西五反田7-9-5
校正・DTP　株式会社鷗来堂
印刷・製本　大日本印刷株式会社

Printed in Japan　ISBN 978-4-86554-740-5 C0193

オーバーラップ文庫
WEB小説大賞〝金賞〟受賞作、
発売たちまち大重版!!
ワールド・ティーチャー
異世界式教育エージェント
異世界で最も受けたい
“授業”が始まる!!
かつて世界最強のエージェントだったが、仲間のために命を落とし、異世界に転生をした少年・シリウスは、前世で果たせなかった『後継者育成』を目標とし、出逢った人々の生き方に大きな影響を与えていく。
「失うものがないなら、俺についてこい。この世界での生き方を教えてやる」
著 ネコ光一　イラスト Nardack
シリーズ好評発売中!!

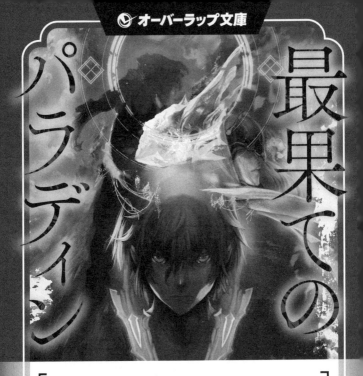

オーバーラップ文庫
RAGNAROK
ラグナロク:Re
Re
［バトルファンタジーの金字塔。ここにリビルド］
ここは“闇の種族《ダーク・ワン》”の蠢く世界。ある時、私とともに旅をするフリーランスの傭兵リロイ・シュヴァルツァーの元に、とある仕事の依頼が持ち込まれる。だがそれは、暗殺ギルド“深紅の絶望”による罠だった。人ならざる怪物や暗殺者たちが次々と我が相棒に襲いかかる。――そういえば自己紹介がまだだったな。私の名はラグナロク。リロイが腰に差している剣、それが私だ。
著 安井健太郎 イラスト 巌本英利
シリーズ好評発売中!!

オーバーラップ文庫
外れスキル【地図化《マッピング》】を手にした少年は最強パーティーとダンジョンに挑む
オーバーラップWEB小説大賞「大賞」受賞作品！
最強に至る、ただ一つの武器《外れスキル》
レア度だけは高いが使いどころのないスキル【地図化《マッピング》】を得てしまった冒険者のノートは、幼馴染みにも見限られ、冒険者として稼いだ日銭を溶かす日々を送っていた。そんなノートが出会った、最強パーティー『到達する者《アライバーズ》』に所属するジンから授けられたのは、スキルの意外な活用法と、気付いていなかった自身の強みで――!?
外れスキルを手にした少年が、やがて高みに至るファンタジー成長譚、開幕!
著 鴨野うどん イラスト 雫綺一生
シリーズ好評発売中!!

オーバーラップ文庫
異世界魔法は遅れてる!
The different world magic is too behind!
圧倒的な現代魔術 VS
未知なる異世界魔法!!
現代に生きる魔術師である八鍵水明は、突如現れた魔法陣によって友人とともに異世界へ転移してしまう。だけど勇者として呼び出されたのは友人で、自分はそれに巻き込まれただけ!?　水明は魔王討伐の旅に同行することを断り、ありとあらゆる現代魔術を駆使しながら、もとの世界に帰る方法を探しはじめる——。
著 樋辻臥命　イラスト 夕薙
シリーズ好評発売中!!

第8回 オーバーラップ文庫大賞
原稿募集中！
イラスト：ミユキルリア
思いをコトバに。夢をカタチに。
【賞金】
大賞…300万円
（3巻刊行確約＋コミカライズ確約）
金賞……100万円
（3巻刊行確約）
銀賞……30万円
（2巻刊行確約）
佳作……10万円
【締め切り】
第1ターン 2020年8月末日
第2ターン 2021年2月末日
各ターンの締め切り後4ヶ月以内に佳作を発表。通期で佳作に選出された作品の中から、「大賞」、「金賞」、「銀賞」を選出します。
投稿はオンラインで！ 結果も評価シートもサイトをチェック！
https://over-lap.co.jp/bunko/award/
〈オーバーラップ文庫大賞オンライン〉
※最新情報および応募詳細については上記サイトをご覧ください。
※紙での応募受付は行っておりません。